#CRUSH

A.C. MEYER
Autora best-seller da série After Dark

#CRUSH

Ela queria um recomeço...
e encontrou o amor verdadeiro.

São Paulo
2022

Grupo Editorial
UNIVERSO DOS LIVROS

#Crush

Copyright © 2022 by A.C. Meyer.

Diretor editorial
Luis Matos

Gerente editorial
Marcia Batista

Assistentes editoriais
Letícia Nakamura
Raquel F. Abranches

Preparação
Alessandra Miranda de Sá

Revisão
Nathalia Ferrarezi
Nestor Turano Jr.

Arte
Renato Klisman

Diagramação
Vanúcia Santos

Capa
Rebecca Barboza

Dados Internacionais de Catalogação na Publicação (CIP)
Angélica Ilacqua CRB-8/7057

M559c Meyer, A. C.
#Crush / A.C. Meyer. — São Paulo : Universo dos Livros, 2022.
240 p : il.

ISBN 978-65-5609-241-6

1. Ficção brasileira I. Título

22-4020 CDD B869.3

Universo dos Livros Editora Ltda.
Avenida Ordem e Progresso, 157 - 8º andar - Conj. 803
CEP 01141-030 - Barra Funda - São Paulo/SP
Telefone/Fax: (11) 3392-3336
www.universodoslivros.com.br
e-mail: editor@universodoslivros.com.br
Siga-nos no Twitter: @univdoslivros

Definição:

Gíria da internet com origem na língua inglesa. Paquera, paixão, quedinha, paixonite, estar a fim de alguém.

Aquilo que o Pedro é da Tati. Ou seria o que a Tati é do Pedro?

Para Felipe, meu **#crush** da vida real. **Te amo.**

Eu vou te amar como um idiota ama
Vou te pendurar num quadro bem do
[lado da minha cama
Eu espero enquanto você vive
Mas não esquece que a gente existe.
(“Idiota”, Jão)

1

ALGUNS MESES ATRÁS...

Status de hoje: Não era amor, era cilada.
#acabou #theend

— O que você acha, meu bem: flores brancas ou coloridas? — pergunto a André, sem tirar os olhos das fotos do catálogo que a organizadora de casamentos me entregou. Eram tantas coisas lindas e... — Talvez rosa-chá? Apesar de que as vermelhas são maravilhosas e...

— Acho que devemos terminar.

Sabe quando você ouve algo, mas tem certeza de que ouviu errado? Como quando você pede batata frita e te trazem, sei lá, feijoada em um restaurante? Você pensa: *Nossa, que louco, tenho certeza de que pedi batata frita*, que, aliás, é um dos meus pratos favoritos, *mas o garçom entendeu algo completamente diferente do que pedi!* Solto uma risada nervosa e levanto de leve os olhos para André.

— Que loucura, tive a impressão de você ter dito que...

— Devemos terminar — ele completa, e sinto o ar faltar. Um gemido estrangulado sai da minha garganta e ele se levanta, andando de um lado para o outro.

— Mas, mas... — Abro e fecho a boca como um peixe, tentando encontrar palavras. Ele se vira para mim e seus olhos azuis estão escuros, exatamente como ficam quando ele está irritado.

— Tati, chega. Não dá mais. Estou... cansado! — ele fala, colocando as mãos na cabeça. Sua expressão é de leve assombro, como se não acreditasse no que diz. Nem eu consigo acreditar!

— O que quer dizer com "está cansado"? Podemos tirar uns dias para viajar. É isso! Vamos esquecer os preparativos do casamento e passar uns dias na serra, sentindo ar puro e...

— Caramba! Não! — ele explode, e isso me surpreende ainda mais do que a história de terminar. Se existe alguém controlado no mundo, esse alguém é o André. Ele nunca, jamais levanta a voz. *Principalmente* para mim.

Fico paralisada, olhando para ele como se tivessem nascido chifres em sua cabeça.

— Quero liberdade, Tati. Estamos juntos há, sei lá, mil anos. Nunca tive a chance de conhecer outras pessoas, sair com os caras para beber, beijar outras bocas...

— Você quer *beijar outras bocas*? — pergunto, cada vez mais chocada, enquanto levo a mão direita à minha boca aberta de espanto. A mão com a aliança de ouro, que parece zombar de mim ao cintilar na luz.

— Quero outras experiências. Gosto de você, Tati, mas não te amo mais. Não sinto mais desejo... Caramba, nem transar a gente transa mais! — Sua voz diminui alguns tons e ele me olha sério. Pegando a chave do carro de cima da mesa que havíamos comprado juntos, ele vai até a porta e, antes de sair, fala as palavras que vão mudar toda a minha vida: — Não vai mais ter casamento.

2

DIAS ATUAIS...

Status de hoje: Sextou com S de "Se não for agora não vai ser nunca".
#reloading #vidanova #mudanças

— Não acredito que você vai mesmo embora — minha mãe fala, com a voz embargada, ao me ver fechar a última mala.

Faz oito meses que André terminou comigo e, desde então, eu vivo o inferno na Terra. Não só por sentir a falta dele, mas, principalmente, por estar sofrendo todo tipo de pressão desde que terminamos.

Você faz ideia do que é para uma mulher de vinte e poucos anos ficar solteira após quase dez de namoro? Eu também não fazia. Depois do término, imaginei que sofreria pela sua perda, afinal, ele foi meu primeiro e único namorado, a pessoa com quem imaginei viver por toda a minha vida. Claro que sentia a falta dele. Nossas vidas eram tão entrelaçadas que foi muito complicado seguir em frente mantendo pouquíssimo contato um com o outro.

No começo, foi bem difícil fazer absolutamente qualquer coisa sozinha, sem dividir com ele cada pedacinho do meu dia. Não que eu vivesse pairando ao redor de André, não é isso. Mas, quando se convive com alguém por tantos anos quanto convivi com ele, quando se partilha o dia a dia, quando se pede ajuda nas dificuldades e se compartilham as alegrias, não poder pegar o telefone e contar algo de engraçado que aconteceu, pedir ajuda em uma situação complicada ou simplesmente ter alguém para te ouvir… é algo difícil de superar.

Difícil, é claro. Mas não impossível.

O pior de tudo no término de uma relação é a pressão familiar e da "sociedade" para você arrumar alguém. Entenda como sociedade toda e qualquer pessoa que quer se meter na sua vida.

Durante todos aqueles meses, não tive tempo de sofrer o luto pelo meu relacionamento perdido. *Privacidade?* Esquece! As pessoas não têm a menor noção do que isso quer dizer. Durante meses, fui assediada por gente que sempre tinha alguém para me apresentar — geralmente alguém mais estranho que o Sheldon, de *Big Bang Theory*. Isso sem contar as piadinhas da velha, solteira e cheia de gatos — ainda que eu não tivesse um —, as perguntas recorrentes de quando voltaria a namorar porque estava ficando *encalhada* (e olha que eu não tinha nem passado dos vinte e poucos anos!) e a minha preferida: *Como você foi capaz de perder um excelente partido como André?*

Eu já te contei que André provou ser tudo, menos um *excelente partido*, como todo mundo achava? Bom, falaremos sobre isso no futuro. Agora eu preciso lidar com a minha mãe.

— Já conversamos sobre isso, mãe — falo baixinho, e ela balança a cabeça. Desde que resolvi recomeçar em um novo emprego, em uma nova cidade, esse era *o* tema recorrente na casa dos meus pais. — Preciso de espaço. De uma mudança na minha vida. Vai ser bom para mim. Além disso, não estarei sozinha. Vou morar no mesmo prédio que a Lane, que vai me fazer companhia.

Lane é a minha melhor amiga. Há dois anos, ela havia se mudado para o Rio de Janeiro, para trabalhar em uma agência publicitária de renome internacional como coordenadora de Recursos Humanos. Foi ela quem me incentivou a enviar o currículo para uma vaga de publicitária que surgiu na empresa. Fiz uma série de entrevistas com vários gerentes, até que o diretor-geral me ofereceu o *emprego dos sonhos*.

— Promete que vai se cuidar? Lá é uma cidade grande. Morro de medo de que algo aconteça com você.

Eu a puxo para um abraço apertado.

— Fique tranquila, mãe. Vai dar tudo certo — falo, esperando que realmente dê.

Apesar de não ter tanta certeza disso.

3

Status de hoje: Atropelada pelo passado... e que passado!
#partiucasanova #amigas #surpresa #melhorquechocolate

Sair de uma cidade pequena para uma grande capital é um pouquinho assustador. Após um percurso de cerca de meia hora de carro e um voo de uma hora e dez, já sinto a diferença de região ainda no aeroporto. Apesar de ser noite, as pessoas estão em plena atividade, andando apressadas com suas bagagens pelo setor de desembarque como se não pudessem perder um minuto sequer. Os sotaques se misturam, mas a cadência quase cantada e o chiado nas palavras com a letra S dos nascidos e criados no Rio de Janeiro são tão nítidos quanto o meu R dobrado quando falo *porrrrta.*

Com o coração descompassado pela ansiedade provocada pela mudança, puxo a minha grande mala com rodinhas, que serve também de apoio para minha bagagem *não tão de mão assim*, e sigo para a área dos táxis. A fila está enorme, o que para mim é uma surpresa, já que na minha cidade raramente usamos esse tipo de transporte. Lane queria que eu chamasse um carro de aplicativo, mas expliquei a ela que ainda sou uma garota à moda antiga e nem tenho um desses aplicativos instalados no celular. Afinal, se não costumamos usar táxi na minha cidade, que dirá carro de aplicativo. Na última vez em que tentei instalar um, vi que só tinha um veículo disponível e desisti.

Caminho em direção à última pessoa da fila, quando ouço o som de notificação do celular. Tiro-o do bolso e olho para a tela:

Você tem 01 nova mensagem.

De: Miss Baldinho
Para: Tati Pires

Gata, estou te esperando! Pedi pizza e vai ter surpresa pra você!

Sorrio ao ver a identificação na mensagem. *Miss Baldinho*. Eu a chamo assim desde a época da faculdade. Fizemos algumas matérias juntas e, em uma das turmas, tinha uma garota muito chata. Ela era o tipo de pessoa que se achava melhor do que todo mundo e gostava de inventar palavras para descrever certas coisas, como se fosse uma marca registrada, sabe? Até que um dia ela soltou a seguinte pérola: *Meu coração está tão cheio de amor que chega a transbordar*. A louca da Lane não resistiu e comentou comigo — em alto e bom som — que a chata ia precisar de um baldinho para recolher o amor que transbordou. Obviamente, a turma caiu na risada e a doida nos odiou por toda a eternidade.

Espero que a surpresa dela seja de chocolate, porque, ansiosa do jeito que estou, só uma grande barra crocante vai conseguir me acalmar.

De: Tati Pires
Para: Miss Baldinho

Acho bom que essa surpresa seja de chocolate ou terá que se ver comigo! Estou na fila do táxi. Está gigante 😐

De: Miss Baldinho
Para: Tati Pires

É mais gostoso do que chocolate. Vai por mim!

Desligo o celular e coloco-o de volta no bolso. Lentamente, a fila anda e, enfim, chega a minha vez. Dou o endereço do prédio onde fica a minha nova casa e recosto-me no banco traseiro do carro. Estou exausta, empoeirada e com muito, mas muito calor. Enquanto o táxi segue pelas ruas da cidade, seguro meus longos cabelos loiros, prendendo-os no alto da cabeça com um nó frouxo, sentindo o vento gelado do ar-condicionado me refrescar.

Segundo Lane, o percurso do aeroporto até a minha nova casa não vai ser demorado. Algo em torno de quinze minutos. Mas a vista é uma festa para os olhos. Faz tempo que não venho aqui. Na verdade, minha última visita foi em uma viagem de férias, quando ainda estava no colégio. André não pôde me acompanhar — tinha quebrado o pé durante um jogo —, e eu passei os três dias em que ficamos na cidade ao telefone com ele, como a idiota apaixonada que eu era.

Ao contrário da minha cidade natal, no interior de São Paulo, a noite aqui parece estar apenas começando, enquanto lá, a essa hora, todos estão se preparando para dormir. Vejo um grupo de jovens arrumados do outro lado da calçada, provavelmente a caminho de alguma balada. Um casal de namorados passeia de mãos dadas e uma senhora bastante idosa está levando seu cachorrinho para passear.

O motorista pega a avenida da praia e, mesmo com as janelas fechadas, sinto o cheiro da maresia me envolver. É incrível como a energia do mar é poderosa. Pessoas de todas as idades passeiam pela orla, acompanhadas de esportistas que se exercitam na ciclovia.

Em poucos minutos, o motorista entra em uma rua, parecendo cortar caminho por uma sucessão de ruas menores, até parar em frente a um charmoso prédio de quatro andares. O edifício é de propriedade da agência, que disponibiliza os apartamentos para colaboradores que vêm de outras cidades para trabalhar na empresa. Além de pagarem um salário bem acima da média do mercado, oferecem um grande pacote de benefícios, e, no meu caso, o apartamento faz parte dele.

— Chegamos, moça — o motorista fala, e, enquanto pego o dinheiro na carteira para pagá-lo, ele dá a volta no carro e retira minha bagagem do porta-malas.

Saio do carro segurando a bagagem de mão e a bolsa.

— Aqui está. — Estendo o dinheiro em sua direção e o agradeço por ter me trazido.

Confiro, então, o número do prédio, para me certificar de que estou no lugar certo. Olho por cima do ombro para as malas que estou puxando e, ao esticar o braço para a porta, ela se abre antes que eu consiga me equilibrar, e tropeço desajeitadamente, indo contra uma parede.

— Ah, meu Deus! — murmuro, apoiando a mão livre sobre o muro, que, apesar de firme, é um pouco macio demais para ser de tijolos. Lentamente, ergo o olhar, deparando com um peito masculino coberto por uma camiseta preta que ressalta as ondulações daquele abdômen, o qual posso sentir na minha mão — parecendo ter vida própria —, e tateio devagar aquele corpo desconhecido.

Seu perfume masculino me envolve de um jeito que não sinto há muitos anos, dando um nó em meu estômago e enviando ondas de arrepios à base da minha coluna. Na verdade, só me senti assim em uma época muito distante, antes mesmo de começar a namorar André, aos dezesseis anos.

— Não era assim que eu planejava te dar as boas-vindas — a voz rouca fala, e levanto o olhar vagarosamente, atraída pelo timbre sensual. Meus olhos percorrem seu pescoço, o queixo que exibe um furinho, o maxilar firme, os lábios cheios, o nariz reto, até chegar aos olhos castanhos tão escuros que me fazem lembrar de uma deliciosa barra de chocolate ao leite, que, aliás, eu já tinha encarado esperançosamente no passado.

Jesus. Maria. José. E o camelo.

Bem ali, na minha frente, está a personificação de todas as minhas fantasias femininas. O garoto que povoou os meus sonhos juvenis — mesmo quando eu era apaixonada pelo idiota do André — havia se transformado no mais belo espécime masculino que eu já tinha visto na vida. Ele era aquele cara que deixava uma legião de meninas suspirando, o sonho de consumo de dez em cada dez garotas do ensino médio, a referência da cidade em charme, beleza, simpatia e inteligência.

O rei do baile. Capitão do time de futebol. O gato dos gatos. Naquela época, nós o chamaríamos de paquera. Hoje, posso dizer que ele é o *crush*, a versão atualizada e potencializada do *cara que todo mundo era a fim*. Mais especificamente, *meu* crush e o de toda a população feminina da minha pequena cidade.

Ainda colada contra ele, apoiada em seu peito musculoso e abraçada contra seu corpo quente, abro e fecho a boca, parecendo ter perdido a capacidade de formar uma palavra sequer.

— Hum, Tati, está tudo bem? Você está ficando muito vermelha — ele fala me encarando, e eu pisco algumas vezes, tentando sair do transe.

— Ehr... hum... bem... *aham*. — Sou uma idiota. Definitivamente, sou uma idiota.

A mão que apoiava as minhas costas se ergue, enquanto a outra desliza para cima e para baixo na base da minha coluna. Ele empurra uma mecha de cabelo que se soltou do coque bagunçado para atrás da minha orelha, e eu suspiro.

— Você se lembra de mim? Sou o Pedro. Estudamos juntos no ensino médio — ele fala sorrindo, como se fosse possível eu ter me esquecido de quem era aquele anjo que caiu do céu. Se tivesse uma deusa interior como a Anastasia Steele, de *Cinquenta tons de cinza*, poderia dizer que aquele nó no estômago que eu sentia era ela; provavelmente minha deusa estaria dando cambalhotas e duplos *twist* carpados de alegria. Mas, na vida real, não tenho nada tão poético assim dentro de mim. Posso dizer, no máximo, que minhas lombrigas é que estão saltitantes com a proximidade daquele homem gostoso demais.

— Hum... claro — respondo, sem conseguir me mexer e, aparentemente, tendo voltado a ser uma adolescente de quinze anos que não consegue formar uma frase coerente perto do crush. Tudo bem que ele é o crush de uma vida, mas, ainda assim, isso é um pouco demais. *Você é uma mulher adulta, Tati, e...*

— Estou adorando rever você e abraçá-la assim, tão de perto, mas... não acha melhor nos soltarmos? A vizinhança pode achar que estamos praticando atentado violento ao pudor — ele fala e dá uma risada, fazendo uma covinha aparecer no lado direito daquele rosto perfeito. Quando a ficha cai e compreendo suas palavras, sinto meu rosto corar ainda mais e me desvencilho dos braços dele, equilibrando-me de maneira desajeitada.

Quando Pedro se afasta, tenho a chance de observá-lo ainda melhor. Já disse que ele é lindo? Esquece. Lindo é o que ele era quando tinha seus quinze, dezesseis anos. Essa cara pode, com certeza, participar do concurso de o *homem mais maravilhoso do mundo* e ganhar de lavada de todos os outros concorrentes. Quando éramos mais jovens, ele já era bem mais alto que eu. Mas agora é quase um gigante em comparação com meu um metro e sessenta. Pelos meus cálculos, ele deve ter, pelo menos, um metro e noventa de pura gostosura, com músculos bem definidos, mas não de forma exagerada. A camiseta preta tem uma estampa de três zumbis que perseguem um homem correndo. Embaixo do desenho está escrito: *Zumbis odeiam fast food.*

Solto uma risadinha.

— Você não mudou nada — ele fala e coloca outra mecha atrás da minha orelha.

— O quê? — Ah, graças a Deus! Uma frase coerente. Bem... mais ou menos.

— Você definitivamente não é mais a adolescente que conheci, mas seu jeito não mudou nada. Vem, vou te ajudar a subir com as bagagens. O cara da pizza esqueceu de trazer as bebidas e eu ia comprar no bar aqui perto.

Antes que eu tenha a chance de falar qualquer outra coisa, ele se vira, levando as malas, e segue para a entrada do prédio.

— Ei, você estava me esperando? — pergunto correndo atrás dele, com a bolsa e a bagagem *não tão de mão*, que parece ainda mais pesada depois de eu ter sentido o impacto de uma bigorna na minha cabeça com esse reencontro.

— Claro. A Lane não fala de outra coisa desde que você passou na entrevista. — Ele começa a subir as escadas, e observo aquelas pernas fortes se flexionarem com o esforço, destacando o traseiro perfeito. *Meu. Deus.*

— Não sabia que você e a Lane mantiveram a... amizade — respondo, subindo os degraus atrás dele, sentindo o fôlego começar a me faltar após o primeiro lance de escadas. Só faltam mais três. Que maravilha... *só que não!*

— Seria difícil não ter mantido, já que somos vizinhos de prédio e colegas de trabalho.

— Vizinhos? Colegas de trabalho? — pergunto, a respiração ainda mais pesada. Mal chegamos ao final do segundo lance de escadas e já estou suando e sentindo as mechas se soltarem do coque. Sabia que não deveria ter comido aquela barra de chocolate ontem, mas estava ansiosa e...

— Sim, gatinha. Moro no trezentos e um. E sou um dos publicitários que fazem parte da sua equipe. — Ele olha para trás e abre um sorriso brilhante na minha direção. Paro no meio da escada, sentindo todo o sangue do meu corpo subindo para a cabeça.

— No trezentos e um? — pergunto, enquanto ele pega a bagagem de mão e a coloca sobre uma das malas, voltando a subir as escadas como se ela não pesasse nada.

— Isso. E a Lane mora no quatrocentos e dois, bem na sua frente. Ainda bem que não me incomodo que as mulheres fiquem por cima... — ele fala quando chegamos ao terceiro andar, rindo da piadinha infame, e engasgo com um acesso de tosse. Minha mente é inundada por imagens daquele homem lindo, sem camisa, deitado na cama, comigo por cima e... *Abortar missão, Tati! Abortar missão!* Meu cérebro grita, e tento pensar em coisas relaxantes, como... unicórnios coloridos. É isso! — Ei, gatinha, tudo bem? — Ele se aproxima de mim e coloca a mão no meu ombro.

— Hum-hum. — Volto aos grunhidos monossilábicos, e ele sorri. Desta vez, a covinha do lado esquerdo aparece.

— Ótimo. Vamos lá, só falta um lance — ele fala e volta a subir os degraus. Como ele consegue fazer todo esse esforço sem que a respiração se altere nadinha, enquanto estou quase colocando os bofes para fora?

Pedro está longe do meu campo de visão, talvez já colocando as malas dentro do apartamento, quando meu pé alcança o último degrau. Mal consigo sentir o alívio por ter terminado a subida ao Himalaia tropical — também conhecido como meu novo lar — quando sou atingida. O furacão Lane me abraça e grita na minha orelha coisas como "miga, te amo, pizza e tequila", mas não consigo entender direito o significado dessas palavras porque estou quase surda de tanto que ela gritou.

Ainda falando desenfreadamente, Lane me leva para dentro do apartamento e eu caio sobre o sofá, tentando acalmar minha respiração. Um copo de água surge na minha frente.

— Lane, diminui o ritmo, ela não está nem te ouvindo — Pedro fala para ela, que está toda sorridente sentada ao meu lado. Enquanto bebo a água gelada, ele dá um beijo no topo da cabeça de cada uma de nós e segue para a porta, dizendo que volta já com as bebidas.

Quando finalmente consigo falar sem parecer uma asmática em plena crise, olho para a minha melhor amiga me dando conta de quanto senti sua falta.

— Ahhhhhh! — grito, e ela me acompanha, enquanto nos abraçamos de forma desajeitada, falando sem parar o quanto sentimos falta uma da outra. — Você nem me contou que meu crush da escola está morando aqui e que é seu colega de trabalho! — digo, fazendo um biquinho ofendido.

Lane ri.

— *Nosso*, você quer dizer. Desculpa, amiga. Esqueci mesmo. Se ele não tivesse comentado que não te via desde a época do ensino médio, não teria me lembrado de que vocês se conheciam também. Você sempre foi tão apaixonada por *aquele-idiota-cujo-nome-não-se-pronuncia*, que achava que, se dissesse o nome do Pedro, você nem ia saber quem era.

— Ah, tudo bem. — Eu a abraço novamente. Ela tem razão. Nunca tinha contado para ninguém que arrastava um bonde pelo Pedro.

— Seja como for, ele está um gato, não é?

— Verdade — respondo rindo, enquanto ela fica de pé e me puxa.

— Eu te disse que a minha surpresa era melhor do que chocolate. — Nós duas rimos e seguimos para o quarto, puxando as malas atrás de nós. — Ele tem vários amigos gatos, tudo bem que nenhum é tão lindo quanto ele, mas tenho certeza de que ele pode te apresentar a alguém e...

— Ah, não, Lane! Socorro! Até você? — Pego a almofada que está em cima da poltrona de canto do quarto e a jogo sobre ela, que ri. — Do jeito que tenho sorte, o amigo vai ser a cópia do Borat. Nem vem! — Nós duas rimos e nos jogamos sobre a cama.

— Nem acredito que esteja aqui, Tati. Estou tão feliz!

— Também estou. Esse é, sem nenhuma dúvida, um recomeço.

— Com certeza! Merece um brinde! — Lane fala e bate palmas.

— Alguém falou em brinde? — Pedro entra no quarto com a garrafa de tequila na mão e um enorme sorriso no rosto.

Durante os últimos oito meses, fiz o melhor que pude para tentar recomeçar a vida separada de André. Não foi nada fácil, bem sei. Mas aqui, na casa nova, ao lado dos amigos do passado e com a perspectiva de um novo emprego, novos amigos e da vida em uma nova cidade, espero conseguir seguir em frente.

A meta é me manter longe dos homens, afinal, eles são os verdadeiros culpados pelos problemas femininos. Talvez, quem sabe, eu possa me tornar uma *pegadora*, como diz minha mãe sobre as mulheres que não querem nada sério com ninguém. Hum... melhor não. Não sou o tipo de garota que consegue beijar várias bocas por aí sem envolver o coração. Isso nunca daria certo. Melhor permanecer solteira, sem envolvimento com o sexo oposto.

Está decidido. Vou evitar os homens. Todos eles. Em especial, Pedro, o meu crush.

4

Status de hoje: Aquele momento da vida em que algo acontece e me faz lembrar daquela corrente que recebi em 2013 e não repassei...

#projetofail #erapraficarlongedoshomens #aencalhadadainternet #micão

Abro um dos olhos bem devagar e sinto a cabeça e o corpo doerem como se quinhentos camelos tivessem passado por cima de mim. Sinto um gosto de bode na boca — não que eu saiba exatamente qual o sabor de um bode, mas tenho certeza de que seria parecido com o que estou sentido agora. *Blergh*.

De repente, um *toc-toc-toc* soa em algum lugar, e o barulho ecoa na minha cabeça. Viro para o lado e puxo o edredom, me escondendo debaixo dele, mas um *ding-ding-ding* incessante começa a tocar.

— Meu Deus, quem pode estar fazendo todo esse barulho a essa hora... — começo a falar, mas me interrompo e abro os olhos, os dois desta vez, rapidamente, focando no despertador ao lado da minha cama. — Ai, caramba! — Levanto-me em um pulo e corro até a sala, abrindo a porta para Lane, que não parece muito melhor do que eu.

— Corre, amiga, ou vamos chegar atrasadas.

— Droga, droga, droga! Sabia que não deveria ter tomado aquela última dose — reclamo e saio correndo para o banheiro. Já estou muito atrasada e com uma ressaca fenomenal, tudo de que preciso no meu primeiro dia no emprego novo.

Enquanto Lane revira a cozinha atrás das cápsulas de café, entro debaixo do chuveiro frio, pulando enquanto a água gelada começa a surtir efeito, fazendo-me despertar, e tomo o banho mais rápido da história.

Corro até o quarto e pego o vestido verde que tinha deixado sobre a cadeira na noite anterior, quando eu ainda estava sóbria o suficiente para me preocupar em deixar a roupa de hoje arrumada. *Graças a Deus pelos pequenos milagres*. Depois de vesti-lo, calço uma sandália de salto alto, vou até o espelho atrás da porta e me observo, satisfeita com a aparência que vejo refletida. Seco o cabelo bem rápido com o secador, sem tempo para fazer nada muito elaborado.

Enquanto pego o estojo de maquiagem no armário, Lane entra no quarto e empurra uma caneca de café em minha direção.

— Ah... — solto um gemido baixinho e tomo um gole do líquido mágico que me faz sentir um pouco menos miserável do que há cinco minutos. Não sei como alguém consegue viver sem café! E, mesmo que me considerem cringe por isso, não me importo. Amo café, tenho que pagar boletos, uso muito o emoji de chorinho e detesto dividir meu cabelo no meio.

Começo a me maquiar e observo Lane, que já está pronta e completamente desperta, tomar o próprio café enquanto envia mensagens de texto antes mesmo das sete da manhã.

Ela está bonita e com uma aparência de profissional bem-sucedida: saia lápis preta envolvendo os quadris, uma blusa de seda de poá e um blazer vermelho cinturado. Nos pés, os sapatos de salto agulha me fazem perguntar como ela vai descer todos os degraus do prédio sem quebrar as pernas. Os cabelos cor de mel estão presos em um coque bagunçado-chique. Um visual que eu jamais conseguiria reproduzir. No máximo, ficaria com a aparência assustadora de quem acabou de acordar com as mechas de cabelo espalhadas para todos os lados.

Um horror.

Após aplicar o batom e colocar os brincos, pego o blazer branco e a bolsa, pronta para ir ao escritório, me sentindo um tanto animada e outro tanto nervosa com a perspectiva de começar uma nova vida naquele lugar.

— Ei, tudo bem? — Lane pergunta ao se levantar, parando ao meu lado. Devo ter feito uma expressão estranha, porque ela parece preocupada.

— Só um pouco tensa. — Sorrio para ela, que aperta minha mão com carinho. — Amiga, não me lembro do que aconteceu depois que o Pedro abriu a segunda garrafa.

Ela ri.

— Você subiu na mesa, dançou o "Ragatanga" e se jogou no colo do Pedro, dizendo que ele era o crush mais gostoso de todos os tempos!

— Não! — protesto, horrorizada. — Eu não faria isso, por mais bêbada que estivesse... — *Espero que não mesmo.*

Ela me puxa em direção à porta, rindo muito.

— Será?

Começamos a descer as escadas e passamos direto pelo terceiro andar.

— Ei, o Pedro não vai com a gente? — pergunto curiosa.

— Não. Vamos no meu carro. Ele vai um pouco mais tarde.

— Mais tarde? — Arqueio uma sobrancelha.

— É. Você vai perceber que o Pedro tem certos benefícios e regalias que mais ninguém tem.

— Oh... — murmuro, curiosa para saber o que diferenciava Pedro dos demais.

###

No coração da zona sul carioca fica o edifício da Target, uma das principais agências de publicidade do país. O prédio espelhado de quatro andares, construído com linhas modernas, reflete a criatividade e o vanguardismo dos trabalhos da agência.

Atravesso o hall de entrada ao lado de Lane, observando tudo ao meu redor, desde o lindo piso de mármore italiano que ecoa o *clique-clique* dos meus sapatos de salto aos sofás cinza-claro em *chenille*, que parecem macios e confortáveis, ao lado de grandes vasos de plantas, até encontrar a bancada alta, onde vejo duas recepcionistas sorridentes e muito bem-arrumadas.

Após solicitar a liberação da minha entrada e me apresentar às duas moças, Lane atravessa o hall e vou atrás dela, animada e ansiosa.

Seguimos direto para o RH e ficamos em seu escritório por pouco mais de uma hora, preenchendo a documentação de admissão, tirando foto para o crachá e assinando documentos. Após acabarmos com toda a papelada, Lane me leva a um tour pelo prédio. Ela começa pela área administrativa, passando pelo Financeiro e pelo Jurídico. Seguimos para o último andar do prédio, onde sinto meu corpo se arrepiar de animação. É ali, no último andar, que fica a área de Criação/Planejamento da agência, onde as coisas realmente acontecem. E onde vou trabalhar.

O local é enorme, com móveis elegantes e muito bem iluminado. É dividido em setores, para atender o fluxo que cada projeto vai ter. Cruzamos a área de Atendimento, onde as equipes que captam clientes falam animadamente ao telefone, digitam em computadores e alguns se levantam para sair carregando pastas — provavelmente a caminho de alguma reunião. Seguimos para a área de Planejamento, mas Lane passa direto, dizendo que voltaremos para lá no final, já que é o local onde vou trabalhar.

Em seguida, ela bate à porta de uma pequena sala e me apresenta à responsável pela área de Pesquisa, que fala um pouquinho sobre seu trabalho e o de sua equipe. Bem ao lado, fica a área de Mídia, que, além de outras tarefas, cuida do relacionamento com os meios de comunicação.

A cada sala, ela me apresenta às pessoas e explica um pouco do que cada uma faz.

— Aqui é a área de Criação — ela diz ao entrarmos em uma sala com várias mesas grandes, às quais designers esboçam materiais de campanha com os textos que estão sendo criados por três redatores.

— Mais tarde chegam o Pablo, nosso fotógrafo, a Laurinha, que faz os jingles, e Ansel, nosso ilustrador.

— Ansel? — pergunto, achando o nome curioso.

— Anselmo — ela murmura rindo. — Com o passar do tempo, você vai perceber que, em agências grandes como a nossa, o ego e a vaidade são enormes! Ansel é um nome mais elegante, segundo Anselmo.

Cruzamos mais uma vez o corredor e finalmente entramos na área de Criação.

— Que bom, estão todos aqui — ela fala ao abrir a porta e entrar, seguida de perto por mim.

Vejo quatro pares de olhos me focarem, e um deles me deixa de pernas bambas. *Droga.*

— Pessoal, esta é a Tatiana, ela é a publicitária que vai assumir a vaga na equipe de vocês. Tati, estes são Carla, Rodrigo, Miguxo e o Pedro, que você já conhece.

Vou cumprimentando um a um e, ao chegar no rapaz alto, de óculos pretos e jeitão nerd, abro um sorriso confuso.

— Mi... guxo? — pergunto, arqueando uma sobrancelha.

— O meu nome é Jordy, porém, como você pode... — ele começa a falar, mas é interrompido pelo grupo, que começa a cantar "Alison", uma música da década de 1990, tocada exaustivamente em todas as rádios e cantada por um garotinho francês chamado... *Jordy* — ... perceber — ele fala quando o grupo para a cantoria e cai na risada —, pronunciar meu nome aqui é sempre acompanhado de um jingle. Então, pode me chamar de Miguxo, como todo mundo faz.

Simpatizo com Jordy, o Miguxo, de cara. Ao contrário de Carla, que parece antipática e me olha de cima a baixo, e Rodrigo, que faz o estilo tiozão do pavê e pegador, Jordy parece inofensivo. O tipo de cara com quem vale a pena ter amizade. *Isso mesmo, Tati*, penso comigo mesma, *foca na amizade!*

Obviamente, esse tipo de pensamento não me serve de nada quando me vejo frente a frente com o crush da minha vida. Lembra que falei antes que ele estava maravilhoso? O gato dos gatos? Esquece. Pedro é um grande brigadeiro de colher, daqueles que fazem a gente babar. O paletó grafite faz seus olhos escuros parecerem ainda mais doces, e a camisa branca o deixa com ar de homem importante e delicioso. E, quando ele sorri... é nocaute na certa!

— Bem-vinda, Tati — ele murmura com um sorriso, beija meu rosto e segue em direção a uma sala, me deixando com o coração acelerado.

O departamento de Planejamento é dividido em seis salas: uma para cada publicitário e uma grande, de reunião. Lane me indica onde é a sala de cada um, enquanto me leva para a que será a minha. Todos os ambientes se parecem, exceto o de Pedro, que, além de ser maior, é repleto de troféus e prêmios, e ainda tem um sofá confortável e uma mesa enorme, onde alguém poderia até se deitar nela se quisesse. Obviamente, esse pensamento me leva a Pedro e eu deitados na mesa e... *Tatiana, pare com isso agora!*, repreendo-me com veemência. *Amigos. Apenas bons amigos.*

###

Estou na agência há pouco mais de quinze dias e tenho amado a experiência. Ainda estou aprendendo algumas rotinas do trabalho, mas Pedro e Miguxo têm sido incríveis comigo; eles tiram minhas dúvidas e me ensinam o que é preciso para que eu desenvolva meus projetos.

Entro no prédio da agência, aceno para as recepcionistas e sigo para o andar onde fica o meu escritório. Mal ligo o computador e me sento na cadeira confortável, quando Arthur, o gerente de planejamento, entra no departamento e bate palmas.

— Que maravilha! Estão todos aqui! Vamos à reunião! — Acompanho a equipe e sigo para a sala de reuniões, sentindo um nó no estômago.

Eu devia saber que uma reunião logo de manhã, antes mesmo que eu tivesse chance de tomar um café bem preto para acordar, não podia ser coisa boa.

Acomodo-me entre Pedro e Miguxo, colocando sobre a mesa o caderno que peguei da bolsa antes de sair da minha sala. Pedro solta uma risadinha debochada e Jordy murmura um "Let it go" ao verem a capa com a Elsa, da animação *Frozen*. Faço uma careta para os dois e abro o caderno, procurando uma página limpa. Enquanto o restante da equipe de planejamento se acomoda, anoto a data de hoje na primeira linha.

Esta é a primeira reunião de equipe que Arthur faz desde que cheguei aqui. Tivemos outras, mas foi para falarmos de projetos específicos e não envolveu o grupo todo.

— Bom dia, pessoal! Olá, Tatiana! — ele fala para mim. — Como estão indo as coisas? Espero que esteja gostando do trabalho, apesar de ainda estar em treinamento. — Ele sorri e eu retribuo.

— Estou muito animada e adorando a agência.

Ele pisca e se volta para a equipe.

— Bom, vamos começar? Faremos um giro rápido nas contas em que vocês estão trabalhando — ele diz, e, um a um, cada publicitário vai falando um pouco a respeito dos trabalhos que estão sendo realizados. As empresas que eles mencionam são de médio e grande porte, bastante conhecidas.

Então, chega a vez de Pedro, que começa a falar sobre as empresas com as quais está trabalhando, e fico de boca aberta olhando para ele. Quando termina, Arthur me explica:

— O Pedro é nosso garoto de ouro, Tatiana. Ele cuida das principais contas da empresa, dos clientes top de linha. A carteira dele vai desde a Tierry, a maior joalheria do país, até a Loks, a principal marca de cerveja consumida pelos brasileiros.

— Nosso garoto basicamente escolhe com quem quer trabalhar — Miguxo murmura para mim. — E tem mais prêmios que o nosso chefe — completa com uma risadinha.

— Estou ouvindo, *Jordy* — Arthur fala com ironia, e, obviamente, o refrão de "Alison" é cantado a plenos pulmões, fazendo-me soltar uma risada. — Muito bem, Pedro. Excelente trabalho, como sempre.

Arthur digita algo no notebook à sua frente e, então, vira-se para mim.

— Bom, Tatiana, enfim tenho um desafio para você. — Ergo os olhos para ele e sorrio com preocupação. O que será que ele está reservando para mim? — Nosso departamento comercial acabou de fechar com um novo cliente, e você tem o perfil exato para cuidar dessa conta.

— Hum... jura? — pergunto, erguendo as sobrancelhas e me preparando para fazer as devidas anotações sobre o meu primeiro projeto.

— Juro! — ele diz, jovial. — Você é solteira? — ele pergunta de forma inesperada, e quase me engasgo. *Que espécie de pergunta é essa?*

— Sim... — respondo baixinho, sentindo o olhar de Pedro sobre mim.

— Perfeito! Você vai trabalhar com o @amor.com. É um aplicativo de relacionamentos para solteiros! Vai ser uma revolução no mercado.

— Oh — sussurro, sem saber ao certo o que falar.

Ele continua, muito empolgado:

— Este vai ser seu projeto especial. Inicialmente, é a única conta que vai assumir. Vai ser a sua *menina dos olhos*.

— Nossa... o projeto é tão elaborado assim que precisa de dedicação total?

O sorriso de Arthur se amplia.

— Exatamente! Uma das exigências para fechar esse contrato é que o responsável pelo projeto o utilize durante três meses.

Utilizar? Do que ele está falando?

— Como assim?

— Vamos instalar o app no seu celular, tablet e em qualquer outro gadget que você tenha.

— Gadget? — pergunto, atordoada.

— Dispositivos eletrônicos — Miguxo murmura.

— Você terá encontros com outros usuários. Quem sabe não desencalha no processo? — Arthur continua, sem dar atenção à minha óbvia expressão de horror, falando com um sorriso conciliador, enquanto todos na sala começam a rir.

— Eu... não estou... encalhada! — protesto.

— Está, sim. Você mesma disse que não tem namorado! — O sorriso dele se amplia ainda mais enquanto a minha boca se abre em choque na mesma proporção. — Vai ser perfeito! Ainda que fosse um serviço tradicional de namoro on-line, você se sairia bem, já que é bonita. Mas tenho certeza de que vai abalar o coração dos seus pretendentes!

Pedro interfere na conversa:

— Que diferença esse tal de @amor.com tem dos demais sites de relacionamento?

— Os usuários precisam instalar o aplicativo em seus equipamentos eletrônicos: celular, tablet, até computador. Eles fazem o cadastro e começam a analisar os perfis — Arthur explica empolgado, enquanto me sinto cada vez mais horrorizada. — Quando um usuário se interessa pelo perfil do outro, ele pode curtir o perfil. Se os dois se curtirem, o aplicativo os coloca em contato e *voilà*! Um novo mundo se abre, e você pode teclar com o grande amor da sua vida.

Teclar? Meu Deus, esse homem voltou para os anos 2000, em que as pessoas usavam o bate-papo da Uol? Quem ainda fala *teclar*, Senhor?

Pedro faz uma careta e olha para mim.

— Não vi novidade alguma nisso. O Tinder já está no mercado há muito tempo e faz a mesma coisa.

— Você já usou o Tinder? — pergunto a ele, boquiaberta.

Ele dá um sorrisinho de lado.

— Talvez — ele responde baixinho.

Arthur nos interrompe.

— O grande diferencial do @amor.com é que o objetivo dele, como o próprio nome diz, é encontrar o amor da vida dos seus usuários. Eles acreditam que a melhor forma de isso acontecer é estabelecendo relações, conversando, conhecendo o outro. A aparência desperta, a princípio, o desejo sexual, a paixão. Então, o aplicativo não permite ao usuário que coloque fotos. É preciso conhecer a personalidade de cada um, apaixonar-se pelo jeito de ser do possível parceiro, para só depois ver como ele é fisicamente.

A sala explode em comentários e risadas.

— Só deve ter gente estranha!

— Que furada!

— Namoro na internet é coisa de gente encalhada.

Pedro vem ao meu socorro e quase dou um beijo nele em agradecimento. *Tudo bem, eu poderia dar um beijo nele mesmo sem motivo.*

— Arthur, a Tati é uma garota bonita. — *Ele me acha bonita?* — Acho que isso pode deixá-la exposta a perigos e...

Arthur não permite que ele continue.

— Todos os usuários são checados, Pedro. Não é qualquer um que tem acesso ao serviço. A empresa tem uma equipe que faz entrevistas com os usuários e analisa os documentos deles. É uma espécie de agência de namoro, só que do mundo moderno. — Ele sorri para mim. — Pode ficar tranquila.

Estou embasbacada demais com essa história maluca de aplicativo de namoro. Isso não pode estar acontecendo comigo. Que vergonha! Se eu estivesse na minha cidade, seria motivo de piada na certa.

— Mas não tenho nenhuma experiência com isso, Arthur. Nunca usei um site de relacionamentos! Mal sei como essas coisas funcionam. — Olho para Pedro, que está assentindo ao meu lado. — Por que... por que não escolhe o Pedro?

— Eu?! — Pedro protesta, dando um pulo na cadeira.

— É, você — concordo e me volto para Arthur. — O Pedro já tem experiência com o Tinder. É solteiro e bonitão. Vai se sair bem. — Apoio a mão sobre a dele e dou tapinhas de leve nela, com um sorrisinho encorajador.

— Mas a minha experiência não foi para encontrar o amor da minha vida — ele fala e faz uma careta.

Arthur o interrompe.

— Não, Tatiana. *Você* é a pessoa certa. Eles querem uma moça, jovem, solteira e com boa aparência. *Você* é perfeita para isso. — Enquanto ele fala, Carla me olha com desdém, como se estivesse aborrecida por eu estar sendo elogiada por meus... hum... atributos. Mal sabe ela que me sinto como um garanhão em exposição.

Pedro inverte a posição das nossas mãos e passa a dar as batidinhas suaves na minha, como se me confortasse. Meus ombros caem. Estava tão animada com esse novo trabalho e agora vou ter de me tornar a estranha que procura namorado na internet.

— Tenho certeza de que vai mandar muito bem neste trabalho — Arthur fala apontando o indicador para mim, tentando mais uma vez parecer jovial. — Já encaminhei para o seu e-mail todas as informações necessárias para criar seu perfil e tudo o mais. Hoje à tarde, você tem uma reunião com a dona do @amor.com, que vai te ajudar com os detalhes. — Ele sorri novamente. — Seja bem-vinda ao time! Reunião encerrada. Vamos faturar, minha gente!

Status de hoje: Vagas abertas para mozão.
#socorro #namoroonline #encalhadanaweb

De: Tati Pires
Para: Miss Baldinho

Obrigada por ser essa amiga maravilhosa que me colocou na maior furada da vida.

De: Miss Baldinho
Para: Tati Pires

O que eu fiz?

De: Tati Pires
Para: Miss Baldinho

Me indicou para um emprego em que vou precisar encontrar um mozão na internet. A meta era me manter solteira. Nada de arranjar namorado, casinho, ficante e afins. Agora preciso arrumar um namorado on-line.

De: Miss Baldinho
Para: Tati Pires

Hahahahaha. Vamos sair para almoçar daqui a pouco e você vai me contar essa história direitinho!

Após a reunião, volto para a minha sala me sentindo derrotada. Saí de Piracicaba, no interior de São Paulo, em busca de um recomeço em que eu aproveitaria a vida de solteira que nunca tive, e agora precisava enfrentar o terror da mulher solteira moderna: encontros às escuras, agendados pela internet. A perspectiva era ainda pior do que quando as minhas tias tentavam me apresentar a alguém, já que elas, *teoricamente*, conheciam os *pretendentes*.

Ouço um barulho no vidro da porta e, ao erguer os olhos, vejo Miguxo do outro lado, fazendo um coraçãozinho com a mão. Ele sorri e eu retribuo, esperando poder, pelo menos, me divertir com toda essa história insana.

Ligo o computador de última geração que foi disponibilizado para mim. Sobre a mesa, ao lado do teclado, há um iPad e um iPhone, ambos com o aplicativo instalado, tenho certeza. Mas, por ora, decido abrir o e-mail corporativo para tentar me familiarizar com as informações que Arthur me encaminhou.

De: Arthur Pigossi [arthurpigossi@agenciatarget.com.br]
Para: Tatiana Pires [tatianapires@agenciatarget.com.br]
Assunto: Fwd: Passo a passo para criar conta no @amor.com

Prezada Tatiana,
Siga os passos a seguir para criar a sua conta:
Seja bem-vindo(a) ao @amor.com!
Para se cadastrar, é simples:

- Acesse o aplicativo @amor.com em seu gadget.

- Preencha seus dados pessoais. Eles não serão disponibilizados para os demais usuários.
- Escolha um nome de usuário, que é uma espécie de apelido, e senha.
- Selecione o tipo de parceiro que busca, preenchendo os campos:

  Sou: Mulher | Homem

  Interesse por: Homens | Mulheres
- Crie uma frase de perfil, algo criativo e que chame a atenção.
- Fale um pouco a seu respeito: como você é, sua personalidade, o que gosta de fazer, se tem um hobby, esportes que pratica.
- Escreva o que procura em um parceiro ideal.
- Clique em Enviar. Seu perfil será analisado e, em breve, entraremos em contato.

Solto um longo suspiro e olho para o celular, como se ele fosse me morder a qualquer instante. Não sou muito ligada a essas coisas de tecnologia; celular para mim só serve para ligar e enviar mensagens de texto. Sou uma negação até mesmo nas redes sociais, mas, aparentemente, esse aparelhinho será meu amigo inseparável pelas próximas semanas. Aperto o botão para ligá-lo e tamborilo os dedos sobre a mesa enquanto aguardo o aparelho ganhar vida. Uma batida no vidro da porta me assusta e me faz estremecer. Levanto a cabeça e Pedro está ali fora, com um sorriso no rosto.

— Vamos almoçar? — ele pergunta, e eu olho surpresa para o relógio. Caramba, já passa do meio-dia, e eu aqui sentada pensando na vida e me lamentando.

— A Lane tinha me chamado para ir com ela — respondo, e ele sorri.

— Vamos, vou levar as minhas duas garotas favoritas para comer. Hoje é por minha conta. — Ele pisca e sorri, segurando a porta para que eu o acompanhe.

Seguimos para o elevador, conversando sobre o restaurante ao qual ele vai nos levar. Paramos no segundo andar, convidamos Lane e saímos juntos. Ao alcançarmos a rua, sinto o sol quente do Rio tocar minha pele. O dia está lindo, e andamos poucos metros até chegarmos ao bistrô que Pedro sugeriu. Sentamo-nos em uma mesa na varanda envidraçada, onde é possível ver o movimento da rua e, ainda assim, nos refrescarmos com o ar-condicionado do lugar. Abro um sorriso ao ver duas senhoras passeando com seus cachorros enquanto conversam, um surfista com sua prancha seguindo para a praia e um grupo de executivos de terno e gravata caminhando pela rua. É tudo tão diferente da minha cidade, tanto movimento, cor e animação, que não posso deixar de suspirar e comparar com a quietude do interior. Depois de escolhermos os pratos, Lane pede:

— Pode começar a me contar tudo sobre o *projeto mozão* — ela fala, e Pedro e eu soltamos uma gargalhada.

— Basicamente, preciso me cadastrar em um aplicativo de relacionamentos e utilizá-lo, para compreender como funciona. Assim, terei um conhecimento maior do que os usuários buscam e vou poder desenvolver melhor as estratégias da campanha. — Bebo um grande gole do suco de laranja que a garçonete deixou na mesa.

— Hum — Lane murmura com um biquinho, pensativa. — Talvez não seja tão ruim. De repente, você encontra um cara legal...

Ela é interrompida por Pedro.

— Mas, Lane, ela não precisa namorar ninguém de verdade. É só pesquisa — ele diz, sério, o olhar indo do meu rosto para o dela. — Esse tipo de coisa pode ser perigoso. A gente não sabe quem está do outro lado da tela.

— Mas vou ter de ir aos encontros, o Arthur disse. Meu Deus, como vou convencer alguém a usar uma porcaria dessas se eu mesma não acredito na eficácia do produto? — Coloco as mãos na cabeça.

— Ah, mas, se você encontrar um cara legal, pode desencalhar! — Lane fala rindo.

Pedro e eu protestamos em um tom alto demais ao mesmo tempo.

— Não estou encalhada!

— Ela não está encalhada!

A varanda do restaurante fica subitamente em silêncio, e me remexo na cadeira, desconfortável, sentindo todos os olhares sobre mim.

— Acabei de sair de um relacionamento de anos — falo em um tom de voz baixo. — Preciso de um tempo para mim.

— Isso aí. — Pedro sorri. — Ela precisa de um tempo para si mesma.

— Além do mais, como vou chegar em casa e contar para a minha mãe que conheci o homem da minha vida em um aplicativo de namoro? Vou ficar conhecida na cidade como a mulher incapaz de encontrar um homem na vida real!

A garçonete se envolve na conversa.

— Ela tem toda razão. — A jovem morena que aparenta ter trinta e poucos anos faz um joinha para mim. — Conheci um rapaz em um site de namoro. Meus amigos riam de mim, dizendo que era melhor que eu fosse ao *Vai dar namoro*. Eles não podiam me ver que cantavam "dança, gatinha, dança", por causa do programa do Rodrigo Faro. Foi horrível. O relacionamento estava fadado ao término antes mesmo de ter começado. Morríamos de vergonha de dizer que tínhamos nos conhecido on-line.

Ela dá de ombros e se afasta da mesa.

— Esse é o problema. Vocês encaram isso como motivo de vergonha. A internet serve para muitas coisas e deveria ser vista como uma ferramenta para se relacionar com alguém tão autêntica quanto ficar com um carinha na balada, conhecer alguém no metrô ou ser apresentada a ele por um amigo em comum. — Depois que Lane fala, dá uma garfada na salada. Enquanto vou digerindo suas palavras, sinto como se uma lâmpada tivesse se acendido no meu cérebro e começo a ver a luz no fim do túnel.

Eureca!

— É isso — exclamo.

— O quê? — Lane pergunta. — O que eu fiz?

— Esses sites e aplicativos de relacionamento não dão muito certo porque a primeira barreira que encontram é o preconceito dos usuários. Ninguém gosta de admitir que usa algo assim, com vergonha de parecer socialmente inapto. Precisamos mostrar que o @amor.com é só mais uma forma de se conhecer alguém, algo divertido e interessante, e que não é brega usar o aplicativo.

Pedro me encara e sorri, parecendo orgulhoso do meu modo de pensar.

— É isso aí, gatinha — ele fala e ergue a mão para mim. Batemos a palma uma na outra e sinto o calor da sua mão me envolver, provocando pequenas ondas de arrepio em meu corpo. Ele se vira para Lane. — Vai ser um desafio quebrar esse paradigma, mas acho que é bem por aí.

— Vou me reunir com a desenvolvedora do aplicativo hoje à tarde, para fazer o briefing do projeto.

— Se precisar de ajuda... — Pedro fala, e lhe dou um sorriso.

— Vou precisar. Não sei o que colocar no meu perfil que possa parecer interessante e criativo.

— Podemos fazer juntos, hoje à noite! — Lane sugere. — Podemos te ajudar com o perfil e a seleção de candidatos. Eu faço a triagem das fotos! — Ela solta uma gargalhada.

— Nada de fotos! Essa é uma das regras do aplicativo — explico, e ela curva os lábios numa careta de frustração.

— Ah, droga. Bem, podemos escolher os mais interessantes juntas! — Ela bate palmas. — Ah, vai ser tão divertido!

— Tati, só promete que vai ter cuidado? Tem muito maluco por aí... — Pedro pede, e concordo, balançando a cabeça.

— Pode deixar — respondo, sorrindo de novo para ele e tentando tranquilizá-lo. Tinha me esquecido desse lado doce e protetor de Pedro, que parece ainda mais aguçado agora. Uma lembrança da época de escola me vem à mente, de um dia em que um garoto no colégio tentou me intimidar e Pedro veio em meu socorro, exigindo ao valentão que me deixasse em paz. Sorrio ao me lembrar de que ele foi para a diretoria com um olho roxo, mas, ao passar por mim, piscou o olho bom e disse que eu não precisava mais me preocupar com o idiota. Ele era, desde aquela época, um cara com um bom coração.

Esse projeto vai ser um grande desafio, mas tenho a sorte de ter dois amigos ao meu lado. Olho para Pedro, que pisca para mim, e sinto meu coração acelerar.

Amigos, Tati. Amigos.

6

Status de hoje: O amor é uma flor roxa que nasce no coração do trouxa.
#exboméexlonge #essacoisadeamoréumadroga #solteirasimencalhadanunca

— Tatiana, a cliente das catorze horas já chegou — a recepcionista avisa ao telefone.

— Obrigada, vou descer para recebê-la — respondo animada, encaminhando-me para o lobby do prédio. Na volta do almoço, antes de Pedro sair para visitar um cliente, esboçamos algumas questões para a minha reunião com Beatriz Lopes, a dona do @amor.com. Foi gentil da parte dele, tendo em vista que essa conta é minha e, pelos comentários dos nossos colegas e pelo que vi nos últimos dias desde que comecei a trabalhar aqui, ele é um ocupado e importante membro da equipe, o que só demonstra que é mesmo um bom *amigo*.

Ao chegar à recepção, Vanessa, uma das recepcionistas, me indica uma jovem que não parece ter mais do que dezenove anos. De jeans, keds, camiseta da Mulher-Maravilha e um longo cabelo cor-de-rosa, a moça mal parece ter saído da escola. *Será que é uma pegadinha?*, eu me pergunto, olhando para os dois lados, na expectativa de que o Sérgio Mallandro surja de um canto qualquer gritando: *Hááá! Glu-glu-ié-ié.*

— Hum... olá? — falo para ela, passando a palma das mãos em meu vestido verde.

— Oi — ela responde tão baixinho que é quase impossível distinguir sua voz. — Você deve ser a Tatiana — ela continua, agora com as bochechas coradas e os olhos verdes arregalados por trás dos óculos de armação quadrada. — Eu sou a Bia... hum... Beatriz.

— Tudo bem, Beatriz? — Aperto sua mão.

Ela assente, e peço que me acompanhe até a minha sala. Enquanto caminhamos, conversando sobre amenidades, eu a observo mais atentamente. Ela parece saída de um desenho animado com aquele cabelo quase pink, ou quem sabe de uma convenção de cosplay. A franja lisa cai por cima dos óculos pretos, destacando os olhos verdes e a pele clara de quem, assim como eu, não vai à praia há muito tempo. Pela manga curta da camiseta, consigo ver uma Branca de Neve tatuada cobrindo boa parte do braço direito. No punho esquerdo vislumbro um laço rosa tatuado. Os fones de ouvido pendurados no pescoço e a mochila preta nas costas deixam claro, se alguém tivesse alguma dúvida, de que aquela é uma verdadeira garota geek.

Falo um pouco da agência para ela, repetindo as palavras que Lane me disse em meu primeiro dia, enquanto entramos na minha sala.

— Bom, Beatriz, como responsável pela conta do @amor.com, gostaria de saber um pouco mais sobre a empresa e seu papel lá, para que possa compreender melhor do que vocês precisam — digo com cautela, tentando entender onde essa menina tão jovem se encaixa na empresa.

— Pode me chamar de Bia — ela diz baixinho e sorri, parecendo um pouco mais confortável. — *Eu sou* o @amor.com. Comecei a desenvolver o aplicativo há três anos, quando percebi que estava apaixonada pelo meu melhor amigo, mas nunca tive coragem de contar a ele. — Ela dá de ombros. — Além disso, meus amigos mais chegados são muito tímidos, e alguns já sofreram muito bullying, assim como eu. Seja pela aparência nerd, seja pela minha extravagante, a nossa... hum... inteligência um tanto privilegiada.

Ela parece sem jeito ao falar isso e imagino que minha expressão tenha sido de confusão, porque ela explica:

— Meu QI é mais elevado do que o da maioria das pessoas e... bem... nem todo mundo acha isso legal. — Ela dá de ombros mais uma vez. — Então, quando vi o cara por quem estava apaixonada saindo com a bonitona e popular da faculdade, fiquei pensando que o amor não deveria se basear em aparência física. Que todos deveriam ter uma chance de conquistar o amor, independentemente da aparência. Daí, comecei, de brincadeira, a desenvolver o projeto do @amor.com. O objetivo do aplicativo é unir pessoas que tenham interesses em comum, estimulando que se apaixonem pela personalidade, pela conversa, pelos interesses do seu "pretendente", e não pela aparência. Apresentei o aplicativo como projeto de uma das aulas de pós-graduação, e meu professor me incentivou a desenvolvê-lo.

— Pós? — pergunto, abismada. — Você não deve ter mais do que dezenove anos! — deixo escapar, e ela ri.

— Tenho vinte e três, e atualmente estou no doutorado... Mas, eu te falei: QI elevado e tudo o mais... Pulei algumas fases ao longo da vida. — O sorriso dela se amplia e os olhos verdes brilham por trás dos óculos. — Bem, com a implantação do aplicativo, as pessoas começaram a usar e deu certo. O serviço fez muito sucesso e o @amor.com se tornou uma empresa de verdade, em que desenvolvo e pesquiso novas ferramentas e funcionalidades para competir com a concorrência. Um dos meus investidores sugeriu que fizéssemos uma campanha de marketing, e escolhemos a Target para isso.

— Ficamos muito honrados em representar sua empresa, Bia — digo, abrindo um sorriso confiante. — Mas, com base em tudo o que me relatou, seria muito fácil desenvolver uma campanha. Acho que não tem necessidade de usarmos o aplicativo para isso. Inclusive, já pensei em algumas ideias e...

Ela me corta com veemência.

— Não. — Ela balança a cabeça, a franja caindo sobre os olhos. — Quero que quem for desenvolver a campanha use o aplicativo pelo período estabelecido. Essa é a minha única exigência. As pessoas têm muito preconceito com relação a namoro on-line, e quem trabalhar comigo tem que saber que é muito mais do que *fracassados* ou *esquisitões* tentando arranjar alguém. O @amor.com não é um aplicativo para nerds, geeks, tímidos ou gente estranha. É uma ferramenta que permite a qualquer um encontrar sua alma gêmea, não importando a aparência. Não é um aplicativo para *feios*, como já ouvi falar. É uma forma de realmente conhecer alguém. De se interessar pelo conteúdo, não pela embalagem.

— Mas você não acha que isso é um pouco falho, tendo em vista que, em uma primeira conversa, já posso marcar um encontro e, se o pretendente não me agradar fisicamente, posso simplesmente ir embora?

— Não. Para o aplicativo dar match, ou seja, indicar que os dois são compatíveis e liberar dados de contato, é preciso ter certo tempo de conversa com o usuário. O aplicativo impede que você troque dados como telefone e e-mail, por exemplo, antes de atender aos pré-requisitos. Claro que, mesmo depois de conversar com a pessoa e conhecê-la mais intimamente, pode ser que não exista química após um encontro pessoal. Mas, pelo menos, você pode manter a amizade, pois já conhece o outro e, provavelmente, já tem sentimentos por ele.

A explicação faz sentido para mim e, pela primeira vez desde que fui designada para essa conta, sinto que trabalhar com esse projeto vai envolver um pouco mais do que apenas desenvolver uma campanha para um cliente. É algo que vai me desafiar, me fazer rever os próprios preconceitos e, quem sabe, conhecer novas pessoas. Não sei se um novo amor... até porque não estou procurando um namorado, mas ter a chance de fazer novos amigos é algo sempre bem-vindo.

Bia e eu conversamos um pouco mais, até que ela diz que precisa ir. Antes que saia, enquanto coloca a mochila nas costas, faço a pergunta que vinha me matando de curiosidade.

— Bia, e o seu amigo? O que ele acha de tudo isso? Vocês ficaram juntos?

O olhar dela se torna sonhador, e ela dá de ombros.

— Ele nem sabe que o @amor.com é meu. Durante a faculdade, ele soube do aplicativo e achou uma loucura alguém poder se apaixonar por outra pessoa pela internet, mas nunca teve interesse em conhecer o projeto a fundo. Ele sabe que tenho uma pequena empresa que fatura muito e que é algo relacionado à internet, o que não é nenhuma surpresa, já que a minha área de formação é TI. Ele é consultor financeiro, é quem me dá umas dicas de investimento de vez em quando, mas não sabe exatamente do que se trata. Eu nunca falei.

Ela mordisca o lábio inferior.

— Mas nunca ficamos juntos, nem acredito que vá acontecer. Sei que com ele estarei eternamente na friendzone.

— Ah, mas você é tão novinha. Tenho certeza de que vai encontrar alguém... Nunca tentou usar o aplicativo para si mesma? — pergunto.

Ela ri.

— Uso sempre, inclusive fiz muitos amigos com ele, mas nunca me interessei por ninguém romanticamente. Por isso te falei: mesmo que não encontre o amor, pode ter a chance de conhecer pessoas incríveis, que farão diferença em sua vida.

Despedimo-nos prometendo nos falar em breve, e, após acompanhá-la até a saída, volto para a minha sala e faço uma pesquisa detalhada sobre a empresa, ainda pensando em tudo o que ela me contou. É irônico que a mulher por trás do aplicativo, que, segundo as inúmeras matérias que encontrei na internet, uniu centenas de casais, não tenha conseguido conquistar o homem que ama — uma prova de quanto as relações amorosas são complexas. Pensar nisso me faz lembrar de André e do nosso quase casamento desfeito, e não posso evitar uma pontada de tristeza.

Pego o celular, abro o Facebook e procuro o meu ex entre meus amigos. Ao encontrar seu perfil, clico e sinto uma fisgada de dor no coração. Aparentemente, o homem que queria curtir, beijar outras bocas e aproveitar a vida desistiu de tudo isso, se é que a loira ao seu lado na foto de perfil e o status de *em um relacionamento sério* são uma indicação.

Antes de me permitir ser inundada pela autopiedade, fecho a rede social e desligo o celular, afirmando para mim mesma que sou uma pessoa de sorte. Consegui um emprego incrível, estou morando na cidade mais maravilhosa do mundo, ao lado da minha melhor amiga. A imagem de Pedro me vem à cabeça e sorrio ao pensar nesse reencontro. Ele é um cara incrível e tenho sorte de poder contar com o apoio de alguém tão especial quanto ele. Não preciso de um relacionamento amoroso para ser feliz. Pensando bem, namorei André por anos e nunca fui verdadeiramente feliz. Tenho sorte. Consegui me livrar de um relacionamento falido e estou realizando os meus sonhos. O que mais posso querer?

7

Status de hoje: Para me namorar, o cara precisa entender que num dia sou o Lula Molusco, em outros, o Bob Esponja.
#kdmozão #umadeusaumaloucaumafeiticeira

Lane e eu estamos debruçadas sobre o tablet, tentando descobrir como usar o aplicativo, quando a porta se abre e nós duas damos um pulo no sofá, como duas criminosas pegas em flagrante.

— Já começaram? — Pedro pergunta, aproximando-se com um sorriso no rosto. Ele está vestindo bermuda cáqui, descalço e com uma camiseta preta na qual está escrito *Mr. Perfect* em letras brancas. Observo-o de cima a baixo e tenho que concordar: ele é perfeito. Ele se senta do meu lado esquerdo, encosta-se confortavelmente e apoia o braço nas costas do sofá, enquanto passa a mão pelo cabelo bem curto nas laterais, que tem a franja jogada para o lado, em um corte moderno e estiloso. Sorrindo, estica o pescoço para tentar ver o que estamos fazendo.

— Estamos tentando — Lane responde. Ela toca na tela com a ponta dos dedos e, enfim, o bendito aplicativo abre. Ela me encara. — *E agora, José?*

Dou de ombros, rindo da sua brincadeira, e clico no link para preencher os dados de usuário, quando sinto a ponta dos dedos de

Pedro tocar meu ombro suavemente, deixando-me bastante consciente de sua presença ao meu lado e me fazendo sentir como uma verdadeira solteirona por estar ao lado de um gato como ele, enquanto preencho o meu perfil em um aplicativo de namoro. *Droga*.

Suspiro e começo mesmo assim.

— Ei! Vai colocar o nome completo? E se um maluco... — Pedro começa a reclamar, e imediatamente apago e substituo por um apelido. Mesmo que não seja o meu.

Nome: Tatá ~~tiana~~ Pires

— Se eu fosse você, colocaria vinte anos — Lane fala, apontando para a tela. — Os caras podem te achar... hum... velha demais.

— Eu não sou velha! — protesto, acertando uma cotovelada nela.

— Acho que deveria colocar trinta — Pedro fala. — Passa mais maturidade e diminui a chance de aqueles caras que só querem pegar garotinhas darem em cima de você.

Idade: 24

Faço uma careta para ele e, enquanto Lane e Pedro discutem sobre os benefícios ou não de se mentir a idade, passo para os próximos tópicos. Os dois debatem item por item, como se eu estivesse preenchendo o formulário de candidatura à presidência da República, e não o de um site de relacionamentos. Tenho certeza de que, se eles fossem os responsáveis por classificar os pré-candidatos à presidência do Brasil, o país seria um lugar muito diferente. Muito melhor e próspero, é claro!

Signo: Capricórnio

— Deus me livre! — Lane protesta, erguendo as mãos.

— O quê? — pergunto. — Deus, qual é o problema com essa questão?

— Vai assustar os homens. Eles vão descobrir imediatamente que você é louca de pedra. Muda isso aí!

— Lane — Pedro começa —, o que você acha que vai acontecer? Que um deles vai fazer o mapa astral dela? A gente nem faz ideia pra que serve essa porcaria de signo. Isso não existe!

É o suficiente para que os dois comecem uma discussão sobre os segredos e os mistérios do universo, a influência dos astros no comportamento humano e *blá-blá-blá*.

Sou: Mulher

— Acho que você deveria... — Pedro começa a sugerir, mas o interrompo de imediato. Preencher um pequeno formulário com esses dois é quase mais difícil que fazer o Enem. Senhor!

— Se sugerir que eu coloque que sou homem, vou te colocar daqui para fora, sem direito a sequer um pedaço da pizza que vai ser entregue a qualquer momento — digo, fuzilando-o com os olhos.

Ele ergue a mão em rendição, inclina a cabeça e abre um sorriso encantador. Já disse que ele tem um sorriso lindo?

Volto a olhar para o formulário, acompanhada de perto pelos dois. Chegamos ao item *nome de usuário*, que deve ser composto de @ mais o apelido escolhido.

— O que coloco aqui? — pergunto a eles.

— Hum... — Lane enrola uma mecha de cabelo nos dedos. — O que acha de @gatinha24?

Olho para ela surpresa, enquanto Pedro solta uma gargalhada.

— O que é isso? O bate-papo da Uol? — ele pergunta.

Lane joga uma almofada nele, que me segura pelos ombros, tentando se esconder atrás de mim, fugindo do ataque. Rindo, consigo me desvencilhar e, enquanto os dois discutem apelidos, dando as sugestões mais bizarras possíveis, preencho o campo.

Nome de usuário: @tatapires

Eles protestam, dizendo que é pouco criativo, mas prefiro a minha simplicidade a usar algo como @solteirasimsozinhanunca.

Enfim, chego a um item que não tem como gerar discórdia. A senha. Começo a digitar, sendo observada atentamente pelos dois.

Senha: *Pastel01*

— Meu Deus, Tati! Que espécie de senha é essa? — Pedro protesta, e olho para ele, confusa. — Quem usa *pastel* como senha?

— Mas até com a minha senha vocês implicam? É uma senha segura! — respondo, e ele começa a rir.

— Onde está a segurança nisso? Que você não vai comê-la porque ela é digitada e não recheada com queijo? — Ele arqueia uma das sobrancelhas, muito senhor de si.

Há! Segura essa, bonitão!

— É segura, sim. Tem dois caracteres especiais com os asteriscos, letras e números. Ah, e uma letra maiúscula!

— Mas *por que* pastel? — ele pergunta, ainda sem entender.

— Porque eu adoro pastel. Quando criei minha primeira senha, fiquei com medo de me esquecer, aí meu pai sugeriu que eu colocasse o nome de algo de que eu gostasse muito, assim não correria esse risco. Pastel foi o escolhido! — explico, e tanto Lane quanto Pedro caem no sofá, às gargalhadas com a minha explicação.

Ignoro-os e volto minha atenção ao formulário. *Frase de perfil*. Ah, droga. Deveria ter pedido ajuda a um dos redatores, em vez de contar com esses dois. Pelo menos eles seriam mais criativos.

— Ei, podem parar de rir e me ajudar pra valer? — Cutuco a cintura de cada um e os dois se contorcem, tentando parar de rir e voltando a se sentar direito, como as duas pessoas maduras que não são. — Preciso de uma frase de perfil. Algo criativo e que chame a atenção.

— *Procuro um homem que saiba me amar* — Lane fala, rindo.

— Ah, jura? — pergunto. — Achei que estivesse procurando um que soubesse fazer planilha de Excel.

Nós três rimos.

— *Em busca de um grande amor?* — Lane fala e faz uma careta.

— Tenho que realmente procurar alguém? — pergunto, e os dois falam *sim* ao mesmo tempo.

— *Engraçada, charmosa, cativante. Vem me conhecer* — Pedro sugere, e nós duas olhamos para ele, admiradas. Quando ele percebe que o encaramos, parece sem jeito e dá de ombros. — É melhor se manter perto da realidade, não é?

Ah, meu Deus! Ele me acha engraçada, charmosa e cativante? Para, Tati, não pira! Ah, meu Deus! Será que ele gosta de mim? Alôôô, quem você tá pensando que é, sua louca? Ele é o crush! Foca no cadastro!

Respiro fundo e começo a digitar, enquanto Lane avisa que vai ao banheiro. Quando chego ao campo seguinte, olho para Pedro, que me encara sem afastar os olhos dos meus.

Frase de perfil: Engraçada, charmosa, cativante. Vem me conhecer.

Sobre mim: Publicitária recém-chegada do interior, encantada com a cidade grande. Busco novos amigos e, quem sabe, alguém especial. Adoro praia, ler e conversar. Vamos começar daí? 😉

Termino de digitar e nos encaramos, em silêncio. Sinto uma vibração, como se houvesse um campo magnético ao nosso redor. Os olhos de Pedro ficam mais escuros, e ele segura a minha mão de leve, acariciando meu punho com movimentos lentos e circulares. Então, ele começa a se inclinar lentamente em minha direção. Meu coração acelera quando penso que ele vai me beij...

Peeeeeinnnnn!

Nós dois pulamos com o barulho do interfone.

— É a pizza! — Lane grita, correndo para a sala. Pedro suspira, solta minha mão e se levanta para atender o entregador. — Ei, o que houve? — ela pergunta, sentando-se ao meu lado.

— Hum... oi?

Ela inclina a cabeça e ri.

— Oi, tudo bem?

Será que ele ia de fato me beijar?, penso comigo mesma, enquanto dou risada da brincadeira.

— Bem, e você? — Lane também ri.

— O que houve? — ela repete.

— Nada — desconverso. — Terminei.

— Tem que clicar em *enviar dados* — ela fala, apontando para a tela, e sorri.

Ainda me sentindo um pouco abalada por aquele clima inesperado na sala, aperto *enviar* e, após o aplicativo carregar, aparece uma mensagem na tela:

Parabéns! Seu cadastro foi efetivado com sucesso. Em até 24 horas ele será liberado e você receberá um e-mail de confirmação.

— Olha a pizza! — Pedro fala da porta, e Lane se levanta para ajudá-lo, enquanto comenta empolgada sobre o projeto. Eles se encaminham para a sala conversando e colocam a pizza na mesa. Olho para Pedro, que sorri para mim, aquela intensidade de poucos instantes tendo desaparecido por completo, fazendo-me pensar se não imaginei aquele clima que rolou entre nós.

— Vem, Tati! — Lane chama, me afastando dos meus pensamentos.

— Estou indo — respondo. Desligo o tablet, pensando que essa coisa de relacionamentos, reais ou virtuais, é complicada demais.

8

Status de hoje: Te pegando mentalmente.
#anoitevaiserboa #cheers

Passo o dia de *carrapato* com Miguxo, que vai me colocando a par dos clientes e dos procedimentos da empresa. Apesar de ter ficado chateada com o fato de ter de usar o tal aplicativo, estou muito animada com o novo trabalho. O cargo é o mesmo que eu ocupava na minha cidade, mas aqui é tudo mais empolgante e parece ter um brilho especial. A equipe é unida. Rodrigo, apesar de fazer o tipo pegador de quinta categoria, é um cara legal, simpático e bem competente. A única estranha é a Carla, que não fala com ninguém e ainda faz cara feia quando interage, principalmente comigo.

Acabamos de voltar do almoço e Miguxo está me explicando sobre o sistema que é utilizado na empresa, quando uma batida soa na porta. Sem aguardar, Pedro abre e enfia a cabeça para dentro da sala.

— Ei, achei você — ele fala para mim, abrindo um sorriso. Depois, se vira para Miguxo e acena para ele. — Tudo bem, cara?

— Beleza — Miguxo responde.

— Estava me procurando? — pergunto, passando a mão sobre o vestido preto que estou usando por baixo do blazer branco.

— Sim... — ele murmura e olha ao redor, parecendo um pouco sem jeito. — Eu... hum... tenho um coquetel de um antigo colega de faculdade hoje à noite. Vai ser em um hotel, em Copacabana. Estava pensando se você não... hum... gostaria de ir? — ele meio que fala, meio que pergunta.

— Coquetel? — repito e olho para a roupa que estou vestindo.

— Sim. Não é nada chique. Drinques por conta da casa, boa comida e muita música. O que acha? — ele pergunta, parecendo esperançoso, e eu o entendo. É horrível ir a uma festa sozinho.

— Parece legal. Tenho tempo para passar em casa e trocar de roupa?

— Acho que não, Tati. Vamos direto depois do trabalho. Mas você está ótima assim. Não precisa se preocupar com isso.

Sorrio, mais confiante.

— Então, combinado.

Ele retribui o sorriso.

— Certo. A gente se vê mais tarde, então. — Ele acena e sai, fechando a porta, mas a abre novamente e enfia a cabeça para dentro da sala mais uma vez. — E o cadastro?

— Ainda não foi aprovado. Falei com a cliente, e ela disse que devem me liberar no fim da tarde.

— Hum. Certo. Tudo bem — ele diz, assentindo com a cabeça, e sai da sala.

— Você e o Pedro se conhecem há um bom tempo, né? — Miguxo pergunta.

Afasto os olhos da porta e o encaro.

— Ah, sim. Estudamos juntos durante todo o ensino médio. — Ele arqueia as sobrancelhas.

— Jura? E como é que você tem esse sotaque *porrrrtaaaa*, *porrrteiiira* e *porrrtão*, enquanto ele fala o carioquês legítimo? — ele pergunta, e nós dois rimos.

— É que nasci e fui criada em Pira. O Pedro é daqui do Rio, mesmo.

— Pira? — ele pergunta, curioso.

— Piracicaba, *interioorrrr* de São Paulo — falo, puxando ainda mais o R, e ele ri. — O pai do Pedro foi transferido para uma empresa na minha cidade, quando éramos adolescentes. Estudamos no mesmo colégio. Quando terminamos o ensino médio, ele voltou para o Rio para fazer faculdade, e eu fiquei.

— Hum. E a Lane? — ele pergunta, o tom de voz se suavizando.

— A Lane é a minha melhor amiga desde sempre. Crescemos juntas. — Sorrio. — Mas, assim como o Pedro, ela veio fazer faculdade no Rio. E eu fiquei.

— Por quê?

— Eu estava noiva. Ele tinha um bom emprego por lá. Não fazia muito sentido deixá-lo.

— Ué, mas você é casada? — ele pergunta, parecendo confuso, já que ser solteira era um pré-requisito para a campanha do aplicativo. Então, olha imediatamente para minha mão esquerda, à procura da aliança.

— Não... — Balanço a cabeça. — Ficamos juntos por anos. Estávamos prestes a nos casar, mas terminou. — Dou de ombros. — Aí achei que a minha vida precisava de uma mudança e vim parar aqui.

— E agora vai arrumar um namoradinho virtual — ele fala rindo.

Debochado.

— Namoradinho de mentira, né? Porque não quero saber de namorado nenhum. Quero organizar a minha vida aqui, me adaptar ao trabalho, fazer alguns cursos. Acho que não estou pronta para me relacionar com ninguém, sabe?

Miguxo desvia o olhar e encara o vidro da sala. Meus olhos acompanham os dele e o vejo observar Pedro. Ele está na sala dele, de pé, apontando algo em um quadro branco para um cliente, enquanto fala sem parar. Hoje ele está com um blazer cinza-escuro sobre uma bela camisa branca e calça jeans igualmente escura. Sem dúvida, muito bonito. De repente, ele desvia o olhar do cliente e nos pega encarando-o. Ele sorri, pisca para mim e volta a falar.

— Sei, Tati... sei bem como é. O negócio é que nem sempre as coisas são como a gente imagina, sabe? — Miguxo fala de repente.

— Oi? — pergunto, sem ter entendido o que ele quer dizer.

— Bem, vamos voltar a olhar o sistema? — ele sugere e começa a falar, sem me dar chance de perguntar qualquer outra coisa.

###

De: Beatriz Lopes [bialopes@amor.com]
Para: Tatiana Pires [tatianapires@agenciatarget.com.br]
Assunto: Cadastro aprovado

Olá, Tatiana!
Seu cadastro no aplicativo @amor.com foi aprovado! \o/
A partir de agora, basta acessar o app instalado em seu celular ou tablet, fazer a busca por interesse e começar a interagir.
Espero que faça, no mínimo, bons amigos! Qualquer dúvida, não deixe de me procurar.
Abraços,
Bia

Assim que o e-mail cai na minha caixa de entrada, sinto como se a minha sentença tivesse sido decretada e eu estivesse prontinha para seguir para o corredor da morte. Tudo bem, sei que estou agindo como a rainha do drama, mas que toda essa situação de namoro na internet é no mínimo bizarra, isso é. Estou prestes a fechar o programa de e-mails quando o meu celular toca, me fazendo estremecer de susto. Olho no visor:

— Oi, mãe... — começo, mas a metralhadora verbal da minha mãe não me deixa sequer cumprimentá-la.

— Tati, você esqueceu que tem mãe? Que tem família? Você não é filha de chocadeira, não! — ela começa e, lá no fundo, ouço a voz do meu pai. — É isso mesmo, Zé Carlos. Ela tem mãe! — ela diz para o meu pai, que, pela resposta dela, posso imaginar que está protestando a meu favor. *Obrigada, pai*, penso, torcendo para que ele receba telepaticamente meus agradecimentos.

— Não, mãe. É que os últimos dias foram bem corridos. Mas nos falamos assim que cheguei aqui. Como estão as coisas por aí? — pergunto, mas logo me arrependo. Ela passa os próximos quinze minutos discorrendo sobre toda a vizinhança, desde o cachorro da dona Maria, que fugiu, até a filha do seu Nestor, o dono da padaria, que está grávida e ninguém sabe de quem. Parece que Pira tem tanto drama e acontecimentos quanto uma boa novela das nove, coisa de que nunca me dei conta.

Quando ela finalmente faz uma pausa para recuperar o fôlego, eu pergunto:

— Você e papai estão bem?

— Estamos *morrendo* de saudades de você. Está se alimentando direito, Tati? Pelo amor de Deus, não fica comendo besteira. E cuidado na rua. Vai direto para casa e não saia de noite. Sua tia Luísa disse que o Rio de Janeiro é muito perigoso. Quando escurece, você tem que ficar dentro de casa.

Não consigo segurar a risada.

— Estou me alimentando, sim, mãe. E não é perigoso desse jeito. Além do mais, estou morando em um bairro bacana. Não precisa se preocupar.

Meus pais nunca saíram de Piracicaba. Todas as vezes que meu pai falava em viajar, minha mãe arrumava uma desculpa e nunca ia. Espero que um dia ela venha aqui me visitar. Ela ia amar a praia de Copacabana, o lugar que adora ver nas novelas.

— Esse é o meu papel de mãe: me preocupar com a minha filhinha. E os namoradinhos? — ela pergunta, e eu olho para o computador. Se contar a ela sobre a minha tarefa do trabalho, ela vai espalhar para a cidade inteira que estou caçando namorado na internet.

— Mãe, acabei de chegar ao Rio. Mal tive tempo de conhecer meus colegas de trabalho.

Ela ri.

— E está gostando do emprego? É o que esperava? Sabe que, se quiser voltar, nossa casa está sempre aberta para você — ela diz, e sinto o amor da minha mãe me envolver, mesmo que estejamos separadas por quilômetros de distância.

— Estou adorando, mãe. Ainda estou aprendendo o trabalho, mas todos são muito simpáticos e me ajudam. Estou feliz aqui — falo, e é de coração. Sinto como se realmente tivesse me encontrado nesta cidade.

Ouço uma batida na porta e, ao olhar, me deparo com Pedro encostado no batente. Ele tirou o blazer que usava e colocou outro, um pouco mais esportivo, que, imagino, ele deva manter no escritório para eventos inesperados. Gato. Muito gato.

— Olha, mãe, tenho que ir. Tenho um compromisso agora.

— Tudo bem, filha. Estamos com saudades. Seu pai está mandando um beijo.

— Também estou. Mande outro para ele. Beijo pra você também.

Desligo o celular e o coloco sobre a mesa. Ele sorri e fico pensando como alguém pode ser tão lindo assim.

— Está pronta? — ele pergunta.

— Pode me dar cinco minutinhos?

— Claro. Te espero lá na recepção.

Ele sai. Pego a bolsa e vou para o banheiro. Encaro o meu reflexo no espelho e me analiso rapidamente. Cabelos loiros e lisos presos em um coque elegante. Os olhos cor de mel estão delineados e brilham com animação. Pego o pincel de blush na nécessaire e o aplico sobre as maçãs do rosto, tirando um pouco da palidez. *Preciso pegar uma praia com urgência*, penso. Animada com a perspectiva de ir ao coquetel, aplico um batom cor de vinho, fazendo meus lábios cheios sobressaírem na maquiagem discreta. Sorrio para meu reflexo, satisfeita com o resultado.

Em seguida, tiro o blazer branco que estou usando e observo o vestido preto. À primeira vista, é um tubinho simples, com um modesto decote redondo na frente. Mas tem um decote em v sensual nas costas, e o tecido envolve o meu corpo nos lugares certos. É elegante, bonito e valoriza a minha silhueta. Meu corpo não é esguio como o de Lane, que não tem um grama de gordura sobrando. Mas tenho bons quadris, como dizem minhas tias, e uma cintura que não é de se jogar fora. A noite está quente, como de costume no Rio, e sei que não vou sentir frio com o vestido sem mangas. Olho para os meus pés e me congratulo mentalmente por ter escolhido sandálias vermelhas de salto muito alto, que deixam meus dedos aparentes, mas cobrem meu calcanhar e são presas aos tornozelos por uma tirinha. Elas têm um estilo sexy, e paguei uma fortuna nesse par, mas posso dançar a noite inteira sem me sentir cansada, além de deixarem minhas pernas mais compridas.

Antes de sair do banheiro, pego a miniatura de um perfume na bolsa e borrifo um pouco em mim. Depois, quando me dou por satisfeita, penduro a alça da bolsa no ombro, deixo o blazer na minha sala e sigo para a recepção.

Ao chegar ao primeiro andar do prédio, vejo Pedro sentado em um dos sofás de couro preto da recepção. Ele afasta os olhos de algo que está lendo no celular, e seu olhar desliza pelo meu corpo com uma expressão de apreciação. Sorrio para ele, que retribui.

— Você está linda — ele fala enquanto se levanta, desligando o aparelho. — Vamos?

— Claro — respondo baixinho.

Seguimos para a rua ao lado, onde o carro dele fica estacionado em uma garagem particular.

— Vai conseguir andar com esses saltos tão altos? — ele pergunta, arqueando as sobrancelhas.

— Claro, anos de treino — respondo, dando uma voltinha, e nós dois rimos.

Depois que Pedro entrega o canhoto do estacionamento, em poucos instantes o manobrista aparece com o carro. Inclino a cabeça e observo o carrinho esportivo que parece de brinquedo.

— Nós vamos *nisso*? — pergunto, pensando em como ele vai se acomodar naquele carro baixinho que só tem dois lugares e parece tão pequeno quanto uma caixa de sapatos.

— *Isso* é um Peugeot RCZ esportivo; não ofenda o Fred — ele fala, abrindo a porta do carro para que eu possa me entrar.

O interior do carro é imaculado. Painel repleto de botões e bancos de couro macio. O tipo de carro feito para impressionar caçadoras de dinheiro e despertar inveja nos homens. Um brinquedo nas mãos de um homem crescido.

— Fred? Você deu o nome de Fred ao seu carro?

— Ué, e você queria que eu o chamasse como? De Maria? — Nós dois rimos. — Ele é um cara. Merece um nome legal.

Ele se acomoda no lado do motorista, coloca o cinto de segurança ao mesmo tempo que eu, engata a primeira e coloca o carrinho em movimento. Só tem dois lugares, e tenho que dar o braço a torcer, é bonito pra caramba.

— O que te fez escolher um carro desses? — pergunto, curiosa. Ele me olha rapidamente, com uma sobrancelha arqueada. — Não parece um carro prático — justifico.

Ele sorri e acaricia o volante.

— Ano passado, cuidei da conta de uma rede de hotéis de luxo de um grupo de empresários de Dubai. Precisei me dedicar quase exclusivamente a essa conta, pois os empresários estavam investindo uma soma indecente na rede.

— Indecente? — pergunto com um sorriso. — Como assim?

— *Realmente* indecente. Do tipo que apenas multibilionários podem investir.

— Uau — murmuro, e ele ri.

— Bem, o que posso dizer é que a campanha foi um sucesso. A Mashallah se tornou a rede de hotéis seis-estrelas mais conhecida e apreciada no Brasil, de acordo com as revistas especializadas, e teve um lucro de trezentos e cinquenta por cento a mais do que esperavam naquele primeiro ano, devido à campanha.

Enquanto ele fala, recordo-me da propaganda que vi na TV sobre a rede de hotéis luxuosíssimos.

— Nossa! Trezentos e cinquenta por cento? — pergunto, e ele me olha rapidamente e assente. — Está brincando comigo, não é?

— Não. — Ele abre um sorrisinho, mas continua prestando atenção no trânsito. — Eles estão com as reservas esgotadas pelos próximos três anos, além de uma longa lista de espera.

— Caramba! E aí você comprou esse carrinho… — ele me olha com uma careta —, o Fred — corrijo, e ele ri —, com a sua comissão milionária.

— Não. Recebi uma ótima comissão, com certeza. Mas o Fred foi uma espécie de bônus que ganhei pelo resultado. O restante da equipe também ganhou presentes excelentes como forma de agradecimento — ele acrescenta com um sorriso.

— Mas, obviamente, o seu foi um superbônus — falo, em tom de provocação.

— O que posso fazer se sou o astro da equipe? — ele diz, convencido, e empurro levemente seu ombro. — Falando sério, apesar de muito bonito, é o modelo mais simples na categoria dele — ele explica, e começamos a falar sobre o mercado automotivo.

Seguimos até o hotel em que acontecerá o coquetel conversando e rindo. Estar com Pedro é bom. Ele é um cara tranquilo, divertido e fácil de lidar. Ele para o carro em frente ao hotel e um manobrista o cumprimenta, enquanto outro abre a porta para mim. Pedro para ao meu lado para me acompanhar. Enquanto seguimos para dentro do hotel, ele apoia a mão na parte inferior das minhas costas. Seu toque é quente, firme e me deixa um pouco nervosa, afinal, faz tempo desde que saí com alguém que não fosse André, meu ex e atual namorado de outra garota. Não que a noite de hoje esteja na categoria passeio no sentido de *encontro*. Somos apenas dois amigos fazendo companhia um ao outro.

Pelo menos é o que eu acho.

Entramos no salão, que está lotado de todo tipo de pessoa: empresários engravatados, jogadores de futebol, subcelebridades, entre elas, duas ou três mulheres-frutas, estrelas da TV e pessoas comuns como nós. O local é escuro e luzes piscam como em uma casa noturna, acompanhando a batida da música. Como diria minha tia Luísa, é um *bate-estaca* de primeira, ainda que eu não faça ideia do que isso signifique.

Pedro sorri para mim e atravessamos o salão.

Imediatamente, ele é cercado por um grupo de rapazes que apertam sua mão com animação e lhe dão tapinhas nas costas. Ele me apresenta como sua amiga e me conta que aqueles são seus antigos colegas de turma. Enquanto o grupo conversa com animação, sua mão não deixa a parte inferior das minhas costas.

Poucos instantes depois da nossa chegada, um garçom passa e entrega uma bebida a cada um de nós. Olho desconfiada para a taça com uma bebida colorida em tom neon, de onde sai uma fumacinha.

— É docinho — o homem ao meu lado fala, abrindo um sorriso. Ele é baixo, deve ter quase a minha altura, talvez alguns poucos centímetros a mais, e está usando calça jeans e uma camisa xadrez com a manga enrolada. Tem cara de bom moço e faz o tipo que não bebe todas.

Sorrio para ele e dou um golinho na bebida. Doce mesmo. Um pouco forte, mas, ainda assim, uma delícia. Pedro me observa e sorri quando o encaro. Ele ergue a taça e nós dois brindamos. Após alguns minutos, o pequeno grupo que está conosco pede licença para falar com um casal que acabou de chegar. Então, ele me conduz pelo salão, parando ocasionalmente para conversar com um e outro. Nossas taças são reabastecidas algumas vezes durante essas paradas, até que chegamos à pista de dança.

E é aí que a casa começa a cair.

Pedro me puxa para a pista de dança e começamos a nos balançar ao som da música eletrônica que o DJ não parou de tocar desde a hora em que chegamos aqui. Já estou no terceiro — ou será quinto? — drinque neon. É tão gostoso e refrescante que posso passar a noite inteira só bebendo isso.

Faz muito tempo que não saio para dançar. Acho que a última vez foi no verão, no segundo ano da faculdade, quando André viajou a trabalho e eu fui ao aniversário de uma amiga. Mas nada se compara à animação desta festa. Pedro se balança no mesmo ritmo que eu, segurando minha cintura com uma mão, enquanto a outra segura a bebida. Ele trocou o drinque neon por energético misturado com alguma coisa que não me lembro mais o que é.

O DJ faz uma espécie de grito de guerra ao microfone, e todo mundo grita junto. A música continua, e nós dois dançamos cada vez mais perto, enquanto conversamos e flertamos um com o outro. Pedro é charmoso, divertido e lindo, e faz eu me sentir feliz por ser sua acompanhante hoje.

— Acho que já bebemos demais, Tati — ele fala, com a voz um pouco estranha.

— Hã? Claro que não! Só bebi dois desses! — respondo, batendo na taça e derrubando um pouquinho da bebida no chão.

— Ah, droga — ele murmura, tirando a taça da minha mão e bebendo o resto do conteúdo. Depois, faz sinal para um garçom, que troca a taça vazia por uma cheia.

Não sei precisar há quanto tempo estamos na pista de dança. Mas percebo que as coisas começam a ficar realmente ruins quando o DJ troca o *tuntz-tuntz* da música eletrônica pelo *segure o tchan, amarre o tchan*, e Pedro e eu começamos a fazer as coreografias com tanta animação quanto os dançarinos de lambaeróbica. *Ainda existe isso ou é "anos noventa" demais? Acho que dizer dançarinos tiktokers seria mais atual.*

Já é tarde, muito tarde, quando resolvemos sair da festa. Atravessamos o salão rumo à saída, rindo muito. Pedro e eu caminhamos um pouco trôpegos, falando alto e gargalhando.

— Você foi demais fazendo aquele... — Paro de repente, sem conseguir me lembrar do nome do passo em que ele remexia os quadris. — Como é mesmo o nome daquele passo? Triângulo? — pergunto, e, quando olho para a frente, vejo que a porta do salão está prestes a nos atacar. — Ei, cuidado com a *porrrrta*! — falo, sentindo meu sotaque ainda mais puxado, enquanto Pedro me segura e me puxa para si.

Ele me para e faz o tal passo de novo, mexendo o traseiro como se fosse um quadrado e me provocando uma onda insana de riso. Com uma coisa eu tenho que concordar: ele sabe dançar, e muito melhor que eu.

— Esse seu sotaque é uma gracinha — ele diz, rindo também, e me puxa de volta para si, passando o braço ao redor do meu ombro. Seu corpo está quente contra o meu e eu me aninho em seu abraço, sentindo-me aconchegada. Passo o braço ao redor da cintura dele e tento me lembrar de quando foi a última vez que senti o idiota do André me abraçar assim, mas não consigo.

Então, Pedro para de repente. Olho ao redor e estamos em frente à cabine dos manobristas. Ele me solta e começa a procurar algo nos bolsos, e imediatamente sinto falta do seu calor. Passo os braços ao redor do corpo, sentindo o frio da noite — ou seria madrugada? — me envolver.

— Droga, não estou achando... — Pedro fala para si mesmo, enquanto o observo com atenção.

Ele parece, pela primeira vez desde que nos reencontramos, desalinhado. A sombra da barba já desponta no rosto. Metade da barra da camisa está para fora da calça, enquanto a outra está para dentro. Alguns botões estão abertos, e as mangas enroladas exibem braços fortes. O cabelo está uma baita confusão, mas ele está lindo. E me deixa sem ar. Exatamente como quando éramos do ensino médio e ele às vezes desviava o olhar em minha direção.

Quero beijá-lo. Quero tanto beijá-lo que meu corpo se inclina automaticamente para ele, como se tivesse vontade própria. Então, duas garotas passam, tão bêbadas quanto nós, e o chamam de gostoso. Meu corpo se tensiona e minha coluna se enrijece de raiva. Ele tem a decência de corar e dá de ombros para mim. Abre a boca para falar algo, mas o manobrista é mais rápido.

— Hum, senhor, me perdoe. Mas não acho prudente que dirija — ele fala com cautela. — A multa da Lei Seca é muito alta, e o senhor ainda corre o risco de perder a carteira, mesmo que não tenha bebido muito...

Pedro bate na testa e olha para o rapaz, que parece constrangido.

— Cara, você tem toda razão! — ele diz, sacudindo o dedo para o rapaz e se voltando para mim. — E agora, Tati? — pergunta, coçando a cabeça.

Irada pela ousadia da periguete que está do outro lado da calçada, dando em cima de um rapaz de moto, fico em silêncio por alguns instantes, o único som entre nós sendo o *clique-clique* do meu salto batendo contra o concreto. De repente, tenho uma ideia.

— Já sei! Liga para a Lane. Ela pode vir de táxi para cá e nos levar no seu carro para casa — falo, inclinando a cabeça com um sorriso vitorioso nos lábios.

— Boa — ele exclama, enfiando a mão no bolso da calça para pegar o celular.

Após teclar alguns botões e fazer menção de levar o celular até a orelha, ele para e me olha.

— Não vai dar.

— Por que não? — pergunto, cruzando os braços.

— O carro só tem dois lugares! — Ele dá de ombros.

— *Arghh!* — resmungo, erguendo os braços no ar. Ele ri. Sinto mais raiva ainda. É incrível como aqueles drinques coloridos me fizeram ir da total alegria para a ira intensa tão rápido. Será que a minha bebida estava batizada? — Do que está rindo? — pergunto, olhando séria para ele.

— Você fica uma gracinha irritada — ele diz, fazendo uma careta para mim.

— Não estou irritada! — protesto, talvez com muito mais veemência do que gostaria.

— *Aham* — ele murmura e ri.

— E aquele seu carro é ridículo!

— Ei! — Agora tenho sua total atenção. — Não chame o Fred de ridículo!

— É, sim. Quem no mundo tem um carro de dois lugares? — Balanço meus dois dedos da mão direita bem em frente aos seus olhos.

— Eu tenho! — ele fala. — E o Schwarzenegger também tem!

— E o Cristiano Ronaldo — o manobrista completa.

Pedro se vira para ele e aponta com satisfação para o rapaz.

— E o Cristiano Ronaldo! E... e... o Zac Efron! — ele fala, mas franze o cenho.

— De jeito nenhum! Zac Efron não tem um carro ridículo desses! — argumento.

— Tem, sim!

— Não, não tem!

— Tem, sim! — ele protesta e se aproxima mais, os olhos faiscando.

— Não. Tem — digo pontuando as palavras enquanto cutuco seu peito com a ponta do dedo.

Então, algo acontece. O ar ao redor fica mais espesso e sinto minha pele arrepiar. Estamos tão próximos um do outro, a respiração acelerada, o olhar fixo, presos a uma discussão tão inesperada e maluca quanto o que acontecerá a seguir.

Pedro segura o meu dedo, enquanto o outro braço envolve a minha cintura, e me puxa contra o seu corpo. Nós nos encaramos por alguns instantes, tão perto um do outro que sinto sua respiração se misturar com a minha. E, quando menos espero, sua boca captura a minha no beijo mais *sedutor*, *selvagem* e *irresistível* que já provei na vida.

Isto. É. Incrível, ouço meu subconsciente falar com a voz do Silvio Santos, igualzinho ao quadro que ele apresentava na TV na década de 1980 e que vi tantas vezes com meu pai na internet.

O beijo é tão intenso que não sei onde começa e onde ele termina. Nossos corpos estão colados, as línguas se entrelaçam em uma dança sensual, enquanto ele segura meu cabelo com firmeza e me atrai ainda mais para si. A raiva vira paixão, e posso garantir que esse é o melhor beijo de todos. Se alguém fizesse um concurso de beijos, esse levaria todos os prêmios, com toda a certeza.

Estamos perdidos um no outro, um festival de sensações dançando ao nosso redor por um período que não sei precisar. Talvez um minuto, talvez toda a vida. Até que ouvimos um pigarrear bem atrás de nós.

— Hum-hum. — O jovem manobrista está com a mão em punho na boca e, quando nos separamos, ele sorri. — Por que não pegam um táxi? — ele sugere, parecendo ansioso. — Podem retirar o carro amanhã, quando estiverem mais... sóbrios. — Ele pronuncia a última palavra tão depressa que fico em dúvida se falou mesmo ou se apenas imaginei.

— Boa ideia! — Pedro e eu respondemos ao mesmo tempo, e o rapaz, que agora parece aliviado, vai em direção à rua e faz sinal para um táxi que está passando.

Enquanto aguardamos, Pedro se aproxima, me abraça e beija o alto da minha cabeça.

— Vamos para casa, linda. — Balanço a cabeça concordando, e ele murmura contra o meu ouvido. — Que beijo, hein?

Sorrio para ele, aconchegando-me novamente contra o seu corpo, e ele me abraça com mais força. O táxi estaciona à nossa frente, e Pedro nos conduz até o assento de trás. Ele indica o endereço, o que é ótimo, porque eu não me lembraria nem mesmo do meu endereço de Pira, quanto mais o do Rio, que ainda não memorizei. Encosto a cabeça em seu ombro, fechando os olhos, enquanto sinto uma névoa de contentamento me envolver, e mergulho em um soninho gostoso, aninhada contra ele.

9

Status de hoje: Se não lembro, não fiz.
#bebercairelevantar #ressaca #drinquesneon

Não sei quem foi o filho da mãe que colocou esse farol na minha cara, mas isso precisa acabar. E tem que ser agora. Abro os olhos, piscando, enquanto tento me acostumar à claridade suave que atravessa a cortina. Quando consigo focar meus olhos, percebo quatro coisas:

1. Não estou no meu quarto.
2. Minha cabeça dói como se eu tivesse levado uma martelada com toda força.
3. Algo muito firme me prende à cama e não me deixa levantar.
4. Franzindo o cenho, olho para a mesa de cabeceira e vejo um despertador. Ainda são seis da manhã, mas, como é verão, o dia já está bem claro. Com um suspiro profundo, fecho os olhos, tentando relaxar a cabeça, que não para de doer. Meu Deus, o que aconteceu? Será que estou doente?

Tento me virar, mas meu corpo está pesado. Abro os olhos novamente. Com um resmungo e um pouco de força, consigo virar o corpo por alguns milímetros. Neste momento, se não estivesse presa com tanta firmeza contra a cama, com certeza teria caído no chão.

O que foi que eu fiz?

Pedro — também conhecido como o crush da minha vida — está dormindo como um bebê. Na *minha* cama. Debaixo da *minha* coberta. Dormindo o sono dos justos. Bom, tecnicamente, essa é a cama *dele*, assim como a coberta, mas isso não muda o fato de que estou na cama *com* ele e não faço a menor ideia do que aconteceu e de como vim parar aqui.

Lembro que saímos do trabalho e que fomos a um coquetel na noite passada. Mas entre a chegada ao hotel onde se realizou a festa e acordar na cama dele, pareço ter sofrido um apagão.

Um pensamento me cruza a mente com a força e a intensidade de um raio. Ergo as cobertas e olho para baixo. Estou vestida com uma grande camiseta branca que tem o desenho de uma barra de *loading* que vemos no computador ao fazer upload ou download de algum arquivo, com uma frase em letras pretas: *Instalando músculos. Por favor, aguarde*. Solto uma risadinha para a camiseta divertida e olho por dentro do decote, soltando um suspiro de alívio ao perceber que estou usando roupas íntimas. Imagino que ir para a cama com Pedro seria algo de outro mundo, mas não faria nenhum sentido fazer amor com o crush da minha vida e não me lembrar de absolutamente nada na manhã seguinte.

Cansada demais para pensar ou decidir qualquer coisa, apoio a cabeça de novo no travesseiro macio e fecho os olhos, caindo no sono imediatamente. Mas um barulho do mal toca muito alto perto da minha cabeça e dou um pulo na cama, colocando a mão na testa e sentindo meu cérebro se sacudir.

— Jesus, Maria e José — murmuro, e sinto Pedro se inclinar sobre mim e apertar o botão do aparelho do mal.

— Ei, bom dia — ele sussurra em meu ouvido quando passa por mim ao se deitar novamente na cama.

Abro apenas um olho e percebo que ele está sem camisa. Consigo ver, ainda que com rapidez, o muro de músculos contra o qual me choquei no dia da minha mudança. Sabia que ele era forte, mas não tinha me dado conta de que seu corpo era assim tão perfeitamente definido. Droga, assim é ainda mais difícil superar essa paixonite juvenil que tenho por ele.

— Bom dia — murmuro de volta, fechando os olhos. Estou enjoada, sentindo como se uma rave estivesse acontecendo na minha cabeça e confusa com o fato de que Pedro e eu estamos na mesma cama.

Ele se levanta e eu abro um olho novamente, observando-o atravessar o quarto usando uma calça de moletom que abraça seus quadris. Ele desaparece no corredor, e volto a fechar os olhos, suspirando.

— Ei, Bela Adormecida. Tome. — Ele empurra um copo de água gelada na minha mão e espera até que eu beba.

Não consigo evitar um gemido de alívio e ouço um som que parece parte grunhido, parte resmungo vindo dele. Levanto os olhos para observá-lo, e ele ergue a mão e a leva até o meu rosto, tirando uma mecha de cabelo que caiu sobre a minha testa.

Entrego o copo a ele e lhe dou um sorriso.

— Hum... Pedro, o que estou fazendo aqui? — pergunto, e ele arqueia uma sobrancelha. — Ou melhor, o que aconteceu na noite passada?

Ele franze a testa e parece tão bonitinho que me dá vontade de puxá-lo para o meu colo.

— Você não se lembra? — ele pergunta.

— Hum. Não? — respondo, meio perguntando, com receio da resposta dele.

— De nada?

— Eu lembro que fomos ao coquetel e encontramos seus amigos.

— Só?

— Só.

— Tem certeza? — Ele inclina a cabeça, me observando atentamente. — Não se lembra de mais nada?

— Não... — respondo, assustada. *Meu Deus, o que será que fiz?* — O que houve? Fiz algo que te envergonhou? — Sinto meu rosto esquentar, mas não posso evitar a pergunta. — Fizemos algo que não devíamos?

Ele inspira pesadamente e depois expira.

— Você prometeu que seria minha esposa e que teríamos cinco filhos.

— Arregalo os olhos. — Me deixou até escolher o nome deles: Huguinho, Luizinho, Zezinho, Maria do Bairro e Hermenegunda — ele fala, muito sério, e franzo a testa, confusa. — Jurou obediência total e que deixaria o emprego só para cuidar das minhas necessidades e das nossas crianças.

Passo a mão no rosto.

— Eu falei isso? Jura? — pergunto, com a testa franzida e uma expressão de incredulidade.

Ele solta uma gargalhada.

— Você é muito fácil de enganar — ele diz, rindo muito, e jogo um travesseiro em sua direção, que o segura, ainda rindo.

— *Hermenegunda*? — repito, semicerrando os olhos.

— Foi só isso que me denunciou? Droga! — Ele ri ainda mais.

— Não faria sentido eu permitir que você colocasse o nome dos sobrinhos do Pato Donald nos meninos, o de uma mocinha de novela mexicana em uma das meninas e um outro nome que não tem nada a ver com nada, além de ser a coisa mais horrível que já ouvi na vida. Fora que eu jamais seria uma esposa submissa.

— É, você é a teimosia em pessoa.

Rimos muito, e coloco as mãos no rosto, ainda sentindo a cabeça doer, mas feliz pela companhia bem-humorada dele. Esse tipo de situação me remete a André. Sei que não tenho o direito de compará-lo com quem quer que seja, principalmente Pedro, que não é meu namorado ou sequer uma possibilidade, mas é quase impossível não notar as diferenças tão gritantes entre um e outro. Enquanto Pedro é divertido, bem-humorado e debochado, como eu, André estava sempre muito sério. Nos últimos tempos, então, era difícil vê-lo rir. Bem, pensando melhor, era difícil vê-lo rir para mim ou comigo... o que só confirma que tínhamos mesmo um problema, e eu não havia percebido.

Quando esses pensamentos nebulosos me ocorrem, suspiro e volto a me concentrar na conversa com Pedro. Lembrar o passado e me lamentar pelo relacionamento terminado não me fará ir a lugar algum.

— Sério, Pedro — falo para ele com um sorriso. — O que houve?

Ele se senta ao meu lado.

— Não se lembra mesmo, Tati? — ele pergunta de novo, e fico com a sensação de que deveria me lembrar de algo importante, mas minha mente é um grande buraco negro no que se refere à noite passada.

— Não — respondo, e ele me observa com atenção. Depois de um tempo, diz:

— Fomos ao coquetel e bebemos demais. Saímos de lá tão doidões que o manobrista não permitiu que eu viesse dirigindo. Pegamos um táxi e você adormeceu. Eu te trouxe até aqui em cima e parei para procurarmos sua chave na bolsa, mas você fez uma confusão tão grande quando eu disse que ia te levar para o seu apartamento, que achei melhor você dormir aqui. — Ele abre um sorriso envergonhado. — Eu ia dormir no sofá, mas você me puxou pela mão e disse que não ia dormir sozinha de jeito nenhum. Bem, cada um virou para um lado e apagamos.

Olho para ele, observando sua expressão.

— E não fizemos nada, né?

— Eu deveria dizer que você gemeu muito alto e quase acordou os vizinhos? — ele pergunta, mas logo depois solta uma gargalhada. Dou uma cotovelada nele. — Não, Tati. Não fizemos nada.

Suspiro aliviada.

— Seria tão ruim assim se algo tivesse acontecido? — ele pergunta, e sinto meu rosto esquentar ainda mais, sem saber como responder. Como posso dizer para ele que seria colocar em prática minhas fantasias de adolescente?

— Ah... hum... bem... é que somos amigos, não é? Gosto muito de você e não quero perder sua amizade — digo, usando o discurso da friendzone, porque sei que ele nunca falha. Ainda que eu queira muito dar um beijo nele.

Ele me encara e depois sorri, dando de ombros.

— Sim, somos amigos.

Ele se levanta, dá um beijo suave no alto da minha cabeça e fala enquanto segue para o banheiro:

— Acho bom você subir e tomar um banho para se arrumar para o trabalho. Estamos cheirando a vodca e vamos acabar chegando atrasados

— ele fala, e ouço o som da água começar a cair do chuveiro.

— Ah, droga — resmungo, levantando-me. Pego minhas coisas e corro para casa.

10

Status de hoje: O que eu faço? Bem, tem dias que faço brigadeiro. Em outros, caipirinha. Depende muito. Hoje, fiz besteira.
#paqueravirtual #crushfail

Sentada à minha mesa, olho para o tablet como se ele fosse um monstro prestes a me atacar. Estico o braço para ligar o aparelho quando uma luz acende e indica que tenho quatro notificações.

Você tem quatro novas mensagens em @amor.com.

Encolho o braço novamente, como se o monstro tablet tivesse me mostrado as garras, e suspiro. *Vamos lá, Tati. Você é uma mulher ou um rato?*, pergunto a mim mesma. Digito a senha do equipamento e clico no aplicativo, que tem o ícone de um mouse em formato de coração. *Fofo*.

O aplicativo abre e uma cartinha surge na tela, piscando tão intensamente, quase como se implorasse: *Por favor, por favorzinho, abra!!!*, indicando que tenho mensagens não lidas.

Olho para as mensagens sem saber se dou risada ou se choro, quando uma batida na porta me chama a atenção.

— Oi, o que está fazendo? — Lane pergunta, enfiando a cabeça dentro da sala.

— Acabei de receber mensagens...

Ela entra, batendo palmas.

— Posso ver? — ela pergunta. — Estou *tãooooo* curiosa! Imagina se você encontra o amor da sua vida no aplicativo?

Ela mal puxa uma cadeira e se senta ao meu lado, quando uma nova batida soa na porta.

— Ei, o que estão fazendo? — Pedro pergunta, enfiando a cabeça para dentro da sala, exatamente como Lane tinha feito há instantes. Ele olha para mim com uma intensidade que me faz questionar de novo a noite passada. Será que aconteceu alguma coisa? Então, ele sorri. Aquele sorriso descontraído e despretensioso que costuma dar.

— Checando as mensagens do futuro amor da vida da Tati — ela fala.

— Mensagens? — Pedro faz uma careta e entra na sala, puxando uma cadeira e se sentando do outro lado.

— Quatro! — Ela ergue os dedos, indicando a quantidade de mensagens com um enorme sorriso no rosto.

— Se eu fosse você, não ficaria tão esperançosa. Olha isso... — resmungo com desgosto para Lane e indico a tela.

Ela lê a primeira mensagem:

Msg 01: Um beijo de verdade não é a soma de dois lábios, mas o encontro de uma só alma. Quer ser minha alma gêmea?

— Quem é esse cara? O Fábio Jr. da internet? — ele pergunta.

— Pelo amor de Deus, ele me pediu um beijo usando esse papo de alma gêmea.

— Ah, Tati, para de reclamar. Ele tentou! — Lane dá uma gargalhada. — Deixa essa separada. Talvez seja um dos últimos românticos. Vamos à próxima.

Ela lê a mensagem em voz alta, fazendo a imitação de uma voz masculina, o que fica totalmente estranho.

Msg 02: E aí, gatinha, quer teclar?

— Esse daí deve ser tiozão, acostumado a bate-papo — digo, e ela ri.

— Se você tivesse escolhido @gatinha24 como apelido, seriam o par perfeito!

Olho para Pedro, que está com a testa franzida, mas não fala nada.

Msg 03: Fala com migo?

— Este daqui quer ser seu *migo*! — Lane diz, rindo. — Nada que uma boa aula de português não resolva.

— Tecnicamente ela está buscando um suposto relacionamento, não uma vaga de professora de português — Pedro resmunga e ela dá de ombros, deletando a mensagem.

— Tá bom, nada de palavras escritas da forma errada. Próximo!

Msg 04: Mina, teu perfil é 10. Já é ou já era?

— Nem pensar! — Pedro e eu falamos ao mesmo tempo, antes que Lane resolva deixar essa mensagem em stand-by.

— Já era, totalmente! — falo, rindo, e Lane concorda.

— Tudo bem, nada de gírias do funk.

— Mas que porcaria — ele resmunga, virando-se para nós. — Tati, você não vai responder a esses caras, né? Está claro que nenhum deles é uma escolha segura.

Dou de ombros quando Lane começa a falar.

— Acho que ela pode responder para os números um e dois.

— Não, não. O um parece um babaca. O dois, um sedutor barato...

Eles dois começam a debater sobre responder ou não à mensagem, quando a cartinha treme de novo na tela e a mensagem de número cinco aparece.

— Entrou uma nova mensagem! — chamo a atenção dos dois.

Msg 05: Oi, sou o Beto e gostei do seu perfil. Vamos nos conhecer?

— Aleluia! — Lane fala, erguendo as mãos para o céu. — Um que parece ser normal.

— Será? — pergunto, desconfiada. Não estou levando fé nessa coisa de relacionamento virtual.

— Bom, esse parece o mais "normal" dos cinco. Esses caras não são tão bons para começar uma conversa, mas podemos creditar isso ao nervosismo da primeira vez — Lane diz.

— Não acha que deveríamos dar uma olhada no perfil de cada um antes de responder? — pergunto.

— Me deixem ver isso aqui... — Pedro murmura, enquanto lê a mensagem de Beto.

— Os cinco *têm* potencial! — Lane protesta, e ele volta a olhar para a tela, clicando no perfil. Lê em voz alta:

— Vinte e oito anos, geminiano e otimista. Quero encontrar uma companheira de vida. — Pedro levanta a cabeça e olha para nós duas com uma careta. — Que droga é essa?

— Gêmeos com Capricórnio não é uma boa combinação — Lane fala —, mas nunca se sabe.

— E quem é que decide se encontrar com outra pessoa com base em horóscopo? Isso não existe! — Pedro protesta, e os dois começam a discutir.

Meus olhos vão de um para o outro, como se disputassem uma partida de tênis, enquanto debatem sobre o perfil dos meus candidatos e se devo ou não responder. Então, sinto-me cansada. Essa coisa de namoro virtual é complexa demais para mim.

Puxo o tablet na minha direção, enquanto eles continuam debatendo sobre a influência ou não do signo ascendente no relacionamento. Clico no tal geminiano otimista e digito:

Oi, tudo bem? Sou a Tati, publicitária, meus dois melhores amigos são loucos de pedra e acabei de me mudar para o Rio. Adoraria te conhecer melhor. Me conte mais sobre você. O que gosta de fazer, seus hobbies, sua vida... beijos!

Clico no botão *enviar* e um som apita no aplicativo, chamando a atenção dos dois. Eles se viram, e Lane pergunta:

— O que você fez?

— Respondi para o número cinco. Apaguei os demais. — A expressão de Pedro muda, parecendo transparecer raiva. — Que foi? — pergunto a ele.

— Precisa tomar cuidado. Tem muito louco no mundo. Aqui não é Piracicaba, que você conhece a cidade inteira. Além do mais, acabou de terminar um noivado; não quero que se machuque com um cara mal-intencionado. — Ele continua parecendo irritado e me deixa aborrecida com sua insistência, como se eu fosse uma boba que não soubesse me cuidar.

A lembrança de que terminei o relacionamento com André faz meu coração doer. Se as coisas não tivessem dado errado entre nós, estaríamos casados agora. *Dediquei nove anos da minha vida a um relacionamento e tudo que recebi em troca foi um coração partido*, penso ao lembrar que ele já está envolvido com outra pessoa, enquanto eu continuo sozinha. Tudo bem, sei que pareço estar com uma pontinha de inveja, e talvez esteja mesmo. Às vezes, é difícil lidar com as surpresas desagradáveis que a vida nos reserva.

Respiro fundo, tentando me acalmar, e falo com o tom de voz mais calmo possível:

— Não sou uma caipira boba, Pedro. Sei me cuidar, e muito bem.

Ele arregala os olhos e se inclina para mim, segurando a minha mão e demonstrando arrependimento em sua expressão.

— Não, Tati, não foi isso que eu quis dizer. Você é uma das melhores garotas que conheço. É bonita, inteligente, divertida. Qualquer cara ia querer ter você ao lado dele — ele fala, os olhos sem deixar os meus um instante sequer. — Só não quero que se magoe. Nem que algo de ruim te aconteça. Não por achar que não sabe se defender, mas porque não sabemos do que as pessoas são capazes. — Ele ajeita uma mecha de cabelo atrás da minha orelha. — Me desculpe. Por favor.

Sinto sinceridade em seu tom, mas, lá no fundo, também uma pontinha de mágoa.

— Tudo bem. Mas sei me cuidar — murmuro e olho para Lane. — E sei escolher para quem devo responder.

Lane dá de ombros e sorri, nem um pouco intimidada com a minha reclamação.

— Mas é muito mais divertido quando a gente se mete.

Não consigo segurar a risada.

— Vocês dois são loucos.

— Mas você nos ama — ela fala. Olho para ela e depois para Pedro, que me encara com sua melhor expressão de gato de botas.

Dou uma risada, e os dois riem também.

Eles se levantam para ir embora, quando o som de uma nova mensagem apita. Ambos se viram para se sentar de novo.

— Nada disso! Xô, xô, vocês dois! — espanto os dois para fora da minha sala.

A porta está quase se fechando quando Pedro enfia a cabeça para dentro mais uma vez.

— Tati? — ele chama, e eu olho para ele.

— Sim?

— Só não se apaixone por um desses caras, tá? Por favor — ele fala, pisca o olho e sai da sala, deixando-me confusa com seu pedido inusitado. O que será que ele quis dizer com isso?

11

Status de hoje: Traga o meu amor em até sete dias, mas não me peça para mandar nudes.
#chat #namoroamizadeouserolarrolou? #nãomandonudes

Hoje completa quinze dias que estou cadastrada no @amor.com. Durante esse tempo, recebi mensagens dos mais variados tipos de homens: os interessados em discutir filosofia e a origem do universo; os tímidos, que mal têm coragem de puxar assunto no chat; os decididos, que querem encontrar o amor da sua vida *aqui e agora*; aqueles que só querem saber de sexo e mandar nudes; e os meus favoritos: os que têm um papo legal e potencial de se tornarem, pelo menos, novos amigos.

No trabalho, as coisas estão indo bem. Além do @amor.com, Arthur, o gerente, me colocou em mais três projetos pequenos: de uma perfumaria, de uma loja de lingerie e de um salão de beleza, o que é muito bom para que eu pegue mais experiência e segurança no trabalho.

Desde que meu cadastro foi aprovado e a operação “Tati, arranje um namorado!!!!” começou, venho me comunicando com o Beto, um médico de vinte e oito anos que está no meio do curso de especialização em Cirurgia Cardiovascular. Ele é um cara interessante, divertido e um pouco — tá bom, muito! — ocupado. Apesar disso, temos muitos gostos em comum e o papo é bom.

Após bastante conversa e várias tentativas de marcarmos algo, que geralmente dá errado, porque os horários dele são repletos de emergências médicas, ele enfim consegue uma horinha vaga para me encontrar no meio da manhã. Marcamos no centro da cidade, em uma grande e movimentada livraria perto do metrô.

Paro em frente à grande porta de entrada e suspiro, enquanto passo as mãos pelo vestido azul. O tom marinho realça meus cabelos loiros, que estão soltos, caindo por sobre os ombros, e combinam perfeitamente com minhas sandálias vermelhas, que não combinam nada com a quantidade de calçadas em pedras portuguesas que tive de atravessar para chegar até ali.

Segurando a bolsa, entro na loja e sigo para a área da loja onde ficam CDs e DVDs, lugar onde combinamos de nos encontrar. Não fazia ideia de que alguém ainda comprava CD ou DVD, já que todo mundo só fala em streaming, mas, pelo tamanho do espaço, parece que sim. Sinto um frio na barriga ao pisar no grande salão. Olho ao redor e vejo apenas um casal de adolescentes com uniforme escolar, uma senhora com o DVD da Roberta Miranda na mão e um rapaz magro de roupa preta, com fones de ouvido e balançando a cabeça no melhor estilo rock and roll. Suspiro e caminho pelos DVDs, enquanto aguardo a chegada de Beto. Só espero que ele não me dê um bolo, porque pior do que ter de arrumar um pretendente virtual é levar bolo em um encontro às escuras.

Ouço a voz deliciosa de Tiago Iorc nos alto-falantes da loja e, enquanto canto baixinho acompanhando a música, pego a caixinha de um DVD e leio o verso. Estou distraída com a música e o DVD na minha mão, quando uma voz masculina soa atrás de mim.

— Seria muito clichê dizer que você é a mulher mais linda que já vi? — ele pergunta, e eu me viro para encarar um homem alto, de cabelos loiros bem penteados e olhos verdes, usando uma roupa completamente branca.

Arregalo os olhos de leve e abro um sorriso.

— Beto? — pergunto, surpresa. Ele é muito mais bonito do que eu imaginava.

— Oi, Tatá — ele fala, usando o apelido que coloquei no aplicativo de relacionamentos.

Beto se inclina e beija meu rosto.

— O que acha de irmos até o café, no segundo andar? Ainda está cedo para o almoço, mas podemos tomar um café e nos conhecer melhor — ele sugere, e eu concordo.

Coloco o DVD no lugar e o sigo pela loja. Ele segura meu cotovelo, me conduzindo, enquanto pergunta se foi difícil achar o local. Essa é a minha primeira experiência em outro bairro que não aqueles em que moro e trabalho, e, apesar de não conhecer mais nada na cidade, as pessoas a quem pedi informação foram bastante educadas e solícitas.

Sentamo-nos no café e, enquanto ele chama a garçonete, eu o observo. Sim, ele é um homem muito bonito, simpático e educado, mas, até o momento, não senti nenhuma chama entre nós.

Pensar em atração me faz imediatamente lembrar de Pedro e daquela manhã em que acordei abraçada a ele. Meu corpo se arrepia e quase posso sentir o cheiro do perfume que ele usa. *Isso*, sim, é atração. Pena que é tão fora do meu alcance.

— Mas me fale de você... — Beto pede, e sua voz me afasta do pensamento em Pedro. Sei que dificilmente vou arranjar um relacionamento por meio de um aplicativo e, para ser sincera, nem sei se quero. O medo de me magoar é maior do que a vontade de ter um novo relacionamento e investir no *felizes para sempre*.

— Esta é a primeira vez que encontro alguém do @amor.com — falo, e ele ri. — Que foi? — pergunto, curiosa.

— Seu sotaque é uma gracinha — ele responde, e sinto meu rosto esquentar.

— Não percebo que tenho tanto sotaque assim. E, quando falo com a minha família ao telefone, eles sempre dizem que estou ficando com sotaque carioca.

Beto dá uma risada alta enquanto a garçonete traz o café que ele pediu para nós dois.

— Hum... não. Você continua com sotaque do interior de São Paulo — ele diz, e começamos uma conversa animada sobre regiões e suas características.

Beto é um cara legal. Tem uma boa conversa, excelente aparência e parece ser o tipo de cara que poderia até ser um bom namorado, o que torna ainda mais estranho ele ter optado por conhecer alguém pela internet.

Enquanto ele toma um gole do seu segundo café, resolvo fazer algumas perguntas que podem me ajudar a entender melhor o que o público-alvo do @amor.com está buscando.

— O que te fez se inscrever em um aplicativo como o @amor.com? — pergunto, e ele me encara por alguns instantes, como se refletisse sobre a resposta.

— Bem — ele responde —, um amigo do trabalho estava usando para sair com mulheres, sem compromisso...

— Ah, sim. O tipo *mande nudes* — retruco. Ele ri. — Sei como é.

— É, o Érico é assim. Ele não quer um relacionamento sério, só diversão. — Balanço a cabeça em concordância. — Tinha acabado de sair de um namoro longo e problemático. Estava a fim de me divertir e resolvi tentar. — Ele dá de ombros. — Uso o @amor.com há uns seis meses, mais ou menos.

— Já conheceu muita gente? — pergunto, curiosa.

— Mais ou menos. — Ele sorri. — Mas ninguém como você.

Arqueio uma sobrancelha.

— Como assim? — pergunto.

— Você é linda, doce... o tipo que a gente leva para casa, para apresentar à família.

Inclino a cabeça e observo Beto. Algo ali não se encaixa. Suas palavras são suaves e doces, mas o olhar é malicioso. Como se ele estivesse tentando conquistar minha confiança para dar o bote em seguida.

Será que ele pensa que aquele papo do tipo *sou bom moço* funciona com alguém?

A conversa continua e tento conduzi-la, fazendo perguntas cujas respostas vão me ajudar a traçar um perfil do usuário do aplicativo.

A Bia tinha razão. Para compreender melhor o serviço prestado pelo @amor.com é mesmo necessário utilizar o aplicativo e me encontrar com os usuários, pois só assim a gente consegue fazer uma análise aprofundada dos pontos positivos e negativos do serviço para um possível reposicionamento.

— Não sei se teria coragem de falar que conheci a mulher da minha vida em um aplicativo de relacionamento e... — Beto está falando quando o telefone dele toca e o interrompe. — Me desculpe, Tatá. É do hospital.

— Sem problemas — digo, fazendo um sinal para que ele vá adiante e atenda à chamada.

Enquanto ele fala ao telefone, passo os olhos pelo salão do café. Um casal de idosos saboreia um prato de salada enquanto conversam. Uma menina de uns seis anos pinta um livro de colorir com a mãe, que toma um gole de suco de laranja, um lápis de cor vermelha na outra mão. Alguns homens de terno conversam em uma mesa próxima, enquanto aguardam ser servidos. Apesar de estar me habituando à cidade, todo esse movimento e mistura de pessoas tão diferentes ainda me surpreendem.

— Sinto muito — Beto fala, tirando-me dos meus pensamentos. — Vou precisar voltar para o hospital. — Ele ergue o braço e faz um sinal, pedindo a conta para a garçonete.

— Está tudo bem? — pergunto, sentindo meu estômago roncar de fome. *Droga.*

— Vou participar de uma cirurgia de emergência. — Ele apoia a mão sobre a minha e acaricia meu punho. — Espero que este seja o primeiro de muitos encontros.

Hum. Acho que não.

— Claro, vamos continuar nos falando e nos conhecendo melhor — respondo com um sorriso.

A conta chega, ele paga e puxa a cadeira para que eu me levante. Saímos juntos da livraria e nos despedimos na porta, indo cada um para um lado.

###

Entro na sala de reuniões, e Pedro e Miguxo já estão por lá. Combinamos de conversar sobre o projeto da loja de lingerie, que é um braço de uma grande indústria têxtil, já que eles dois cuidam de outros dois segmentos dessa empresa.

Ambos estão digitando algo em seus computadores, e um projetor exibe alguns gráficos. Os dois estão sem os paletós, com as mangas da camisa enroladas e uma expressão compenetrada.

— Desculpem a demora — falo ao entrar, sentindo o olhar de Pedro sobre mim. Abro um sorriso e me sento do outro lado da mesa, organizando rapidamente o meu material para a reunião.

— Sem problemas, estamos começando agora — responde Miguxo e, quando vê que estou pronta, começa a falar dos gráficos que estão sendo projetados.

A reunião vai avançando, e minha cabeça começa a doer. A ida ao centro da cidade tomou muito do meu tempo e não consegui comer nada. Agora, a falta de uma refeição decente está cobrando o seu preço.

— Está tudo bem, Tati? — Pedro pergunta enquanto estou massageando distraidamente minhas têmporas.

— Hum... só um pouco de dor de cabeça — respondo, tentando tranquilizá-lo. — Não é nada de mais.

— Você almoçou? — Miguxo pergunta, arqueando uma sobrancelha.

Balanço a cabeça em negativa.

— Não deu tempo. Comi uma bolacha no caminho.

— *Cream cracker*?

— Aonde você foi?

Os dois perguntam ao mesmo tempo, com o cenho franzido.

— Não, daquelas de chocolate com recheio branco. Fui ao centro me encontrar com o Beto — respondo a ambos, servindo-me de um pouco da água que está em uma bandeja no centro da mesa.

— Biscoito, você quer dizer — Miguxo retruca.

— Quem é Beto? — Pedro pergunta ao mesmo tempo.

— Não, bolacha. Aquelas bolachas recheadas que se vendem em supermercado — protesto, e Miguxo faz uma careta de horror.

— Não, não, não! Isso se chama biscoito.

— Claro que não! — reclamo. — Bolacha.

— Bolacha é *cream cracker*! Ou água e sal!

— Claro que não!

— Você já leu o pacote? Vem escrito *biscoito*! Daqui a pouco vai dizer que aqueles biscoitos salgados de milho também são bolacha — Miguxo fala, cruzando os braços, pronto para uma briga.

— Claro que não. Aqueles lá são salgadinhos! — respondo, e ele faz outra careta.

— São biscoitos sabor coxinha? — Miguxo pergunta, e estou prestes a contestar, quando Pedro nos interrompe, após observar a discussão acalorada sobre *biscoito versus bolacha* com incredulidade.

— Afinal, quem é Beto? — ele repete, e respondo com calma, sem imaginar que daquela resposta poderia facilmente estourar a Terceira Guerra Mundial.

— Um dos meus pretendentes do @amor.com — explico. A boca de Pedro se abre, e ele parece estupefato.

— O quê? — ele questiona alto, afrouxando o nó da gravata. — Você foi encontrar um desconhecido *sozinha*?

Dou de ombros.

— O propósito do aplicativo é este: conhecer outras pessoas para um possível relacionamento.

— Mas não sair sozinha! — Ele fica de pé e anda de um lado para o outro da sala, enquanto passa a mão pelos cabelos. — E se ele fosse um bandido? Um assassino? Um *estuprador*? — ele questiona, e eu franzo a testa.

— Que exagero, Pedro...

— Já te falei que o Rio não é Pira! — ele protesta, e, desta vez, quem assiste à discussão é Miguxo, que parece surpreso não sei se com a bolacha, a explosão de Pedro ou o fato de eu ter ido sozinha até o centro para me encontrar com o Beto.

Estou prestes a protestar, quando uma batida soa na porta e Lane a abre com um sorriso.

— Oi, gente... — ela começa a falar, mas é interrompida por Pedro, que aponta o indicador para ela.

— Você! — Ela coloca a mão sobre o peito, surpresa, e murmura *eu?* — É ótimo que tenha aparecido. Acredita que a Tatiana foi *sozinha* a um encontro com um cara que ela *não conhece* para testar a porcaria do aplicativo? — Lane faz menção de responder, mas ele continua falando, sem lhe dar chance para responder. — Você é do RH. Deveria tomar alguma providência!

— Mas... — ela murmura, e ele continua:

— Ela deveria ir a esses encontros acompanhada de alguém, não sozinha. Mesmo que a outra pessoa ficasse em uma mesa, à distância. Ela não pode se colocar em perigo assim.

— Fui a uma livraria. Um lugar público e cheio de gente! — eu o interrompo, e ele me olha de cara feia.

— Se ele estivesse armado, o que um monte de gente estranha faria? — Ele para de andar e apoia as mãos sobre a mesa, flexionando os braços. *Ele fica tão lindo quando está irritado*, penso.

— Tati, ele tem razão — Lane murmura, desviando minha atenção do corpo malhado de Pedro. — Não me sinto confortável com você andando por aí sozinha, em uma cidade que ainda não conhece bem, indo se encontrar com estranhos que podem não ser gente boa.

— O mundo está um perigo! — Pedro fala, erguendo as mãos. — Já sei. Daqui por diante, vou com você!

— De jeito nenhum! — protesto. Como eu poderia me sentir confortável em conversar com um potencial pretendente sabendo que o meu crush vai estar logo ali ao lado?

— Vou, sim!

— Não vai, não!

Miguxo se levanta e interrompe a discussão.

— Temos duas pautas importantes em discussão. — Sua expressão é séria, e ele enumera os itens com os dedos. — Biscoito e segurança.

— Pedro olha para o amigo com uma expressão surpresa, como se não acreditasse no que Miguxo tinha acabado de falar. *Eu* não estava acreditando! — Proponho uma votação — ele diz. Todos nós o encaramos.

— Mas somos quatro. E se empatar? — Lane pergunta, levando a sério aquela confusão descabida, e a expressão de Miguxo se suaviza. Ele sorri para ela.

— Se empatar, levaremos a questão ao Tribunal Superior para Assuntos Aleatórios e de Extrema Importância do Escritório — ele fala, começando a rir. — A dona Maria do cafezinho.

Pedro e eu olhamos para ele com incredulidade.

— Muito bem. Quem acha que a Tati precisa ir acompanhada aos encontros do aplicativo levante a mão. — Ele e Lane erguem a mão direita, Pedro balança as duas mãos, e eu cruzo os braços e solto um suspiro profundo.

— Certo. Quem acha que o correto é biscoito e não bolacha levante a mão. — Os três erguem a mão e, mais uma vez, sou voto vencido.

— Ei! Você é de Piracicaba também, sua traíra! — Aponto para Lane, que dá de ombros.

— Desde que vim morar no Rio, descobri que essa é uma discussão em que a bolacha nunca ganha, amiga. Vai por mim: é melhor ser *team* biscoito do que *team* bolacha — ela explica rindo.

— Mas, afinal, o que você veio fazer aqui além de votar contra a sua melhor amiga em *duas* decisões importantes na vida profissional dela? — questiono, e ela sorri, as bochechas coradas.

— Ganhei quatro convites para o show do Kiko Muniz — ela fala, erguendo quatro ingressos. — Querem ir comigo?

— Quem é esse? — Pedro pergunta.

— Kiko? Jura? Quero! — Faço uma dancinha animada na cadeira enquanto Pedro e Miguxo olham para nós duas aparentemente sem entender. — Vocês não conhecem o Kiko? — pergunto, franzindo o cenho, chocada com o fato de que eles realmente parecem não fazer ideia de quem é o famosíssimo Kiko Muniz. — O Kiko faz cover do Luan Santana e de outros cantores do gênero.

— Hum — Miguxo murmura e sorri. — Não costumo ouvir muito sertanejo, mas estou dentro.

— Sério? — pergunto, colocando a mão sobre o peito. — O Kiko é quase uma celebridade na nossa cidade — explico, e Miguxo sorri.

— E você, Pedro? — Lane pergunta. Pedro me encara, ainda aborrecido.

— Vamos, Pedro! Vai ser legal! — digo, tentando amenizar o clima tenso. Os ombros dele caem, e ele parece relaxar.

— Bom, se todos vocês vão, não posso perder, né? — Ele sorri para mim e sinto meu coração acelerar.

Lane se despede e combinamos de nos encontrar no nosso prédio, após o expediente. Volto a atenção para o computador, assim como Miguxo, e somos surpreendidos por Pedro, que se encaminha para fora da sala.

— Ei, aonde você vai? — pergunto, confusa. A reunião não acabou.

— Pedir uns salgadinhos no café aqui ao lado. E não são *salgadinhos de milho* que vêm no pacote de *biscoito*! — ele fala em tom de provocação, pisca e sai da sala.

12

Status de hoje: Saudades dos beijos que ainda nem te dei!
#baladasertaneja #chãchãochão #sexta

A balada é bem maior do que eu esperava. Pedro e Miguxo ficaram pegando no meu pé, dizendo que aqui no Rio é boate, e não balada, mas achei isso bem estranho, já que em São Paulo esse nome se refere a *outro tipo de ambiente*, se é que você me entende.

Olho ao redor e vejo o local lotado, apesar de os meninos terem duvidado de que estaria cheio, já que aqui no Rio balada sertaneja não é tão comum. Enquanto estávamos no carro de Miguxo a caminho daqui, porque o *carrinho* de Pedro não serve para nada, pois mal cabem duas pessoas, eles contaram sobre alguns hábitos da cidade, e ouvi tudo encantada com as diferenças culturais, que vão muito além da polêmica biscoito e bolacha.

Vou cantarolando baixinho uma música de Maiara e Maraisa enquanto olho a multidão. Lane para do meu lado, remexendo as mãos, inquieta.

— Amiga, está tudo bem? — pergunto perto do seu ouvido, para que ela possa escutar sob a música alta.

Ela assente e sorri, com uma expressão ainda um pouco tensa no rosto bonito. Enrola uma mecha do longo cabelo ondulado cor de mel na ponta do dedo e morde o lábio inferior.

— Ei, o que foi? Está me deixando nervosa!

Ela solta a mecha de cabelo e fala em meu ouvido:

— Acho que o Jordy vai fazer alguma coisa.

Olho para ela franzindo o cenho.

— Quê? — *O que será que ele vai fazer?*

Ela bufa e repete um pouco mais alto em meu ouvido:

— *Acho. Que. O. Jordy. Vai. Fazer. Alguma. Coisa. Hoje!*

— Que coisa?

— Ele me tocou no carro — ela murmura, e eu arregalo os olhos.

— O quê?! O Jordy te tocou?

— Fala baixo! — ela me repreende e olha ao redor, procurando os garotos, que foram estacionar o carro de Miguxo e ainda não retornaram. Ela se reaproxima de mim. — Ele tocou na minha mão algumas vezes, enquanto você e o Pedro não paravam de falar sobre o @amor.com.

Suas palavras me fazem lembrar do momento em que abri a porta de casa e Pedro entrou, olhando-me de cima a baixo com uma expressão de apreciação enquanto observava meu vestido preto e o salto alto. Acho incrível como ele ainda desperta em mim uma espécie de ansiedade, um calor que envolve meu corpo e me faz sentir uma eletricidade ao redor quando está por perto.

###

— Você está linda — ele disse e entrou na sala, desviando o olhar rapidamente.

— Hum. Obrigada — murmurei. — Só vou pegar a bolsa.

Enquanto ele olhava pela janela, fui até o quarto e peguei a bolsinha, quando ouvi um sinal de nova mensagem.

— O que foi isso? — ele perguntou em voz alta.

— Mensagem do aplicativo.

— Posso ver? — ele perguntou, e dei uma risadinha.

— Pode.

Voltei para a sala e ele estava com o tablet na mão, olhando para a tela, de cara feia. Olhei por sobre seu ombro e ri ao ler a mensagem:

Gata, mim dá seu telefone? Quero te conhecer.

Ele rapidamente respondeu, enquanto eu protestava.

— Mas o que... — interrompi-me quando ele empurrou o tablet na minha mão.

Mim não vai dar telefone nenhum. Mim ser má.

Soltei uma gargalhada alta, que o fez suavizar o semblante e me dar um sorriso.

— Você é louco — falei, e ele balançou a mão, negando.

— Não vou deixar você falar com esse tipo estranho — ele disse. Passando pela porta, atravessou o corredor e tocou a campainha da Lane.

Fechei a janela da sala e estava prestes a sair quando o sinal sonoro indicou que eu tinha uma nova mensagem.

Já notou quanta gente estranha tem neste aplicativo? Você é estranha também ou é a exceção que tenho procurado? 😛 Beijos, PH.

Sorri com a mensagem e digitei rapidamente ao ouvir os dois me chamando da escada.

Estranha? Talvez. Mas, afinal, quem neste mundo é normal? Duvido que você seja. 😉 Beijos, Tati.

###

Balanço a cabeça, afastando as lembranças, e sorrio para Lane.

— Mas que papo é esse de *ele tocou na minha mão*? O que está acontecendo entre vocês? Você está a fim do Miguxo? — indago e de repente me lembro de que, quando comecei o treinamento na agência, perguntei a Miguxo por que o apelido dele era esse. Ele contou por alto que gostava de uma garota que trabalhava na empresa, mas que ela o deixava na famosa friendzone, sem dar espaço para que ele se declarasse. Alguém de lá percebeu os olhares dele e ele virou Miguxo, o cara muito legal para ser amigo, mas que não conseguia conquistar o coração da garota de que gostava. — Você é a garota da friendzone! — solto, chocada por não ter percebido antes que rolava um clima entre os dois.

— Tati!

— O quê? — Cruzo os braços, e Lane bufa.

— Não fala assim!

— Por que não? Não é por sua causa que todo mundo o chama de Miguxo? É por isso que você só o chama pelo nome! E, afinal, por que não deu uma chance a ele? Ele é bonitão, educado...

Ela baixa o olhar e arrasta a ponta do pé no piso, enquanto balança o corpo suavemente.

— Eu sei... Ele é um gato! — ela fala, colocando a mão na boca como se as palavras tivessem escapado de seus lábios. Olho para ela e nós duas rimos. — Gosto dele. Muito. Mas nunca dei oportunidade para que se aproximasse, por achar que um relacionamento entre nós poderia caracterizar um "conflito de interesses", já que eu trabalho no RH e tenho acesso a informações confidenciais da empresa.

Sua expressão é de desânimo.

— Se pensa assim, você não poderia ser minha amiga ou amiga do Pedro. Acho que vocês dois são profissionais e maduros o suficiente para não misturarem as coisas. — Ela me olha e vejo um brilho de esperança em seu olhar. — Existe alguma política de não relacionamento na empresa?

Ela balança a cabeça.

— Não. Um dos diretores é noivo de uma das redatoras. Eles se conheceram no trabalho. Outras pessoas de lá namoram ou já namoraram, e nunca houve nenhum comentário.

— Então, por que teria problema com você? — Ela dá de ombros. — Deixa de ser boba. Dá uma chance ao rapaz. — De repente, bato palmas e falo animada: — Já sei! Quando o Kiko Muniz começar a cantar uma das músicas do Luan Santana, tira ele pra dançar!

— Você acha? — É nítido que ela está balançada com meu incentivo.

— Tenho certeza! — Afinal, quem poderia resistir a uma música do Luan?

Um movimento na entrada chama a minha atenção e vejo nossos acompanhantes entrando no local enquanto conversam. Olho para Lane, que só tem olhos para Miguxo, e desvio minha atenção de volta para a porta. Preciso confessar que eu também só tenho olhos para um gato. Um com olhos cor de chocolate e um sorriso que me deixa sem ar. Preciso superar essa paixonite pelo meu crush da juventude, mas quem disse que consigo?

###

Já estamos na balada — ou na boate, como Pedro insiste em me corrigir — há quase duas horas. O lugar parece ainda mais cheio, está repleto de gente bonita e a música é animada. Pedro e eu decidimos que não vamos beber, já que a nossa última noitada foi completamente apagada da memória por causa de drinques coloridos. Miguxo é o motorista da rodada, e Lane não costuma beber mesmo. Os garotos estão no refrigerante, Lane no suco de laranja e eu no quarto drinque sem álcool à base de água de coco — uma das coisas mais maravilhosas que experimentei no Rio. Tudo bem que em Pira também tem água de coco, mas não com o mesmo sabor que a daqui. Nem temos o costume de beber a toda hora, em qualquer lugar.

De repente, o som conhecido de um violão toca. Lane e eu nos encaramos e soltamos um gritinho.

— Boa noite, pessoal! Eu sou o Kiko Muniz e quero ver todo mundo dançando! — ele fala, e Lane e eu gritamos de novo. Enquanto bato palmas e dou uns pulinhos, ela assovia. Os meninos nos observam com ar de riso.

Kiko é uma celebridade em nossa cidade. Ele sempre toca na principal casa noturna, fazendo cover das músicas sertanejas mais famosas, especialmente do Luan Santana. Sua aparência, muito parecida com a do cantor famoso, favorece. Ele fez um corte com topete, como o do Luan, está com a barba por fazer, o que o deixa sexy, e está vestindo calças e camisa justas no corpo.

Ele dedilha o violão e começa o show com uma música de Michel Teló. A banda o acompanha, e sua voz, que é linda e muito melodiosa, soa no microfone, levando a plateia ao delírio. Lane e eu acompanhamos as músicas, cantando todas com Kiko, até que o ritmo animado se tranquiliza e ele começa a tocar músicas mais românticas. Parecendo criar coragem, Miguxo se aproxima de Lane, segura a cintura dela e sussurra algo em seu ouvido. Ela o encara, séria. Em seguida, sorri e assente. Ele abre um sorriso enorme, puxa-a para si e os dois começam a dançar abraçados.

Abro um sorriso, feliz pelos dois. Eles fazem um casal tão fofo!

Volto a olhar para o palco, e Kiko começa a cantar uma versão de "Dia, lugar e hora". Canto também, acompanhando a música, quando sinto uma mão firme na minha cintura. Olho para o lado e vejo Pedro me puxar lentamente para si e me envolver em seus braços. Quando estamos frente a frente, sorrio e, enquanto dançamos, falo:

— Não precisa se prender por minha causa, Pedro. — Ele arqueia uma sobrancelha. — Pode paquerar as meninas — continuo, apesar de implorar por dentro que ele não beije ninguém na minha frente. Não existe nada pior do que estar a fim de um cara e vê-lo com outra, mesmo sabendo que ele é inatingível. Pedro solta uma risadinha. — Sério, sei que está cheio de mulheres bonitas aqui e...

— Estou exatamente onde quero estar — ele fala, pisca e me puxa para mais perto.

É difícil não gostar de Pedro. Ele é um cara doce, divertido e simples. Tudo bem que é meio metidinho no trabalho, já que é o bambambã da agência, mas, no fundo, é um amigo maravilhoso.

Estamos com os corpos colados. Os braços dele estão ao redor do meu corpo, peito contra peito, e nos movemos devagar ao ritmo da música. Pedro canta em meu ouvido:

Aí eu disse
Quer que eu faça um café?
Ou faça minha vida
Se encaixar na sua?

Ergo a cabeça. Ele também. Ambos nos encaramos por alguns instantes. Ele continua a se mover. Eu também. Olho para os seus lábios. Ele olha para os meus. O som desaparece. As pessoas somem. Inclino a cabeça para o lado. Ele inclina a sua para a frente. Cerca de quatro centímetros nos separam do que pode ser o beijo mais maravilhoso — ou desastroso — da face da Terra. O tempo para. Nós também. A única coisa que sinto é a sua respiração se misturando à minha. Até que ele avança e...

Meu. Bom. Deus.

Quando os lábios de Pedro tocam os meus, concluo que:

1. Seu beijo é mais gostoso do que chocolate ao leite derretido.
2. É tão bom que posso me viciar nele, sem chance de recuperação.
3. O beijo de Pedro é tão apaixonado, envolvente e carinhoso como o de André jamais foi. Nem nos primeiros meses de namoro.

E, por último, mas não menos importante:

4. O sentimento que desperta em mim é tão intenso e profundo que me faz pensar, naqueles breves instantes em que o beijo dura, se o que senti por André era realmente amor ou se apenas estava apaixonada pela ideia de amar.

A boca de Pedro é macia e, ao mesmo tempo, firme. Ele tem gosto de hortelã, noites de verão e virilidade. Quando a língua invade a minha boca, seus braços me apertam contra seu corpo com mais firmeza, e o beijo se aprofunda. Um dos braços se mantém ao redor da minha cintura, enquanto o outro desliza pela lateral do meu corpo, acariciando a minha pele, até alcançar meu rosto. A palma da mão acaricia a minha bochecha, a ponta dos dedos tocando meu rosto com tanta reverência e carinho que me faz sentir especial. Querida. Desejada. Coisas que eu não sentia há tanto tempo...

A mão que acaricia o meu rosto segue para os meus cabelos. Os dedos se entrelaçam às mechas que caem soltas por sobre os ombros, enquanto os lábios não desgrudam dos meus. Tocando. Provocando. Sentindo. Beijando.

Um minuto, dois ou dez. Não sei precisar quanto tempo dura o nosso beijo, mas não importa. Ele dura o tempo exato para roubar meu fôlego e me fazer sentir como se tivéssemos sido feitos um para o outro, já que nossos lábios se encaixam com tanta perfeição.

Então, enquanto me sinto flutuar agarrada naqueles braços que são ainda mais firmes do que eu imaginava, sou derrubada dos meus devaneios ao som de vidros se quebrando, gritos e empurra-empurra.

Afastamo-nos subitamente, meu corpo sentindo de imediato a falta de calor do dele. Ao abrir os olhos, nos deparamos com uma confusão: dois homens brigando, pessoas gritando e os seguranças da casa correndo pelo salão na direção da confusão. Pedro me empurra para trás, tirando-me de perto da briga, que está acontecendo bem próximo de onde estamos. Com agilidade, os seguranças agarram os dois brigões e os levam para a saída.

— Tudo bem com você? — Pedro pergunta em voz alta, para se sobrepor à gritaria do lugar, segurando meus ombros com carinho, enquanto observa atentamente o meu rosto.

— Estou — murmuro, ainda assustada com a confusão, e confesso que um pouco sem jeito pelo beijo que acabou de acontecer.

Ele sorri e afasta uma mecha de cabelo dos meus olhos, quando sinto uma pessoa segurar meu braço.

— Moça, acho que você se cortou com um caco de vidro — o rapaz diz, apontando para a lateral da minha perna, na altura da panturrilha. Olho para baixo e vejo uma fina linha de sangue escorrer.

— Ah, droga — falo baixinho e então olho para o rapaz. — Obrigada. — Ele assente, sorri e se afasta. Viro-me para Pedro, que está se abaixando para olhar o corte. — Ei, está tudo bem, não foi nada.

— Não parece ter sido profundo... mas talvez devêssemos ir ao médico...

— Não — eu o interrompo —, acho que não precisa. Vou ao banheiro limpar e ver como está.

— Vou levar você até lá — ele fala, mas seguro seu braço e sorrio suavemente.

— Acho melhor você tentar encontrar a Lane e o Miguxo. Eles devem estar nos procurando. O banheiro feminino é logo ali. Volto logo.

Ele olha para onde apontei e de novo para mim.

— Tudo bem, vou procurá-los, mas me encontre aqui.

— Pode deixar.

Sigo até o banheiro, que, por um milagre, está vazio. Vou até a pia, pego papel-toalha do suporte e o umedeço. Na pequena antessala do banheiro, tem uma poltrona preta de couro. Sento-me e pressiono o papel sobre o corte. Solto um longo suspiro. Foi bem superficial, mas o abalo em meu coração foi profundo. Estou atordoada com aquele beijo. Foi o mais perfeito que já troquei com alguém.

Fecho os olhos. A lembrança de André batendo a porta depois de dizer que não queria mais se casar me vem à mente. Dói e me faz perceber que ainda não me sinto pronta para me envolver com outro homem.

Apesar de não comentar e tentar não pensar a respeito, o término súbito do meu relacionamento de longo prazo com André deixou cicatrizes que ainda estão abertas. Trouxe à tona todas as minhas inseguranças. E aquela perfeição na forma do beijo do homem mais lindo do mundo tem todo o potencial para se transformar na maior decepção da face da Terra. Eu o conheço bem. Ele não é o tipo de cara que se prende a um relacionamento. Não é o homem certo para eu me apaixonar. Pedro é o tipo de homem para *pegar, mas não se apegar*, como diz Lane. E sei que qualquer coisa que eu tenha com ele, mesmo que seja uma noite e nada mais, vai me deixar com os quatro pneus arriados e um coração ainda mais partido.

Além disso, Pedro é um amigo incrível. Colega de trabalho que admiro. O tipo de vizinho íntimo que invade a minha casa, escancara a geladeira, bebe a cerveja que eu compro e me diverte com os papos mais engraçados. Não. De jeito nenhum posso me envolver com ele. Mesmo que meu corpo implore para voltar aos seus braços.

Ouço um barulho e vejo algumas moças entrarem no banheiro comentando sobre a briga. Olho para o corte e vejo que o sangue estancou. Realmente, foi algo superficial. Basta desinfetar quando chegar em casa e muito em breve vai cicatrizar. Só não posso dizer o mesmo a respeito do meu coração.

Levanto-me, jogo o papel fora e sigo para a saída. Estou prestes a atravessar a porta, quando me deparo com Lane.

— Amiga! O Pedro disse que você se cortou. Está tudo bem? Você está pálida — ela diz enquanto segura minha mão e me observa, procurando algo de errado.

— Está, sim. Não foi nada. Foi um corte à toa.

Estico a perna e ela olha o machucado, assentindo ao ver que estava dizendo a verdade.

— Vamos embora? Os meninos não querem mais ficar, depois de toda essa confusão.

Concordo e saímos do banheiro, indo para o salão, que ainda está agitado por causa da briga.

Pedro se aproxima rapidamente ao nos ver, seguido por Miguxo, que passa o braço ao redor da cintura de Lane e beija o topo de sua cabeça.

— Tati, você está bem? — ele pergunta, olhando em meus olhos e, em seguida, desviando o olhar para a minha perna.

— Estou... — respondo e sorrio, tentando não deixar transparecer o quanto fiquei abalada com o beijo. — E aí... vamos embora? — pergunto, tentando me afastar das atenções do grupo.

— Vamos, sim — Miguxo responde, murmurando algo no ouvido de Lane, que responde com uma risadinha.

Pedro me encara, inclina a cabeça para a esquerda e estende a mão para segurar a minha. Balanço a cabeça de leve, negando. Ele me olha, desvia o olhar para os nossos amigos, que começaram a se encaminhar para a saída, e volta a me encarar. Os olhos cor de chocolate parecem ainda mais intensos.

Ele assente e faz um sinal com a mão para que eu passe na sua frente.

Caminho para onde ele indicou. Quando estou prestes a passar por ele, Pedro segura meu braço e murmura em meu ouvido:

— Não adianta fazer de conta que não aconteceu, Tati.

Ergo a cabeça e olho para ele, com o coração muito acelerado.

— Pedro, somos amigos e...

Ele me corta.

— Sim. E também estamos atraídos um pelo outro. Um beijo como aquele não se esquece facilmente.

Nossos olhos ficam presos um no outro por alguns instantes e, por mais que eu tente, não consigo desviar. A expressão de Pedro é tão intensa, como jamais vi. Ficamos em silêncio até que eu falo, em um fio de voz:

— Sei que existe algo — sequer consigo colocar o sentimento em palavras —, mas não estou pronta — murmuro, e seus olhos ficam ainda mais escuros, sua expressão... *perigosa*, como se ele estivesse formando um grande plano na cabeça.

Não sei mais o que dizer. Como posso explicar o que estou sentindo quando eu mesma não sei direito? Abaixo a cabeça. Ele ergue a mão e a leva ao meu queixo, levantando meu rosto para que possa olhar em meus olhos... ou será que é para que eu olhe nos seus?

— Tudo bem, Tati — ele fala simplesmente. E sorri. O filho da mãe abre um sorriso enorme.

— Tudo bem? — repito, e ele assente. — O que é que está *tudo bem*? — pergunto.

Ainda sorrindo, ele se inclina e murmura em meu ouvido, antes de dar um beijo demorado na minha bochecha:

— *Tudo bem*, eu entendo e respeito que não esteja pronta. Sei esperar. As melhores conquistas são as mais difíceis.

Ele se afasta, pisca e começa a andar. Fico parada no meio do salão lotado, enquanto Kiko continua tocando no palco após a confusão. Quando percebe que não o estou acompanhando, ele se vira e pergunta em voz alta:

— Você não vem? — E faz um gesto questionador com ambas as mãos.

Ainda desconcertada, concordo e começo a andar para a saída, seguindo a silhueta alta que se destaca no meio de toda aquela gente. Kiko começa a cantar "Química do amor", uma música que o Luan Santana canta com a Ivete Sangalo e é uma das minhas favoritas, mas só consigo ouvir o *tum-tum-tum* do meu coração batendo acelerado.

13

Status de hoje: Às vezes o desespero é tanto que a gente pede um sinal dos céus. Aí qualquer brisa mais forte tá valendo como incentivo!
#oremos #confusa #nãotátranquilonemfavorável

Depois de fritar na cama durante a noite inteirinha, rolando de um lado para o outro igual a um bolinho de chuva, decido me levantar cedo e fazer aquilo que me ajuda a colocar as ideias em ordem sempre que me sinto confusa: faxina no apartamento.

Isso é meio que uma tradição entre as mulheres da minha família. Enquanto se esfrega, dá polimento, lava, enxágua e sacode as coisas, é como se a vida fosse se renovando também, tirando a poeira dos nossos pensamentos e arejando as ideias para que o ar puro se aproxime. Além disso, ao final de todo o esforço, vem a sensação de satisfação na mesma proporção que o cansaço, o que é excelente para desviar a atenção das preocupações. E eu realmente estou precisando de uma faxina mental, mais do que qualquer coisa.

Arranco as roupas de cama do colchão e coloco-as na máquina de lavar. Enquanto ela começa a funcionar, vou até a sala e ligo o aparelho de som. Beyoncé chama as *single ladies* para dançar e eu vou rebolando ao som da música enquanto passo o aspirador de pó na sala. Quando acabo, coloco para tocar a playlist "Pagode dos anos 1990" e passo a manhã inteira cantando e dançando, usando o lustra-móveis como microfone, enquanto tiro o pó e esfrego cada cantinho do apartamento, sem me esquecer de deixar os vidros da janela brilhando.

Estava muito animada, até ouvir a voz do Luan Santana:

Aí eu disse
Quer que eu faça um café?
Ou faça minha vida
Se encaixar na sua?

Droga. Obviamente, a música me faz lembrar da noite anterior e, pela milionésima vez, eu me pergunto se fiz a coisa certa ao recuar em relação ao Pedro.

Você sempre teve uma quedinha por ele, meu subconsciente fala.

Mas não é o tipo de cara que vai fazer a vida dele encaixar na sua, meu lado pessimista rebate. Ele é ótimo em me dar banhos de água fria.

Mas tem um beijo que pode ser considerado o melhor da sua vida. Vai deixar passar? Tenho que concordar com isso: que beijo!

Levando em conta que você só beijou duas bocas em toda a sua vida, não tem material suficiente para comparação. Será que alguém consegue beijar melhor do que ele?

Fecho os olhos, e o momento que antecedeu o beijo me vem à cabeça, como uma cena de novela repetida quase à exaustão no *Vale a pena ver de novo*. Foi tão perfeito e ao mesmo tempo tão assustador que posso sentir minha cabeça dando um nó. Meu lado otimista está prestes a dar um gancho de direita no lado pessimista, que quer revidar com uma joelhada. Enquanto os lados do meu subconsciente tentam se matar a golpes de MMA, resolvo dar um basta e pedir a intervenção divina:

— Ah, meu Deus do céu, por favor, me ajuda. Me dê um sinal de que fiz a coisa certa em me afastar do Pedro na noite passada. Não sei o que fazer e...

Meru-meru.

O estranho som faz eu me calar. Eu e os dois lados do meu subconsciente — que estão em um canto lutando pelo cinturão do campeonato de quem tem razão — ficamos completamente parados tentando decidir o que fazer.

Meru-meru.

A porcaria soa de novo. Sei muito bem o que é. O som é tão estranho que já até fui caçar no Google o que aquilo representa e, para minha surpresa, achei uma explicação: *meru-meru* é a onomatopeia para mensagem de celular dos animes japoneses. Evidentemente, ao ler isso, a garota de cabelos cor-de-rosa que se parece com um cosplay ambulante me veio à mente. É óbvio que ela usaria esse tipo de cultura nerd para algo tão simples quanto um toque de mensagem recebida.

Meru-meru.

Quando o tablet soa pela terceira vez, saio do meu torpor e corro até o aparelho que está em cima da mesa de jantar.

Você tem novas mensagens.

Vejo a notificação no aparelho e abro o aplicativo rapidamente.

PH: Se tem uma coisa que eu detesto é ficar em casa aos sábados pela manhã. Já percebeu como as manhãs de sábado são tristes? A gente fica meio perdido depois de uma semana de trabalho intenso e demora um pouco para pegar no tranco e perceber que é um dia livre para fazer as coisas que a gente gosta, sem se sentir culpado.

Esse PH é engraçado e usa uma abordagem diferente dos outros caras. Gosto.

Tati: É por isso que ligo o som bem alto com uma música animada assim que acordo. Para pegar no tranco logo.
PH: E de que tipo de música você gosta?
Tati: Agora a Rihanna está cantando "Work, work, work", para me incentivar a continuar a faxina no apartamento.
PH: Que sábado animado! Me sentei na varanda com um expresso duplo sem açúcar, enquanto o Nirvana está tocando lá na sala. Espero que "Smells like teen spirit" me anime a atravessar a cidade para finalmente começar a curtir o fim de semana.
Tati: Expresso sem açúcar? Blergh. Você é um cara com gostos estranhos.
PH: Obrigado. 😁 Você também parece uma garota legal.
Tati: Tenho o meu charme 😉
PH: Há-há-há. Prometo que na próxima vou tentar melhorar minha escolha de bebidas, Tati. Bom sábado para você! 😉
Tati: Beijos!

Solto o tablet no sofá e me levanto do chão com um sorrisinho. Pego o controle do aparelho de som, aumento o volume e danço com o cabo da vassoura enquanto Raça Negra canta "Cheia de manias". O lado pessimista do meu subconsciente faz uma careta e balança os braços em sinal de vitória, enquanto o otimista cruza os braços e tenta retrucar que um *meru-meru* não é um sinal vindo dos céus. Quase como para provar esse ponto de vista, a porta da frente se abre e Lane entra como um furacão no apartamento, seguida de perto por Pedro.

— Estou morrendo por um café expresso. Vou roubar uma cápsula sua, porque as minhas acabaram e não tive tempo de ir na loja comprar. — Lane atravessa a sala e vai para a cozinha, enquanto Pedro vem em minha direção devagar, com um sorrisinho no rosto.

Ele me olha de cima a baixo e me sinto muito exposta com o short curto e o top que vesti quando me levantei para limpar a casa. Não consigo me conter e deslizo os olhos por seu corpo, observando a bermuda azul que ele está usando com uma camiseta branca que abraça seus braços fortes. As letras pretas chamam a minha atenção, e não consigo me impedir de arregalar os olhos e rir ao ler: *Prazer, seu crush* estampado na frente. Ah, se ele soubesse...

Pedro para a poucos centímetros de distância de mim, passa o braço ao redor da minha cintura e me abraça, colando quase o corpo inteiro no meu. Tenho certeza de que ele pode sentir que meu coração acelerou só com sua aproximação. Ele inclina o rosto em minha direção e posso jurar que seus lábios vão encostar nos meus quando ele desvia e beija... a minha testa. *Ufa.*

— Bom dia — ele fala, sorri, pisca e se afasta em direção à varanda. Fico parada no meio da sala, com a vassoura na mão e de boca aberta, tentando entender o que aconteceu. Ele está recostado na espreguiçadeira olhando ao longe, parecendo pensativo.

— O que está fazendo assim ainda? — Lane pergunta ao sair da cozinha com uma caneca de café na mão.

Olho para baixo, observando a minha roupa.

— Ué, estava limpando o apartamento.

Ela balança a cabeça.

— Pode parar. Estamos indo à praia.

— Praia? — pergunto animada. Apesar de estar no Rio há pouco mais de três meses e morar muito próximo do mar, ainda não tinha ido à praia.

— Sim! O Jordy está chegando para ir conosco. Enquanto os meninos pegam onda, a gente pega uma cor — ela fala, enquanto me empurra para o quarto para que eu possa me arrumar.

Lane revira a gaveta do armário em busca de um biquíni que atenda aos seus padrões de exigência e reclama que não tenho uma canga ou saída de praia decente. Entro no banheiro para tomar um banho rápido. Um sorriso me escapa dos lábios, animada por estar indo ver o mar de pertinho pela primeira vez desde que cheguei, quando um pensamento me vem à mente, deixando-me inquieta.

Se o meru-meru *foi um sinal de que agi certo ao me afastar de Pedro ontem, o aparecimento quase imediato dele não seria um sinal de que agi errado?*

Olho para o alto e falo com Deus:

— Meu Deus, por favor, preciso que o Senhor seja um pouco mais claro. Esses sinais dúbios me confundem. Como vou saber qual dos sinais foi o Senhor quem mandou?

Enrolo-me na toalha e volto para o quarto para encontrar o biquíni azul em cima da cama ao lado de um vestido branco curtinho de malha. Ao longe, posso ouvir a voz de Lane falando com Miguxo, que deve ter chegado, e me visto logo para podermos sair.

Abro a porta do quarto. Penteio o cabelo e o deixo solto, caindo sobre os ombros. Olho atentamente para o meu reflexo no espelho e vejo uma garota comum, com tantas esperanças, sonhos e um traço de melancolia no olhar. O rosto sem maquiagem não possui nenhuma característica marcante ou exótica, exceto, talvez, pelo nariz arrebitado. É óbvio que tomei a decisão certa ao me afastar de Pedro. Já vi o tipo de garota com quem ele costuma sair e, sinceramente, elas não têm nada a ver comigo.

— Você está linda.

Ouço a voz que vem da porta e ergo os olhos, encarando Pedro, que me observa com um sorriso no rosto através do espelho. Ele caminha lentamente para dentro do quarto, sem afastar os olhos dos meus. Para atrás de mim e, ainda me encarando pelo reflexo do espelho, suas mãos envolvem meus braços. Não consigo pronunciar uma palavra sequer. Só fico ali parada, olhando com atenção para os olhos castanhos, sentindo a intensidade e a força da sua presença.

Inspirando profundamente em meus cabelos, ele fecha os olhos e beija o topo da minha cabeça com carinho. Sinto minhas pernas bambas e me encosto contra seu peito firme. Ele suspira e fala baixo, com a voz rouca:

— Não esquece o protetor solar. Seria um pecado se essa pele tão clarinha ficasse com marcas do sol.

Continuamos a nos encarar em silêncio através do reflexo do espelho. Seu olhar reflete carinho, desejo e algo a mais que não consigo identificar. Suas mãos descem por meus braços lentamente até alcançarem a minha cintura. Ele a segura com firmeza e sinto que vai me virar. Entreabro os lábios, completamente entregue ao seu toque. Não sei o que ele tem que me é tão irresistível.

Ainda nos encarando pelo espelho, vejo o peito de Pedro subir e descer com rapidez. Sua respiração parece um pouco mais acelerada do que quando ele entrou, e quase posso sentir uma onda elétrica nos envolver. Ele inclina a cabeça para o lado direito, aproximando o rosto do meu. Se eu virar o meu em sua direção alguns poucos centímetros, quase posso sentir seus lábios tocarem os meus. Como se tivesse vontade própria, é isso o que meu rosto faz. Fecho os olhos e...

— E aí, gente, vamos?

A voz de Lane soa, vinda do corredor, e tem o poder de um banho de água fria. Rapidamente nos separamos, e ela semicerra os olhos ao nos ver dar um pulo para longe um do outro.

— Hum... é... claro — digo, gaguejando. — Vou pegar o protetor solar.

— Vou descer com a prancha — Pedro fala e sai do quarto às pressas.

— Está tudo bem? — ela pergunta, e concordo com a cabeça.

Enfio o protetor solar na bolsa e me esforço para abrir um sorriso.

— Vamos. Estou pronta.

Lane me encara com curiosidade, mas concorda, e saímos do quarto.

14

Status de hoje: Meu cupido passou por mim, me deu um abraço forte e sussurrou em meu ouvido: "Uma das minhas clientes mais difíceis."
#cupidonãomeabandone #tôrindomastôpreocupada #encalhadamodeon

Depois que saímos do prédio, Lane me empurra para o carro de Pedro e vai para o carro de Miguxo toda animada. Olho para o carrinho de dois lugares, que está com a capota arriada, e me dirijo até lá, sentindo o estômago dar vários nós. A última coisa que quero é que o clima fique estranho entre nós dois por causa dessa atração inesperada.

Mal me sento no carro, ele me olha, sorri e aponta para a minha bolsa, enquanto vira a chave na ignição.

— Se fosse você, prenderia o cabelo para não virar um leão no caminho — ele fala rindo e começa a manobrar o carro.

— Oh! — Abro a boca, chocada. Que abusado! — Você está dizendo que o meu cabelo é uma juba, é? — Dou um soquinho no seu braço e ele ri alto, daquele jeito que sempre faz quando algo o diverte, e pega a rua principal, seguido de perto por Miguxo.

— Não falei nada, você que levou para esse lado — ele responde rindo.

— *Aham*. Sei. Você está é querendo bancar o sheik playboy com o carro conversível! — implico.

— Droga, descobriu meu segredo. Vou te levar para o deserto e te manter presa no meu harém — ele fala, e nós dois rimos.

Ao contrário do que imaginei, a conversa no carro não é constrangedora, muito pelo contrário. Pedro volta a agir como amigo, rindo, brincando, conversando sobre os acontecimentos da cidade, e até cantamos juntos quando uma música divertida soa nos alto-falantes do carro.

Atravessamos boa parte da zona sul da cidade e seguimos em direção à famosa ponte Rio-Niterói. Pedro me explica que vamos a Itacoatiara, uma praia que é considerada o paraíso do surfe na região oceânica de Niterói.

— O lugar é lindo. Um pouco longe, mas as ondas valem a pena. Além disso, você vai adorar o passeio — ele fala, enquanto começa a cruzar a enorme ponte. — Deveríamos ter ido um pouco mais cedo, mas, com a saída de ontem, estava todo mundo meio cansado... exceto você, que estava fazendo faxina.

Ele faz uma careta, e rimos de novo.

Enquanto seguimos em direção à praia, Pedro vai me mostrando pontos turísticos. Fico encantada com o castelo da Ilha Fiscal, localizado bem no meio da Baía de Guanabara. Ele me explica que foi ali que aconteceu o último baile do Império, antes da Proclamação da República. Vai me contando histórias sobre Niterói, que só conheço de nome, e lugares que ele costuma frequentar ali.

Ao chegarmos ao centro de "Nikiti", como ele carinhosamente chama o lugar, Pedro pega o caminho para a região oceânica, e fico pensando em como a cidade é diferente do Rio, mas tão gostosa quanto: alegre, iluminada, com o cheiro do mar a nos acompanhar.

A viagem dura pouco mais de uma hora. A praia é lindíssima, mas com ondas enormes. Os garotos estacionam lado a lado e, depois de abrir a porta para mim, Pedro vai até o carro de Miguxo e o ajuda a tirar as pranchas que estão presas em um suporte no teto. Ajudo Lane a tirar as cadeiras de praia e o guarda-sol do porta-malas do carro, e, antes que tenha chance de pegar alguma coisa, enquanto segura a prancha debaixo do braço esquerdo, Pedro pendura a alça da barraca no ombro direito e carrega a cadeira na mão livre. Pego outra cadeira e caminho atrás dele, acompanhada de Lane e Miguxo, que trazem o resto das coisas enquanto trocam beijos pelo caminho.

De repente, meus pés tocam a areia e tenho a sensação mais incrível do mundo. Sinto o sol tocar a minha pele e a brisa vinda do mar beijar meu rosto. Mal dou dois passos e já sinto como se tudo de ruim que se acumulou dentro de mim durante o último ano estivesse sendo lentamente sugado pelo sol e pelo sal. Agora consigo entender o que as pessoas querem dizer quando falam que a praia promove uma renovação dentro de nós. É como se nossa alma ficasse em comunhão com a natureza, proporcionando um perfeito equilíbrio.

Inspiro e expiro lentamente, com os olhos fechados, sentindo a força do sol contra minha pele. É inacreditável pensar que estou aqui, neste pedacinho do paraíso, e que tudo que me magoou e me fez sofrer ficou para trás — pelo menos neste momento. Completamente perdida em pensamentos, com os olhos ainda fechados e a areia branca entre os dedos dos pés, sinto meu mundo literalmente virar de pernas para o ar quando a cadeira de praia é tirada da minha mão e meu corpo é erguido.

— Mas o que...

Abro os olhos confusa. Minha visão é de um traseiro firme e costas bronzeadas e definidas. Eu me contorço sob aquela pressão e, ao virar a cabeça para o outro lado, consigo ver uma tatuagem no lado superior esquerdo das costas que não fazia ideia de que estava ali. Olhando meio de ponta-cabeça como estou, consigo ver o desenho de uma prancha de surfe. A tatuagem, pintada em um tom azulado, é toda trabalhada com traços que imagino serem incas ou algo assim.

— Não sabia que você tinha uma tatuagem. É uma prancha de surfe mesmo? — pergunto, esquecida de que estou sendo carregada sobre o ombro de Pedro como se fosse um saco de batatas.

— É uma prancha maori — ele responde sem parar de caminhar.

— E o que está escrito? — questiono ao ver as palavras logo abaixo do desenho.

— *Para ter equilíbrio, mantenha-se em movimento.* — Pedro finalmente para, larga a cadeira e fala: — Entendeu, Tati?

— Hum, acho... acho que sim — respondo confusa.

Pedro ri e corre em direção ao mar comigo no ombro. Enquanto grito, ele ri mais ainda. Ao chegar à beira da praia, ele me tira de cima do ombro e, ainda me segurando contra o peito, nos mergulha no mar. A água está uma delícia. Ao emergir, passo a mão no rosto e no cabelo, tentando recuperar o fôlego do mergulho inesperado.

Abro os olhos e me deparo com ele. Os olhos castanhos brilham, e as profundas covinhas em cada lado da bochecha refletem a intensidade do seu sorriso. Meu Deus, esse homem me tira o fôlego.

Tento fazer uma expressão irritada.

— Que droga foi essa, Pedro?

— *Para ter equilíbrio, mantenha-se em movimento* — ele repete as palavras gravadas em suas costas, e arqueio uma sobrancelha. — Ficar tensa e se perguntando o que deve fazer não vai te trazer respostas, só te desestruturar. — Ele pisca. — Quero que você se divirta. O movimento vai te trazer o equilíbrio e, no final, a resposta que procura.

Ele se aproxima, envolve minha cintura e fala baixinho em meu ouvido:

— Gosto de você, Tati. Muito. — Ele ergue o rosto, beija minha testa e me puxa para a areia.

Quando saímos de dentro da água, meu vestido está encharcado, minhas pernas bambas e meu coração muito acelerado, como se eu tivesse corrido a São Silvestre. Mas, quando sua mão envolve a minha e ele entrelaça os dedos nos meus, só consigo pensar que aquilo parece... certo.

###

Depois daquele banho inesperado, penduro o vestido no ferro da barraca e me sento à sombra, ao lado de Lane, que não tira os olhos do mar — ou, mais especificamente, de Miguxo, que está sobre a prancha deslizando nas ondas altas, acompanhado de Pedro. Para minha surpresa, os dois surfam tão bem que parecem profissionais... ou quase isso, se é que a tatuagem de prancha de surfe nas costas de Pedro é um indício de quanto ele gosta do esporte. Pensar no desenho em suas costas me deixa um pouco ofegante e me faz lembrar da vez que o vi sem camisa, quando dormi em sua casa: ele é tão delicioso quanto eu me lembrava. Para meu desapontamento, antes de entrar no mar, ele vestiu uma camisa de manga longa de neoprene e uma calça comprida no mesmo tecido, que abraça seu corpo como uma segunda pele, cobrindo os músculos... não sem antes me dar uma amostra da sua silhueta coberta por uma sunga preta.

Tati, você está virando uma tarada.

Viro-me para Lane, que solta um longo suspiro, ainda olhando para o mar. Está na hora de termos uma conversinha.

— Você e o Miguxo, hein? — Ela pisca como se estivesse sendo despertada de um sonho e se volta para mim com uma expressão confusa. — Não adianta dizer que é só amizade. Vi vocês dois se beijando quando vieram para a areia.

As bochechas de Lane ganham um belo tom de rosa.

— Ah, droga. — Ela ri. — Culpada, meritíssima.

— A corte autoriza a ré a se pronunciar — digo a ela, e ambas rimos.

— Ai, Tati... estou gostando *tanto* dele.

— Conta tudo, garota!

Ela se inclina na cadeira, chegando mais perto de mim.

— Ontem, durante o show, nós nos beijamos. Foi...

— Mágico — falamos juntas.

Ela sorri.

— Passei meses evitando o Jordy, fugindo dos sentimentos que ele desperta em mim, e, agora, é como se eu tivesse aberto uma caixa de Pandora. Veio tudo com força total e não sei o que fazer.

Franzo o cenho.

— Como assim, o que fazer? É nítido que ele também está gostando de você, Lane.

— Você acha?

— Claro. Ele não tira os olhos de você. Vocês estão namorando?

— Não. Não sei. Bem, não definimos nada, sabe? Ontem foi maravilhoso. Melhor beijo que alguém já me deu. E hoje, quando nos reencontramos, foi como se nunca tivéssemos nos separado. Estar com ele me pareceu...

— Certo — falamos juntas novamente, e ela assente.

— Você está apaixonada?

Lane desvia o olhar para o mar, suspira profundamente, vira-se para mim, fecha os olhos e assente.

— Totalmente.

— E o que te impede de ficar com ele, Lane? Vocês se gostam, se entendem... fazem um casal bonito... Ele é um cara dos bons.

— Quero, mas tenho medo, sabe? Você sabe como as coisas são na Target. Tudo é motivo de falatório. E se as pessoas ficarem falando que ele está sendo beneficiado em algo porque namora a garota do RH?

Balanço a cabeça.

— Amiga, não procure problema onde não tem. Vocês dois são perfeitos um para o outro e tenho certeza de que ninguém vai cogitar isso. Todo mundo sabe que vocês são muito profissionais. — Ela me encara com olhos esperançosos. — O que acha de conversar com a sua coordenadora? Explique a situação e peça aconselhamento sobre o que fazer. Mas, se a empresa não tem uma política de não confraternização estabelecida, acho que está com medo à toa.

Ela baixa os olhos e brinca com a areia com a ponta dos dedos do pé.

— E se ele não quiser nada sério? Se isso for apenas uma "ficada"?

Solto uma risada irônica.

— Lane, pelo amor de Deus, o cara ganhou o apelido de Miguxo porque você o colocou na friendzone e, o mais importante, assumiu isso. Duvido que ele só queira te dar uns beijos.

Ela ergue os olhos novamente e sorri, sem graça.

— Você acha?

— Tenho certeza.

O sorriso dela se amplia quando olha de novo para o mar e vê Jordy se erguer na prancha e deslizar em uma onda. Sorrio, pensando que eles fazem um casal lindo, quando meus olhos recaem sobre *ele*. Pedro. O cara de quem sempre fui a fim e sobre o qual não sei o que fazer agora.

Ele está deitado na prancha, remando com os braços. Seus cabelos estão molhados e posso imaginar os olhos castanhos da cor de chocolate derretido brilhando com o reflexo do sol. Ele olha para trás, os cabelos se movendo e espirrando gotículas de água ao redor. Ao ver a onda se formar, rema mais algumas vezes até ficar de pé na prancha e deslizar perfeitamente na onda gigante.

Uau.

— O que está acontecendo entre vocês dois? — Dou de ombros e continuo em silêncio. Como posso explicar o que está acontecendo se nem eu mesma sei? — Tati...

Ela tira os óculos escuros e me encara com uma sobrancelha arqueada. *Droga.* Quando Lane entra no modo Sherlock Holmes, nada a impede de descobrir o que quer que seja.

— Nós nos beijamos — deixo escapar, minha voz tão baixa que ela se inclina para me ouvir melhor.

— O quê?

— Ontem. — Olho para ela. — Antes da confusão.

— Mas... como isso aconteceu?

— O Kiko começou a cantar... estávamos dançando juntos. Brinquei dizendo que ele podia ir paquerar as meninas, mas, quando dei por mim, ele estava sussurrando uma música do Luan Santana no meu ouvido e me beijando.

Lane abriu a boca e fechou algumas vezes, sem falar nada.

— Ele sussurrou Luan Santana pra você? — Aceno com a cabeça. — Que música era? — ela pergunta, ajeitando a postura. Solto um longo suspiro e começo a enrolar uma mecha de cabelo no dedo.

— "Dia, lugar e hora".

Os olhos de Lane se arregalam e parecem prestes a saltar do rosto, como nos desenhos animados.

— Que trecho?

Ela já está sentada na ponta da cadeira de praia e fico com medo de que ela se feche com ela ali.

— Isso realmente importa, Lane? O melhor é colocar uma pedra nisso.

Ela cruza os braços, e seu rosto se contorce em uma expressão descontente.

— Claro que importa. Amiga, se ele tivesse cantado "Florentina" para você, o significado não seria o mesmo que cantar "Pra você guardei o amor".

Nós nos encaramos, e ela dá de ombros. Rimos. Sei que ela tem razão.

Pego o celular, abro o aplicativo de streaming de música e caço o arquivo com aquele trecho ao vivo, que guardei em uma playlist de músicas especiais. Aperto o play, e Lane e eu ficamos encarando o celular, enquanto a voz do Luan Santana soa acompanhada do som das ondas do mar batendo na areia.

Aí eu disse
Quer que eu faça um café?
Ou faça minha vida
Se encaixar na sua?

Trocamos um olhar. Fecho o aplicativo e enfio o telefone na bolsa.

— Tati... ele está apaixonado!

— Deixa de ser boba. — Balanço a mão na direção dela, descartando a ideia.

— Depois que ele cantou, vocês se beijaram?

— Aham.

— E como foi? — Ela me encara como se eu estivesse prestes a contar o segredo da tumba de Tutancâmon.

Com um suspiro, permito-me voltar àquele momento. Consigo ver nitidamente os olhos de Pedro brilharem e se escurecerem ao inclinar o rosto em minha direção. Poderia dizer até que consigo sentir o gosto da sua boca na minha, de tão vívida que é aquela lembrança.

— Foi incrível — falo simplesmente.

— Jura? Ele beija bem?

Aceno com a cabeça algumas vezes. Num arroubo de sinceridade, deixo escapar:

— Melhor beijo de todos.

— Da vida? — ela pergunta, colocando a mão sobre o peito.

— Da vida — concordo, recostando-me na cadeira. Sinto os ombros arderem um pouco e me lembro de que não passei o protetor solar. Puxo o tubo de dentro da bolsa e começo a aplicá-lo em minha pele, enquanto Lane ainda parece desconcertada com a notícia de que Pedro me beijou.

— Uau — ela murmura baixinho. — E vocês estão namorando, então?

Paro imediatamente de esfregar o creme branco em meu ombro e a encaro.

— Não. — Solto uma risada irônica. — Que pergunta.

— Por que não?

— Porque... porque... hum... bem... somos amigos! — protesto, terminando de aplicar o protetor solar.

— E qual é o problema? O Jordy e eu também somos, e estou cogitando ver aonde isso vai nos levar!

Fecho o tubo e, enquanto o coloco na bolsa, balanço a cabeça.

— Isso não daria certo. É melhor assim. Amigos.

Ela me encara com seu olhar de investigadora. Ah, droga. Odeio quando me olha assim. Ela me observa por alguns instantes, e volto a olhar o mar. Pedro e Miguxo estão sentados na prancha, conversando e apontando para a direção contrária de onde estão.

— Tatiana Pires, você está com medo de se envolver com o crush? — ela pergunta em voz alta, desenterrando o apelido que demos a ele há algum tempo e que eu vinha usando para descrevê-lo para mim mesma.

Volto a encará-la e dou de ombros. Ficamos em silêncio por alguns segundos, até que volto a falar:

— Estou confusa, Lane. Muito. Ao mesmo tempo que me sinto atraída, morro de medo de me magoar de novo.

— Ah, amiga...

— Dia desses, vi que o André está namorando de novo. O perfil dele tem a foto com a namorada nova e tudo o mais. Sabe quando ele colocou uma foto nossa na rede social? — Ela balança a cabeça. — Nunca. Está tão apaixonado que o feed parece o de um mocinho de novela mexicana. Cheio de frases de efeito e declarações de amor.

— Você também precisa seguir em frente, Tati.

— Eu sei... mas como vou saber que estou fazendo a coisa certa? Passei anos ao lado de um homem, planejando nossa vida em comum, e não percebi que ele não me amava do jeito que eu merecia... do jeito que eu o amava! Como vou ter certeza de que o que sinto pelo Pedro é realmente especial, ou melhor, que o que ele sente por mim é o que eu mereço? Sou péssima em julgar as pessoas. — Sentindo o coração acelerado, continuo: — Minha vida virou de pernas para o ar num estalar de dedos. Eu deveria estar casada. Mas, agora, o homem que acreditei que me amava está apaixonado por outra. Não sei em que momento ele deixou de me amar, não consegui enxergar isso, Lane. Como vou ser capaz de interpretar os sentimentos de alguém se não fui capaz de compreender o que o cara que passou quase toda a vida ao meu lado estava sentindo?

Lane se inclina em minha direção e enxuga as lágrimas que estavam caindo em meu rosto sem que eu tivesse me dado conta. Ela sorri.

— Tati, não se cobre dessa forma. Você não errou com o André. Ele estava acomodado em um relacionamento que trazia muitos benefícios a ele. Você sempre foi a fortaleza do casal. Era quem o incentivava e empurrava. Abriu mão dos seus sonhos para que *ele* pudesse chegar a algum lugar. Se alguém errou, foi ele, que não foi homem suficiente para admitir que os sentimentos dele tinham mudado. — Ela suspira. — A gente sabe o que sente, Tati. Lá no fundo, a gente sempre sabe. — Olho para ela, sentindo suas palavras tocarem meu coração. — Você não é incapaz de perceber o sentimento das pessoas. Seu coração é bom. E sua capacidade de discernir o que é bom ou não para você está bem aí. Só está com medo de fazer as escolhas erradas novamente e sofrer. — Ela ajeita uma mecha de seu cabelo para atrás da orelha. — Não sei se o Pedro é o grande amor da sua vida. Na verdade, ninguém sabe. Mas, se não colocar o medo de lado e tentar, nunca vai saber.

— Será?

— Sabe o que eu acho? — Balanço a cabeça, e ela continua: — Que você não teve um encerramento. — Arqueio uma sobrancelha, e ela acrescenta: — É, isso mesmo. Um encerramento. Uma chance de conversar com o André sobre o que aconteceu, enterrar o passado e seguir em frente. Depois que ele jogou a bomba no seu colo e te deixou sozinha para recolher os destroços, você não teve tempo sequer de lidar com a dor. Teve que ser forte, porque a família e o povo de Pira ficaram em cima de você, cobrando uma série de coisas. É exatamente disto que você precisa: lidar com a dor.

Ficamos em silêncio por alguns instantes. Desvio o olhar para o mar e vejo Pedro de pé na prancha. Sua presença, mesmo que à distância, me passa uma força e uma segurança que André jamais foi capaz de proporcionar. Lane tem razão. A força da relação era eu. Era eu quem acolhia, incentivava, criava oportunidades e decidia. Não era cuidada há tantos anos... que nem sabia mais como era isso.

A lembrança da noite passada me atinge com força total. O beijo. O cuidado quando me cortei. O carinho. Pedro é um homem especial. Alguém por quem meu coração podia mesmo se apaixonar. Mas será que estou pronta?

— Vou pensar sobre isso, tá? — falo para ela, que assente.

— Ouça o que o Pedro tem a dizer. Veja a melhor forma de enterrar o passado. E, o principal, deixe o seu coração falar e siga sua intuição.

Concordo e ficamos em silêncio, deixando o assunto morrer. Pensaria sobre tudo aquilo que ela me falou e tentaria seguir meu coração...

Pena que ele é tão ou mais confuso do que eu.

15

Status de hoje: O ruim de lidar com os meus problemas é que, na maior parte das vezes, quero dar uns beijos nele. **#crush**

PH: Reencontrei essa garota que fez parte da minha vida durante um bom tempo. E eu gosto dela, sabe? Gosto muito mesmo.
Tati: E ela também gosta de você?
PH: Às vezes, acho que sim. Quando ela me olha com interesse e pensa que não estou vendo. Quando o coração dela acelera tanto quanto o meu ao estarmos próximos um do outro. Mas às vezes...
Tati: Às vezes...?
PH: Às vezes acho que estou "enxergando" o que eu gostaria que acontecesse. Me sinto no meio de uma música do Jão, gostando mais dela do que ela de mim. Amando como um idiota ama.
Tati: Não sou das melhores para dar conselhos amorosos. Afinal, não conseguiria enxergar um sinal, nem mesmo que um farol estivesse aceso na minha direção (a menos que houvesse uma placa com meu nome!). Meu ex-noivo que o diga... 😄 Mas, olhando sua situação pelo lado positivo, pelo menos a música é ótima! 😉

Depois do incrível dia na praia, Pedro, Lane e Miguxo foram para o meu apartamento e maratonamos a série *Stranger Things* na Netflix. É claro que preferia assistir a *Bridgerton*, mas obviamente fui voto vencido.

Quando a segunda-feira chegou, trouxe uma semana agitadíssima para a Target. Os dias têm sido de muito trabalho, já que estamos com uma grande demanda de clientes. Desde então, saio tarde da agência todos os dias e chego em casa exausta. Mal tenho ânimo para tomar um banho, comer alguma coisa que já esteja pronta na geladeira e apago, uma rotina que tem se repetido diariamente. Mas, apesar do cansaço, estou feliz, porque Arthur me repassou três contas novas: a de uma startup de tecnologia, a de uma loja de roupas femininas e a de um fabricante de material de papelaria.

É claro que a conta do @amor.com não ficou de lado. Tenho conversado com alguns usuários do aplicativo, além de Beto — o médico com quem me encontrei na livraria —, que aparece de vez em quando, e PH, que tem sido uma companhia constante quando estou on-line. O papo com ele é sempre divertido e interessante. Temos tanta afinidade que é como conversar com um amigo de longa data. Rapidamente, passamos de trocar mensagens bobas a conversar sobre assuntos importantes, como a paixão dele por uma garota que parece não estar muito interessada e meus sentimentos confusos no que diz respeito a amor e relacionamentos.

Por falar em Pedro... bem, desde o dia em que dançamos juntos, ele pareceu recuar um pouco. Talvez a culpa tenha sido da alta carga de trabalho, que nos impediu de trocar mais do que algumas palavras nos corredores. Preferi manter isso em mente a pensar em uma alternativa da qual não iria gostar.

Toc-toc.

Seguindo-se à leve batida na porta, vejo Miguxo enfiar a cabeça na minha sala.

— Tati, está na hora.

Ele está com um sorriso enorme no rosto. Está assim desde que Lane aceitou seu pedido de namoro, depois de conversar com a chefe, que deu total apoio ao relacionamento deles. É lindo ver o quanto eles estão apaixonados, e estou muito feliz pelos dois.

— Estou indo — respondo, e ele se afasta. Pego meu caderno com a estampa da Rapunzel, a caneta roxa, que combina com o caderno, e o celular, e saio da sala apressada, quase tropeçando em Pedro, que está passando pelo corredor.

— Ei, tudo bem? — ele pergunta, segurando-me.

— Sim, desculpe — falo e nos encaramos por alguns instantes em silêncio. Ele umedece os lábios e meus olhos se desviam imediatamente para sua boca. *Seja forte, Tati! Resista!*, meu subconsciente grita, mas é bem difícil desviar o olhar.

— Uau, que gata de vermelho! — A voz de Rodrigo nos assusta, e nos afastamos com rapidez, como se tivéssemos sido pegos em flagrante. — Hum. Está tudo bem aqui? — Ele nos observa com as sobrancelhas arqueadas e uma expressão desconfiada.

— Hum... oi, Rodrigo. Está tudo bem, obrigada. Eu só tropecei — respondo.

Pedro faz um sinal com a mão para que eu passe na sua frente em direção à sala de reunião. Com um suspiro profundo, aperto o caderno contra o peito e sigo pelo corredor.

Meru-meru.

O som de notificação de mensagem soa e aperto o botão para checar.

PH: Tem dias que é preciso lidar com idiotas logo pela manhã... o dia promete. Bom dia, linda!

Tati: Ah, nem me fala. Tem gente que parece que entrou na fila da chatice umas cinco vezes. Bom dia!

Entro na sala de reuniões. Nosso chefe, Arthur, a chata da Carla e Miguxo já estão sentados nos devidos lugares, os notebooks ligados. Sou mais tradicional e prefiro anotar tudo no caderno. Acomodo-me ao lado de Miguxo, e Pedro se senta do meu outro lado, enquanto liga o tablet.

Meru-meru.

Ouço novamente o som de notificação e sinto meu rosto esquentar ao pensar que PH pode ter enviado uma nova mensagem. Não que eu me sinta atraída por ele... nem sei se isso seria possível, já que nunca nos vimos. Mas gosto dele e da forma como me sinto quando conversamos. É como falar com um grande amigo, alguém que, mesmo que eu nunca tenha visto, é especial na minha vida. E, apesar de estar trocando mensagens com outros rapazes, com PH é diferente. Conhecê-lo se tornou... pessoal.

Você tem novas mensagens.

Ao ver a notificação, clico duas vezes para abrir a mensagem. É de um usuário com quem nunca conversei.

Gato da Barra: E aí, gata. Estou procurando uma princesinha igual a você.
Tati: Hum. Uma "princesinha" para sair? Namorar? Ser amigo?
Gato da Barra: Ah... para curtir uns carinhos.

Sinto duas cabeças inclinadas na minha direção e vejo Miguxo e Pedro empoleirados nos meus ombros, cada um de um lado.

— Até quando vai precisar ficar de papo com esses babacas? — Pedro pergunta, fazendo cara feia.

— Acho que por mais um mês e meio, talvez. Ainda preciso de dois encontros.

— E aí, princesa, vai dar um *rolé* com ele? — Miguxo pergunta rindo, e a expressão de Pedro se fecha ainda mais.

Dou uma risada.

— Não, mas vamos ver o que o *gato* quer...

Continuo a conversa no aplicativo enquanto Arthur fala ao telefone com um cliente.

Tati: Carinhos? Mas que tipo de carinhos? A gente nem se conhece...

Gato da Barra: Então, gata, eu quero te conhecer. Intimamente.

— Ele vai pedir nudes — falo rindo. Apesar da expressão de poucos amigos, Pedro ri, assim como Miguxo.

— Eles pedem na cara dura? — Pedro pergunta.

— O tempo todo!

Tati: Ah, é? Mas a gente nem se viu e você já quer me conhecer intimamente?

Gato da Barra: Sabe o que é, gata? É que eu curto umas coisas diferentes. A sua aparência não influencia, entende? É como o objetivo do aplicativo... conhecer alguém de forma íntima, sem a questão da aparência para atrapalhar.

— Ele deve ser horroroso — Miguxo fala, rindo muito.

— Vamos ver o que o senhor Curto Coisas Diferentes deseja — digo e volto a digitar.

Tati: Hum. Entendi. Mas o que você quer dizer com "coisas diferentes"? Sou de cidade pequena, rapaz. Dependendo de quão diferente, nem vou saber o que é.

Pedro e Miguxo gargalham ao meu lado. Rodrigo se aproxima para ver o motivo das risadas e, quando vê a conversa no aplicativo, resolve ficar também.

Gato da Barra: Ah, adoro uma caipirinha. Você fala porrrta?
Tati: Porrrta, porrteira e porrrtão.

— Será que ele tem fetiche por sotaque? — pergunto a Pedro, que está gargalhando. As covinhas estão profundas e os olhos brilhantes, do exato jeitinho que eu gosto.

Gato da Barra: Ah, que delícia! Sabe o que é, caipirinha, tenho gostos peculiares...

O tal Gato da Barra — que imagino não ser nada gato como diz seu apelido — começa a falar que é adepto de uma prática que não faço a menor ideia do que se trata. Enquanto leio a mensagem, os três rapazes atrás de mim riem de chorar, obviamente entendendo do que ele está falando.

— Do que estão rindo? O que é isso que ele gosta, gente?

— Joga no Google, Tati! — Rodrigo fala.

— Não! — Miguxo e Pedro gritam, recomeçando a rir.

— Ele tem gostos peculia... res — Pedro repete o que o homem disse gaguejando e ri até lágrimas escorrerem, acompanhado dos outros dois.

Olho para a palavra que o Gato da Barra digitou e faço uma careta.

— Mas o que é isso? — questiono, e Arthur se aproxima para descobrir o motivo de tantos risos.

Ele se inclina na direção do celular, sorri ao perceber que estou usando o aplicativo e estende a mão para ver a conversa. Ao ler o que o homem digitou, ri tanto quanto os meninos.

— Pula fora, Tatiana! — Arthur fala, ainda rindo. — Esse daí não serve nem para a pesquisa.

— Alguém pode me dizer do que se trata? — pergunto irritada, com os braços cruzados.

Os homens riem mais, até que Pedro toma fôlego e, após beber um copo de água para se acalmar, ele me responde:

— É uma prática sexual em que o homem sente prazer ao levar socos e chutes... hum... *lá*. — Ele aponta para baixo, e sinto meu rosto esquentar.

— Ah, meu Deus. — Faço uma careta e solto uma gargalhada. — Como alguém pode gostar de uma coisa dessas?

— Responde para o jovem, Tatiana. — Arthur me entrega o telefone ainda rindo e se encaminha para sua cadeira na ponta da mesa.

Gato da Barra: E aí, gata? O que acha?

Tati: Desculpa, moço. Como falei, sou de cidade pequena e não conseguiria fazer isso. Boa sorte na sua... busca.

Os rapazes riem ainda mais com a minha resposta, e me desconecto do aplicativo, colocando o celular no silencioso por garantia.

Quem utiliza aplicativos de relacionamento não tem um dia sequer de paz.

###

No meio da tarde, o sono me atinge com força total. Faz um calor de quase quarenta graus lá fora e voltei do restaurante, na hora do almoço, sentindo como se fosse derreter a qualquer instante. A combinação de calor intenso, ar gelado, estômago cheio e barulhinho do ar-condicionado na minha sala resultou em duas cabeçadas no teclado do computador.

Sinal de que é hora de um café.

Geralmente, a dona Maria, também conhecida como *juíza suprema do Tribunal de Assuntos Aleatórios* do escritório, passa por volta desse horário, servindo o café e espalhando alegria. Ela é muito querida e considerada uma tia por todos nós. Mas hoje ela foi embora mais cedo para uma consulta médica.

Espreguiçando-me, eu me levanto da cadeira. Ajeito o tubinho vermelho que estou usando, pego o celular e saio da sala rumo à copa. O espaço pequeno fica no final do longo corredor que liga o nosso departamento aos demais. Dou um tchauzinho ao passar pelo setor de Criação, que é retribuído pelo pessoal da equipe que está trabalhando. Entro na salinha e sou tomada pelo cheiro de café.

Com um suspiro, acendo a luz e vou em direção aos armários, em busca de uma caneca. O som da porta se fechando me surpreende e, antes que eu tenha chance de esboçar uma reação, sinto duas mãos firmes segurarem meus quadris e me empurrarem contra a parede do meu lado direito.

— Mas... — começo, porém, ao me deparar com um par de olhos castanhos que parecem estar pegando fogo, eu me calo, completamente atordoada pela intensidade do olhar de Pedro.

— Shhh — ele sussurra com o indicador sobre meus lábios, ainda me mantendo presa.

Fico em silêncio. Seu dedo desliza pelo meu rosto em direção aos meus cabelos. O mesmo dedo que me calou se enrola em uma mecha loira. Ele não afasta os olhos nem um minuto sequer.

— Sabe quantas vezes desejei fazer isso hoje? — ele pergunta, inclinando mais o rosto em minha direção. — E isso? — Seus lábios se aproximam dos meus e mal me tocam. Ele inclina mais a cabeça e seu nariz se encaixa em meu pescoço. Ele inspira profundamente e murmura em um tom abafado: — E isso...

Um arrepio que começa na base da minha coluna desliza pelas minhas costas, envolvendo o meu corpo, apertando meu estômago e eriçando a minha pele, até chegar ao ponto exato onde ele inspirou.

— Está brincando com fogo... — murmuro de olhos fechados, buscando forças para me soltar do seu toque, tentando, ainda que sem muita veemência, colocar um pouco de juízo na cabeça dele.

— Estou louco para me queimar... — ele fala, voltando a inclinar os lábios em direção dos meus, pairando a poucos milímetros da minha boca. Posso sentir sua respiração se misturar com a minha, envolvendo-me e fazendo-me perguntar por que eu deveria resistir.

Meru-meru.

Aquele som baixinho tem o peso de uma bigorna. Seguro os ombros dele e o empurro suavemente.

— Estamos no trabalho, Pedro — falo em um fio de voz, enquanto todo o meu corpo protesta pelo afastamento.

— Droga — ele murmura, afastando-se um pouco mais e passando a mão na cabeça. Os cabelos ficam em desalinho e não consigo deixar de pensar no quanto ele é lindo. — Juro que estou tentando te dar espaço, Tati. Deixando que você amadureça a ideia de nós dois juntos e que supere qualquer receio que tenha em se envolver comigo. Mas estou atraído demais por você — ele fala. Sua voz é tensa e profunda, como jamais ouvi.

O som de passos chama a nossa atenção.

— Aqui não é o melhor lugar para falarmos sobre isso — digo, e ele assente.

— Na sua casa — ele fala. — Hoje à noite. Vou levar o jantar.

Abro a boca para protestar, mas ele ergue aquele dedo novamente e me silencia.

— Sem desculpas. Vamos conversar e colocar isso às claras, como sempre fizemos. — Ele me encara e meus olhos ficam presos nos dele. — Você é a minha melhor amiga, Tati, exatamente por isso. Porque nossa relação é às claras. Não quero que isso mude.

Ele se vira, pega a caneca que deixei sobre a bancada e aperta o botão da máquina de café, colocando-a em funcionamento. Em poucos segundos, enche a caneca e me entrega. Continuo em silêncio, sem saber o que dizer. Não posso negar que estou muito atraída por ele. Mas tenho tanto medo...

Olho para o líquido quente. De costas para mim, enchendo uma segunda caneca, ele murmura:

— Não é para franzir a testa.

Olho para as costas dele, parando imediatamente de franzir a testa. *Como é que ele sabe?*

Ele se vira e sorri de leve, apesar de seus olhos ainda refletirem toda aquela intensidade de poucos minutos atrás.

— Vamos conversar à noite e encontraremos uma forma de resolver... *isso*. — Ele faz um gesto com a mão que vai de mim para ele.

Então, suavizando ainda mais a expressão, ele ergue a caneca em um brinde. Assinto e repito seu gesto. Ele sorri, pisca, abre a porta e sai.

Imediatamente solto o ar que nem tinha notado que estava prendendo. Com as mãos trêmulas, ergo o celular e vejo uma notificação do aplicativo:

Você tem uma nova mensagem.

Mr. Big: Estou à procura de uma submissa. Quer ser a minha?

Fecho o aplicativo com um longo suspiro. A voz de Lane soa na minha cabeça, repetindo as palavras que ela sempre diz: *Maluco atrai maluco*. Com uma careta, viro-me para a pia, derrubo o café e lavo a caneca. Em seguida, saio da copa e volto para a minha sala. Depois dessa *pegada*, não preciso mais de café para acordar.

###

Olho para o relógio: quase oito e meia da noite. Tenho certeza de que Pedro vai chegar a qualquer momento com comida, bebida e a conversa que não sei como conduzir. Observo meu reflexo no espelho e aceno com a cabeça, satisfeita. Vestido de verão azul floral, cabelo solto, descalça e quase nada de maquiagem. Casual o suficiente para não parecer que levei duas horas me arrumando, mas, ainda assim, bonita.

Desligo o tablet e coloco o celular no silencioso, determinada a não permitir que os *merus-merus* atrapalhem a tal conversa, ainda que eu não saiba como explicar a ele que *sim, estou muito atraída; sim, ele é meu crush da vida; sim, quero beijá-lo como se não houvesse amanhã*, mas, ao mesmo tempo, só consigo pensar em fugir para as colinas.

Ouço a campainha e, com um suspiro, vou até a sala e abro a porta.

Pedro está encostado contra o batente e abre um enorme sorriso ao me ver. Enquanto seus olhos deslizam pelo meu corpo, leio atentamente a camiseta que ele está usando. *World's greatest future boyfriend — Melhor futuro namorado do mundo*.

Há! Engraçadinho!

Arqueio uma sobrancelha e aponto para a frente da camiseta.

— Qual é a sua com essas camisetas engraçadas? — pergunto e ele ri, enquanto se inclina e beija a minha testa.

— Engraçadas? Não sei do que está falando. — Ele olha para baixo, como se estivesse lendo só agora o que está escrito na roupa. — Só li verdades nas minhas camisetas.

Nós dois rimos, e abro espaço para ele entrar. Quando ele passa, o cheiro de comida chinesa me envolve e faz meu estômago roncar.

— O que tem nas sacolas? — pergunto, enquanto ele as apoia na mesa de centro. Pego os jogos americanos e dois copos.

Pedro me ajuda a arrumar a mesa e, enquanto tira as caixinhas de dentro dos sacos, anuncia o nosso jantar.

— Temos rolinho primavera de entrada, frango agridoce para mim e yakisoba para *mademoiselle* — ele fala, piscando para mim.

Dou um empurrãozinho nele com o quadril.

— Se a comida é chinesa, tinha que estar falando mandarim, não francês!

Ele retribui o empurrãozinho e fala, olhando nos meus olhos, no que me parece ser um mandarim perfeito:

— *Wǒ ài nǐ*

Abro e fecho a boca.

— Uau. O que você disse?

— Você duvidou da minha capacidade linguística. Quando se redimir, eu traduzo. — Ele ri. — Se até o fim do jantar você se comportar, tem biscoitos da sorte. Biscoitos, viu? Não são bolachas.

Ele faz uma careta para mim, e solto uma risada.

— Palhaço!

— Tudo só para você.

Bato palmas, animada.

— Adoro biscoitos da sorte!

— Eu sei — ele diz e dá uma piscada.

— Quer abrir um vinho? — pergunto, enquanto ele se senta no chão, as longas pernas cruzadas, e puxa uma almofada para as costas, recostando-se contra o sofá.

Ele balança a cabeça e puxa duas latas de refrigerante de uma sacola que ainda não tinha sido aberta.

— Não quero que seus pensamentos fiquem nublados pelo álcool — ele fala e bate no chão para que eu me sente ao seu lado.

Pego uma almofada e me sento sobre ela, as pernas esticadas para a frente. Estamos lado a lado, os ombros quase se tocando e... *Alô, Tati! Concentra no jantar, sua louca!*

Pedro começa a abrir as caixinhas e o cheiro maravilhoso da comida invade o ambiente. Enquanto comemos os rolinhos primavera, conversamos sobre o dia no trabalho e o andamento das campanhas em que estamos trabalhando. Não me passa despercebido que ele parece evitar comentários sobre o @amor.com, o que é bom, já que a única coisa boa que efetivamente resultou dali foi a minha amizade com PH, mas acho que, em uma noite reservada para conversarmos sobre nós, falar sobre outro homem, mesmo que não seja alguém com quem eu esteja envolvida romanticamente, não deixaria Pedro satisfeito.

Ele está terminando de contar sobre uma reunião no trabalho que teve um acontecimento divertido e me pego pensando em quanto a gente conversa e ele me faz rir. Com André as coisas eram muito diferentes. Ele tinha os interesses dele e eu, os meus. Percebo agora que, nos últimos anos, nossas conversas ficaram mais escassas. Raramente tínhamos esse tipo de papo leve e descontraído, recheado de risadas e brincadeiras.

Enquanto comemos, falamos de Pira, da época da escola, dos nossos antigos colegas. A noite se desenrola como sempre é quando estou com Pedro: divertida, interessante, sem que eu queira que termine. *Será que ele também se sente assim?*

De repente, ele apoia a caixinha de frango agridoce na mesa e pega a lata de refrigerante. Aquele cheiro está me deixando atordoada. Preciso experimentar, nem que seja um pedacinho. Estendo a mão para pegar a caixinha, mas ele dá um tapinha em mim, pegando-a depressa, o que me faz rir.

— Tire suas mãos do meu frango, mocinha.

Ergo as duas em sinal de rendição.

— Ah, tá bom! É que está com um cheiro tão bom!

Faço a minha melhor expressão de gato de botas e ele me observa, uma sobrancelha arqueada, a expressão desconfiada e a caixinha na mão. Então, pega os hashis habilmente, captura um pedaço de frango e o leva na direção dos meus lábios, com a caixinha embaixo, para não cair no chão em caso de uma eventualidade. Quando sinto o sabor do molho agridoce na língua, solto um gemido, saboreando a deliciosa comida.

Abro os olhos. Pedro está me encarando tão de perto, os olhos castanhos parecendo em chamas, como estavam mais cedo, no trabalho. Ele pisca lentamente, batendo os longos cílios escuros, umedece a ponta dos lábios e se inclina para mim, os olhos colados aos meus lábios. Sem conseguir esboçar reação, observo-o estender a mão para o meu rosto, acariciar minha bochecha e se inclinar um pouco mais. Estamos tão perto um do outro que posso sentir minha respiração se misturar com a dele. Ele me encara de uma forma intensa, desvia o olhar mais uma vez para os meus lábios, inclina-se um pouco mais e murmura:

— Tem um pouco de molho aqui.

Então, eu o beijo.

Ao contrário do primeiro — que foi intenso, mas doce e delicado —, esse é voraz. A boca de Pedro devora a minha, sua língua invadindo, exigindo, tomando. Ele segura meu rosto com as mãos e desliza os dedos até se entrelaçarem nos meus cabelos, puxando-me ainda mais contra si.

Não sei precisar quanto tempo ficamos assim, provando dos lábios um do outro. Só sei que meu coração está acelerado como se eu tivesse subido correndo as famosas ladeiras de Santa Teresa, que meu corpo parece derreter a cada toque dos seus lábios nos meus e que qualquer raciocínio lógico que eu possa ter foi eclipsado pela sensação da batida do meu coração contra o dele.

Pedro aprofunda o beijo e só consigo pensar que preciso desfrutar daquele toque, tomar tudo o que ele tem para me oferecer, provar cada pedacinho dessa boca macia e exigente. Ele tem gosto de noite estrelada, comida chinesa e virilidade. Decidido. Intenso. Apaixonado.

Espere aí, Tati! De onde você tirou esse apaixonado*? É só um beijo, sua louca.*

O alerta do meu subconsciente me tira da névoa de desejo e paixão. Com a respiração acelerada, assim como a dele, afasto-me devagar, com os olhos ainda fechados e sentindo imediatamente a falta da sua boca contra a minha.

Ah. Meu. Deus.

Abro os olhos devagar e, muito ofegante, eu me dou conta de que fui parar no seu colo. Eu me remexo, tentando voltar para o meu lugar, sentindo-me constrangida pela total perda de controle, mas suas mãos firmes em minha cintura me mantêm no lugar.

Ele ergue uma das mãos, segura meu queixo e eleva meu rosto, fazendo-me encará-lo.

— Você é tão linda — ele murmura, olhando-me como se estivesse gravando na memória cada milímetro do meu rosto. — E me deixa louco. — O polegar toca meu lábio inferior e o acaricia, enquanto seus olhos focam na minha boca, fazendo-me ofegar. — Você não pode negar que existe uma química forte entre nós, Tati. — Ele ergue os olhos para mim, me encarando. — Gosto de você. E sei que gosta de mim também. — O polegar desliza para a minha bochecha, enquanto os dedos que seguram a minha cintura começam a subir e descer de forma ritmada pela lateral do meu corpo. Ele se inclina muito devagar na minha direção e, quando seus lábios estão a centímetros dos meus, ele murmura: — Fica comigo, Tati.

Sinto meu corpo congelar e imediatamente minha mente é transportada para o fatídico dia em que André terminou o relacionamento de anos em um estalar de dedos. Sua voz dizendo que queria conhecer outras pessoas, como se não fôssemos suficientes um para o outro, como se *eu* não fosse suficiente para ele, ecoa na minha cabeça, fazendo-me estremecer.

— Não posso passar por isso de novo.

— O quê? — Pedro murmura, e só então me dou conta de que falei em voz alta aquelas palavras que praticamente moram dentro de mim, mantendo firme a porta que separa meus sentimentos do alcance de qualquer um que pareça querer algo mais. Como ele.

Tento me levantar, mas ele não deixa.

— Não, não. — Ele segura a minha cintura com firmeza. — Do que está falando? Passar pelo quê?

Ficamos em silêncio, olhando um para o outro. Sinto um nó no estômago e tenho a sensação de uma mão apertando o meu pescoço, deixando-me sem ar. Ele, então, ergue as mãos, os polegares enxugando as lágrimas que não percebi que estavam caindo.

— Tati... — ele murmura com carinho, e o que mais temi desde o término com André acontece: eu desabo.

As lágrimas caem copiosamente, e não consigo falar. Pedro me abraça e minha cabeça fica contra seu peito firme, enquanto as lágrimas molham a camiseta com a frase divertida. Desde que André terminou comigo, tentei ser forte. Mantive a cabeça erguida e não me permiti chorar. Ergui uma fortaleza ao meu redor e não deixei que ninguém soubesse o que se passava em meu coração. Foi mais fácil me concentrar em me desviar do incentivo constante para arrumar um novo namorado do que demonstrar para a cidade inteira que a minha vida tinha sido estraçalhada e virada de pernas para o ar em um piscar de olhos.

Não sei precisar quanto tempo estamos assim, abraçados, enquanto choro contra ele. Pedro se mantém em silêncio, esfregando gentilmente minhas costas para cima e para baixo em um movimento ritmado e reconfortante. Quando meu corpo para de tremer e finalmente consigo conter as lágrimas, levanto a cabeça, afastando-me devagar do calor dos seus braços. Ele me olha, sorri e, fungando, passo a mão pelo rosto, enxugando os últimos resquícios de lágrimas, não querendo imaginar quanto devo parecer péssima.

— Vou pegar um pouco de água — falo e ele assente, liberando meu corpo do seu toque. Imediatamente, sinto falta do calor da sua mão na minha cintura e, antes que me aninhe de novo contra ele, levanto-me rapidamente em direção à cozinha.

Sirvo-me de um copo de água, que bebo devagar. Volto a encher o copo, tentando ganhar tempo, enquanto a minha cabeça parece dar mil voltas, tentando descobrir como vou falar sobre aquilo com ele.

— Não adianta tentar se afogar com a água da geladeira. Você não vai escapar de mim — Pedro fala atrás de mim, sua voz divertida me assustando.

Apoio o copo na pia e levo a mão ao peito. Abro um sorriso. Acho incrível como ele consegue me fazer rir tão facilmente, mesmo que esteja me sentindo miserável por dentro.

— Ah, Pedro... — murmuro, e ele estica a mão para mim. Eu me aproximo e nossos dedos se entrelaçam. — Não vale a pena tocar nesse assunto. — Meu tom é baixo e soa dolorosamente sofrido. Droga. Realmente perdi por completo o controle das minhas defesas.

— Ah, vale, sim... vale muito, na verdade. Vem. — Ainda segurando a minha mão, ele me leva para a sala. Solto a mão da dele e paro em frente à janela, olhando para o céu estrelado de verão enquanto ele se acomoda no sofá. Respiro fundo, soltando lentamente o ar, tentando colocar os pensamentos em ordem. Permaneço em silêncio por alguns instantes, até que o ouço me chamar baixinho. — Tati...

Fecho os olhos, e a voz sai baixa e entrecortada.

— Você sabe que namorei o André por quase toda a adolescência e a vida adulta, não sabe?

Pedro solta um grunhido baixo. Sua voz tem um leve tom irritado e suas palavras me surpreendem.

— Sei. O idiota me passou a perna bem debaixo dos meus olhos.

— O quê? — pergunto, virando-me, mas ele balança a cabeça e faz sinal com a mão para que eu continue.

— Isso é conversa para outro dia. Hoje é a sua vez — ele diz, e eu assinto.

Criando coragem, começo a falar:

— Quando o André me pediu em namoro, foi meio surpreendente.

Eu era uma menina de dezesseis anos, sem qualquer experiência de vida. Nunca nem tinha beijado alguém. Enquanto nossos amigos, assim como você, saíram de Pira em busca de uma vida melhor, faculdade, crescimento, essas coisas, nós ficamos. Ele não queria sair do interior. A vida dele estava feita: em poucos anos, assumiria os negócios da família. Fez faculdade de Administração para se preparar para os negócios, mas não tinha nenhum interesse em ir além. Eu me vi envolvida em um relacionamento sério muito jovem, acabei me afastando das amizades e era bastante pressionada pelas pessoas para que nos casássemos logo e tivéssemos filhos. Você sabe como é cidade do interior... Esse é o tipo de coisa esperada de um casal que estava junto há anos. — Pedro assente sem dizer uma palavra. Prossigo: — Sempre imaginei que, a essa altura da vida, André e eu estaríamos casados, com filhos, uma vida estabelecida. Aos vinte anos, eu me vi noiva, e, pelos anos seguintes, marcamos e desmarcamos a droga do casamento inúmeras vezes.

— Por que isso? — Pedro pergunta, sério.

— Eu... não sei... Às vezes por excesso de trabalho dele. Eu estava estudando, fazendo a faculdade de Publicidade. Depois, o pai dele adoeceu. Sempre parecia haver um motivo que nos fizesse adiar.

Pedro semicerra os olhos, mas não fala nada.

— Até que marcamos a data definitiva. A essa altura, já estávamos basicamente morando juntos, mas não tínhamos formalizado a relação. Quando fomos à igreja e marcamos a data, nem acreditei... Acho que, no fundo, eu sabia que isso não ia acontecer, sabe? — Ele assente, e continuo: — Começamos os preparativos. Já estava tudo acertado: bolo, flores, vestido, festa, cerimônia, até que ele simplesmente soltou a bomba que não queria mais. Estávamos praticamente no altar quando ele me falou que queria beijar outras bocas por aí.

— Vocês brigaram? Ele te traiu?

— Não. Sim. Não sei. Ele explodiu, coisa que jamais havia feito comigo, e disse que não me queria mais. — Minha voz silencia com a humilhação. Respiro profundamente. — Ele foi embora, batendo a porta, e nunca mais voltou. Sequer conversou comigo de novo.

Simplesmente me deixou lidar com o cancelamento, a devolução dos presentes e a pressão da cidade, que tentava descobrir a todo custo por que eu tinha perdido um "bom partido" como ele.

— Que idiota...

— A minha vida desmoronou e eu mal tive chance de me permitir sofrer o luto pelo meu relacionamento desfeito. Tive de recomeçar do zero. Sozinha. Não sabia direito como tomar decisões por conta própria. Minha vida era tão entrelaçada à dele que tive de reaprender a viver, a caminhar sem o apoio dele, algo que jamais tinha feito desde os meus dezesseis anos. O André era um cara muito presente, sempre tinha uma opinião, um palpite, uma sugestão. Sofri demais quando terminamos e, o pior, sozinha. Não perdi apenas o cara que eu achava ser o homem da minha vida, meu futuro marido e pai dos meus filhos. Perdi minha referência de vida, a pessoa com quem eu compartilhava tudo, meu ponto de equilíbrio, e mal conseguia entender por que estava passando por aquilo. Na verdade, se me perguntar por que ele terminou comigo, não vou saber explicar ao certo. Só sei que, em um dia, eu tinha uma vida de "sonho" e, no dia seguinte, meus sonhos foram descartados, como se não valessem um tostão furado.

— Vocês voltaram a conversar depois disso?

Balanço a cabeça em negativa. Ficamos em silêncio por alguns instantes, até que digo a ele:

— Não posso voltar a me envolver, Pedro. Não posso me permitir me apaixonar para voltar a sofrer tudo aquilo de novo. Não serei capaz de compartilhar a vida ao lado de alguém e ter de, mais uma vez, recomeçar. A cola que fixou as partes do meu coração, que se quebrou, é diluível em água e não resiste a mais lágrimas e sofrimento.

Pedro me encara durante um tempo. Uma expressão de riso cruza seu rosto, mas ele se mantém quieto, como se pensasse.

— Sei do que está precisando.

— É?

— Aham. — Ele sorriu. — De um encerramento.

— O quê? Você e a Lane andaram conversando?

— Não. Mas é isso mesmo que você precisa. Um encerramento. — Ele se inclina para a frente no sofá. — Sério, Tati. Tem coisas que você precisa ver por conta própria. Fechar a tampa do caixão, como diz um amigo meu, mas sem a venda cor-de-rosa do *perdi o grande amor da minha vida.*

— O que quer dizer com isso?

— Que precisa voltar a Piracicaba, enfrentar a cidade de cabeça erguida. Mostrar a todos que é uma mulher adulta, que venceu no Rio de Janeiro: tem um bom emprego, recomeçou a vida de maneira corajosa e está indo *muito bem, obrigada.* E reencontrar o André para descobrir quem ele realmente é e se o seu sentimento é mesmo de perda de um grande amor ou só um coração partido.

— Mas ele... mas...

— O que tem ele? Está com alguém? Isso nunca foi impedimento...

— O quê? — Minha cabeça parece girar.

— Só depois desse encerramento você vai conseguir deixar o passado para trás. — Ele se levanta e se aproxima de mim, ainda encostada contra a janela. Segura minhas mãos, os polegares acariciando suavemente as duas palmas. — E seguir em frente. — Ele se inclina para mim. Nossos lábios estão a poucos centímetros um do outro, e ele murmura contra a minha boca: — Comigo. Nós dois juntos.

— Não estou pronta para voltar a Pira — falo, e meu corpo estremece, mas ele continua com o corpo colado ao meu.

— Vai estar. Comigo — ele diz. Depois de me beijar suavemente, ele se afasta. — Semana que vem tem um feriado prolongado. Vamos de carro na sexta e voltamos domingo à tarde. Vai ser ótimo — ele diz sorrindo, enquanto segue para a mesa onde nosso jantar ficou esquecido.

Sem saber o que dizer e ainda me sentindo impactada com toda aquela conversa sobre o passado, fico pensando na proposta de voltarmos a Pira.

— Ei! — Pedro me chama, e saio daquele torpor. Ele joga o pacotinho do biscoito da sorte que não tínhamos comido. Eu o abro, dou uma mordida e retiro o papel enrolado.

— *Quem quer vencer um obstáculo deve armar-se da força do leão e da prudência da serpente* — leio em voz alta, e meus braços se arrepiam. Será que Pedro tem razão? — O que tem no seu?

— *Você fará uma viagem em breve* — ele fala, mostrando-me o papel e rindo. — Se não se pode acreditar na mensagem de um biscoito da sorte, não sei em que podemos!

16

Status de hoje: A duplinha sertaneja de mais respeito que a gente conhece.
#tigrinhoetigrão #gatinhos #pets

Meru-meru.

PH: Pronta para "a viagem"?

Tati: Sim. Talvez... Não.

PH: Isso é tão típico de você. Vai dar tudo certo. Tenho certeza.

Tati: E se não der? E se essa for a maior besteira a ser feita em todos os tempos?

PH: Mantenha a calma, drama queen. Seu cavalheiro na armadura estará ao seu lado, pronto para te proteger.

Tati: Como você sabe?

PH: Um cara apaixonado pela melhor amiga com certeza faz qualquer coisa por ela.

Tati: Apaixonado é um pouco de exagero... E você? Como está? Alguma novidade sobre ela?

PH: Não. Ela é mais teimosa que uma mula. Mas vamos chegar lá. Vou terminar um relatório, linda. Se precisar de algo durante a viagem, estou a um meru-meru de alcance 😉

Tati: Trabalhando até tarde?

PH: O que posso fazer se sou tão requisitado?

Tati: Metido.

PH: Mas mesmo assim você me adora. 😆

Tati: Eu só te aturo. 😃 Se cuida, PH. Bom feriado. Obrigada pelo apoio.

PH: Estou sempre aqui para você. Não se esqueça.

Coloco o tablet na cama com um sorriso no rosto e volto a arrumar a mala. Enquanto dobro um vestido azul, penso em quanto foi bom ganhar um amigo como PH. Conversamos diariamente sobre a nossa rotina, os nossos medos e anseios. É fácil falar com ele, que parece me entender bem e me dá os melhores conselhos. Ainda não nos conhecemos pessoalmente, mas é como se fôssemos amigos desde sempre. No começo, fiquei preocupada com que estivesse usando uma técnica alternativa para dar em cima de mim — já que estamos cadastrados em um aplicativo de *paquera* —, mas, desde que ele começou a falar da amiga por quem é apaixonado e que, enfim, decidiu conquistá-la, percebi que o que existe entre nós é uma linda amizade. Ao longo de todo esse tempo, passamos a conversar também sobre nossos sentimentos a respeito dos respectivos crushes e temos aconselhado um ao outro.

É engraçado pensar em minha relação com PH. Nunca imaginei que pudesse me conectar de uma forma tão íntima com alguém que conheci virtualmente, mas é como se ele fizesse parte da minha vida. *Não*. Ele *faz* parte da minha vida, e espero que essa amizade se torne cada vez mais profunda.

Volto para a mala. Encaixo um sapato no espaço vazio no canto esquerdo da pequena mala e olho ao redor, procurando algo que eu possa ter deixado de fora. Vamos amanhã bem cedo e quero deixar tudo pronto para não atrasar a viagem. Quando me dou por satisfeita com tudo o que coloquei na mala, fecho o zíper, tiro-a de cima da cama e coloco-a no canto. Antes de me deitar na cama, pego meu caderno da Rapunzel, caneta, celular e o fone. Depois de me acomodar na cama e enquanto ouço Luan Santana cantar em meus ouvidos, começo a fazer anotações sobre a campanha do @amor.com. Vou apresentar o projeto da campanha para Beatriz em breve e não quero me esquecer de nenhum detalhe em que havia pensado.

Recosto-me no travesseiro e fecho os olhos, minha mente se voltando para o começo da semana, quando fui a mais um "encontro". Pablo, um simpático empresário do ramo de festas infantis, combinou de me encontrar para o almoço. O lugar estava lotado de homens de terno e mulheres usando roupas sociais, assim como eu, quando me deparei com a figura mais estranha de todas atravessando o salão.

Por favor, meu Deus, não deixe que seja ele, pensei ao ver o homem calvo no topo da cabeça, com um longo rabo de cavalo e usando regata listrada de azul e cinza, bermuda florida em tons de verde e amarelo, tênis e pochete na cintura. Sim, *pochete*. Daquelas de couro marrom, que já eram um horror quando meu pai era adolescente. Tentei me esconder atrás do cardápio, mas o homem — que deveria ter no máximo trinta anos — tirou o celular da *ofensa fashion* que usava na cintura, digitou algo no teclado e o *meru-meru* alto em meu celular me denunciou. Pablo veio até mim com um sorriso enorme, apresentou-se e sentou-se à mesa. *É trabalho, Tati, trabalho*, pensava comigo mesma.

Fizemos o pedido e, enquanto esperávamos a comida chegar, tentei puxar assunto, mas Pablo era um pouco tímido demais e quase não dava continuidade à conversa.

Quando todos os meus assuntos amigáveis — desde o clima quente do dia, passando pela economia do país, até a última e recente fofoca de uma celebridade americana — terminaram, um silêncio pesado se abateu sobre nós como um bloco de cimento. Até que os olhos dele se iluminaram, ele se voltou para aquela coisa *horrenda* que ostentava na cintura, abriu-a e tirou um baralho de lá. Exatamente isto: um baralho.

— Hum, não acho que a gente vá conseguir jogar pôquer, buraco ou qualquer outro jogo aqui... A comida deve estar chegando, Pablo — falei. Tenho certeza de que meu rosto expressava todo o meu descontentamento com a situação.

— Pablo, não! — ele protestou, tirando o baralho da caixa e deslizando as cartas habilmente de um lado para o outro. — Pablito, *el magico*! — ele falou animado.

Meu Deus... as coisas que preciso fazer pelo meu emprego.

Antes que eu tivesse chance de falar qualquer coisa, Pablo — ou *Pablito* — fez uma série de números de cartas, tirando algumas da orelha do homem de terno sentado na mesa ao nosso lado. As pessoas ao redor riam muito da inusitado situação. Enquanto fazia suas mágicas, ele contou que costumava se apresentar em aniversários e que todo mundo adorava... bem, talvez porque sua audiência costumasse ter por volta dos sete anos de idade.

Como sempre fazia, Lane me ligou no meio do encontro, para se certificar de que eu estava bem e que não precisava de uma desculpa para ir embora sem ofender meu acompanhante.

— Está tudo bem aí? — ela perguntou ao telefone.

— *Nãooo!* Jura, amiga? — falei, tentando parecer muito surpresa.

— Está precisando de uma desculpa para ir embora, não é? — ela perguntou, rindo.

— Meu Deus! Não, não se preocupe. Tenho certeza de que o Pablo vai entender. Estou indo aí agora! — falei, e ela riu ainda mais do outro lado da linha. Despedi-me com rapidez, desligando a chamada.

— Tudo bem? — Pablo perguntou, enquanto embaralhava as cartas.

— Sinto muito, a minha amiga não está passando bem. Vou ter de retornar ao escritório para acompanhá-la ao médico — falei já abrindo a bolsa. Tirei dela algumas notas e coloquei sobre a mesa para pagar a conta. — Você entende, não é? — perguntei, e ele assentiu.

Despedimo-nos e peguei um táxi de volta ao escritório. Chegando lá, Lane foi direto para a minha sala e riu tanto enquanto me ouvia contar a história que chamou a atenção de Pedro e Miguxo. Os dois entraram no escritório para saber o que tinha acontecido. Obviamente, a reação deles foi ainda pior que a dela e, além de rirem até as lágrimas, passaram a semana me mostrando cartas de baralho e tirando moedas das minhas orelhas.

Rio sozinha com a lembrança, pensando em como estou feliz agora, trabalhando em um emprego que adoro, ao lado de pessoas tão incríveis, morando no Rio e me sentindo, pela primeira vez em muito tempo, em paz comigo mesma.

O retorno para Piracicaba me deixa apreensiva, mas, como Pedro falou, é um fechamento necessário para que eu possa seguir em frente e me permitir curtir essa felicidade.

###

— Ainda não acredito que vai colocar esse carrinho na estrada!

— Por favor, não ofenda o Fred! — Pedro responde rindo, enquanto guia o automóvel pela Via Dutra.

Estamos há pouco mais de uma hora na estrada e temos mais cinco pela frente. Pedro insistiu que deveríamos ir de carro, em vez de pegar um voo até Campinas e, de lá, um ônibus ou algo assim até Pira.

— Ir de carro nos dá liberdade, Tati.

Ele tem razão. E, apesar de serem muitas horas na estrada, a companhia de Pedro é tão divertida que nem sinto o tempo passar. Relembramos nossos amigos de escola e as situações engraçadas daquela época, conversamos muito e rimos ainda mais.

— Está com fome? — ele pergunta em determinado momento.

— Hum... Um pouco.

Pedro abre um sorriso enorme, liga a seta e, poucos metros depois, pega uma saída da estrada. Mais à frente, vejo uma grande construção em tijolinhos aparentes com um letreiro vermelho onde se lê: *O melhor pastel do mundo*.

Solto uma gargalhada.

— Pastel? — pergunto, e Pedro ri.

— Não é sua comida favorita, senhorita Senha Gostosa e Segura?

Nós dois rimos ao relembrar minha senha no aplicativo. Ainda acho incrível como Pedro consegue se lembrar de detalhes tão bobos a respeito de tudo.

— E eles são convencidos! Iguais a você!

— Não é questão de ser convencido, mas de autoconsciência — ele fala, e dou um soquinho no braço dele.

Pedro estaciona o carro em frente à lanchonete. O cheiro de pastel nos atinge antes mesmo de empurrarmos a porta para entrar. Pedro para ao meu lado e segura a minha mão. Olho para ele, que hoje está usando uma camisa polo verde e bermuda cargo bege, e sinto falta das camisetas engraçadas que ele costuma vestir nos momentos de lazer. Ele abre a porta para mim e acena com a cabeça para que eu entre na sua frente, mas não solta a minha mão.

Vamos juntos para a pequena fila e ele me posiciona na sua frente, envolvendo o braço ao redor da minha cintura e me puxando, para que minhas costas fiquem apoiadas contra seu peito. Ficamos assim por poucos segundos, mas me sinto completamente balançada. Como algo tão simples quanto um abraço pode parecer tão certo? É como se nos encaixássemos perfeitamente. Será que isso acontece com todo mundo? Não me recordo de já ter me sentido assim antes... o que me faz questionar por que perdi tanto tempo da minha vida deixando de sentir coisas tão simples quanto... *isso*.

Logo somos atendidos e pedimos uma porção de pastéis variados. Depois de pagar, ele pega as bebidas e eu levo o prato para uma mesa.

— Adoro isso, sabe? — ele fala, antes de dar uma mordida no pastel. Faço o mesmo e tenho que concordar: este é o melhor pastel do mundo.

— O quê? Pastel?

Pedro ri.

— Não. Pegar o carro e sair por aí. Sem pressa, curtindo a estrada em boa companhia. — Ele me olha sorrindo, e sinto o rosto esquentar.

— Também estou adorando o passeio — falo e dou mais uma mordida.

Ficamos um tempo na lanchonete, comendo o pastel mais maravilhoso do mundo com Coca-Cola gelada, enquanto conversamos sobre assuntos aleatórios. Quando terminamos de comer, Pedro se levanta, joga o lixo fora e segura novamente a minha mão, enquanto me conduz para o lado de fora. Ao atravessarmos a porta, estou com a cabeça nas nuvens, sentindo o calor da sua mão contra a minha, e quase tropeço em algo no chão.

— Mas o que...

Pedro se abaixa e pega a bolinha de pelos. O gatinho solta um longo *miau*, enquanto lambe a patinha e nos olha com o típico ar de desdém dos felinos.

— Ora, ele escolheu vocês — uma voz soa logo atrás de nós.

— O quê? — pergunto, ao mesmo tempo que Pedro protesta.

— Não, não! Ninguém escolheu ninguém — ele ri. — Onde posso colocá-lo?

A idosa se levanta da cadeira de palha ao lado da entrada e vem em nossa direção. De vestido estampado e os cabelos brancos presos em um coque, ela para bem diante de Pedro, que, ao lado dela, parece um gigante segurando o bichinho tão pequeno, e cutuca o peito dele.

— *Escolheu. Sim. Senhor* — ela fala, pontuando as palavras. — O Tigrinho precisa de um lar e escolheu vocês dois para isso.

— Tigrinho? — pergunto, e ela assente. Olho para o bichinho e percebo que ele está usando uma coleira com uma plaquinha. Pego o metal e vejo gravado o nome *Tigrinho*. Ergo os olhos para Pedro, enquanto acaricio a cabeça do filhote. Meu coração está completamente apaixonado.

— A mãe dele morreu. Ele precisa de carinho.

Meus olhos se enchem de lágrimas, com dó do pobre bichinho.

Ao me ver quase chorando, Pedro fala:

— Tati, não podemos ficar com ele. Teríamos de levá-lo ao veterinário antes de seguir viagem, o que seria impossível no meio de um feriado.

— Ele já foi ao veterinário e todos os cuidados foram tomados. Ele só precisa de um lar — a senhorinha fala, decidida. Ela se vira, coloca as mãos nos quadris e chama um nome. Um garoto de uns doze anos aparece, e ela pede a ele que pegue as coisas do gatinho. O menino retorna com alguns papéis e uma caixa de transporte.

— Aqui estão as orientações do veterinário, certificado de vacinas e tudo o mais que é necessário. Ele é vira-lata, mas é amoroso e será um ótimo filho para vocês. — Ela sorri e eu retribuo, sem parar de acariciar o bichinho.

Ergo os olhos para Pedro.

— Por favor? — peço, e ele solta um longo suspiro.

— Quem vai ficar com ele quando você estiver no trabalho?

— Gatos são autossuficientes, não precisam de companhia. Podemos adotar? Por favor! Por favor! — Pedro olha de mim para o bichinho, que o encara e faz um *miau* novamente.

Ele solta um suspiro pesado.

— Tudo bem!

Faço uma dancinha feliz, bato palmas, puxo o braço de Pedro e, quando ele se inclina, beijo o rosto dele. A senhorinha nos parabeniza pela adoção, com um grande sorriso no rosto. Ela nos leva, antes de irmos para o carro, até a lateral da lanchonete, onde tem uma área cercada com vários outros gatinhos que estavam lá à procura de um dono.

Ao ver o movimento de pessoas, uma sinfonia de gatos começa a reproduzir *miaus* nos mais variados tons.

— A senhora tem tantos gatinhos aqui... — Pedro fala, olhando para todos aqueles bichinhos, ainda segurando o nosso Tigrinho.

— Costumo resgatar animais indefesos, principalmente gatos, que ficam disponíveis para adoção. Como aqui é um lugar de passagem, já deixo tudo preparado, para facilitar aos viajantes que, assim como vocês, se apaixonam pelos bichinhos.

Pedro assente e eu sorrio. Minha atenção é desviada para um toque peludinho em minha perna. Olho para baixo e me deparo com um gatinho tão pequeno quanto Tigrinho e com o pelo rajado como o dele. Abaixo-me e pego o bichinho, que ronrona e se esfrega em minha mão.

Solto um suspiro ao ver a fofura da cena. Apesar de me considerar uma pessoa prática, meu coração é mole como manteiga.

— Bom, precisamos ir, não é, Tati? — Pedro pergunta, e eu ergo os olhos rapidamente, voltando a encarar o bichano em minha mão. — Devolve o gatinho para a senhora — ele incentiva, e, como se entendesse o que estava acontecendo, o bichinho se aninha ainda mais na palma da minha mão e solta vários miados.

— Por que não levam os dois? — sugere a senhora, e abro um sorriso, enquanto Pedro balança a cabeça, negando.

— Tati, não é uma boa ideia. Já vai ser complicado com um gato. Imagine dois?

Miau. Miau. Miau.

Olho para o gatinho e de volta para Pedro.

— Um pode ser seu, o outro meu.

— Meu?

— Sim! Eles podem ficar juntos enquanto estivermos no trabalho e, à noite, um fica comigo e o outro com você. Eles vão nos fazer companhia.

— Mas... — Pedro começa a protestar, porém a senhorinha o interrompe.

— Além do mais, eles são irmãos. Pobrezinhos, a mãe foi atropelada e morreu. Que Deus a tenha.

Nós duas fazemos o sinal da cruz. Meus olhos se enchem de lágrimas com dó daqueles animaizinhos tão pequenos e desprotegidos.

— Mas...

— Não podemos separar irmãos, Pedro! — protesto, chorando. — É uma maldade sem fim! Eles precisam de nós. Precisam que sejamos os *pais* deles.

Fungo, e ele se aproxima de mim. Ergue a mão livre e passa o polegar no meu rosto, capturando as lágrimas que não param de cair.

Pisco os olhos lentamente, e ele me encara por alguns instantes.

— Você é doidinha, sabia? — murmura, e eu arregalo os olhos. — Mas não consigo dizer não para você. — Ele sorri. — Como é o nome do irmão do Tigrinho? — pergunta.

— Tigrão — a senhorinha responde, e nós dois rimos.

— Tigrinho e Tigrão. Uma dupla sertaneja. Como vamos levá-los no carro?

— Podem colocar no banco de trás — a senhora sugere.

— Não tem — ambos respondemos ao mesmo tempo, rindo.

— Bom, como eles são irmãos e filhotinhos, estão acostumados à presença um do outro, então podem ir na mesma caixa de transporte. Estão indo para longe?

— Piracicaba.

— Não demora muito a chegar. Passem no mercadinho do seu Zé, próximo à entrada da rodovia, e comprem ração, caso fiquem com fome. Mas acho que vocês conseguem ir bem até lá.

— Só espero que a gente não faça uma viagem com uma sinfonia de miados... — Pedro resmunga ao colocar os dois bichinhos na caixa de transporte. Ele a fecha, me dá a mão e seguimos juntos para o carro.

Uma verdadeira família feliz.

###

Poucos minutos depois, paramos em frente a um mercadinho de beira de estrada. Atravesso a porta sorridente, segurando a caixa de transporte dos nossos filhotes, quando um senhor de chapéu nos cumprimenta.

— Tarde. Posso ajudar?

— Precisamos de ração para gatos — Pedro explica, e o homem abre um enorme sorriso.

— Ora, ora. Vejo que conheceram a dona Flô. Quem são esses? — ele aponta para a caixa de transporte.

— Tigrão e Tigrinho — respondo com um enorme sorriso.

— Meu Deus, ela conseguiu empurrar dois para vocês? — ele pergunta, enquanto caminha na nossa frente em direção à área de rações. A risada do homem soa em nossos ouvidos, e Pedro me encara, com uma sobrancelha erguida.

— Empurrar? Como assim? — ele indaga, enquanto o homem pega um saco de ração e outras guloseimas para gatos.

— Ela é danada. Não pode ver um turista que já empurra os gatinhos dos quais toma conta. Volta e meia aparece uma nova “família” por aqui. — Ele ri. — Ela acolhe os bichinhos e tomou para si a tarefa de encontrar lares adotivos para eles.

— Quer dizer que ela estava só esperando um trouxa para levar os bichinhos, né? — Pedro fala baixinho para mim, parecendo contrariado. Tudo bem, a senhorinha tinha basicamente empurrado o Tigrinho para ele com aquele papo de que tínhamos sido escolhidos, mas quem em seu juízo normal deixaria aquelas coisinhas fofas para trás?

— Shhh! — eu o repreendo. — Não fale assim perto dos bebês!

— Oi? — ele questiona com uma expressão irônica.

— É isso mesmo — respondo baixinho. — Não fale desse jeito perto das crianças. Elas podem ficar traumatizadas.

Levanto a caixa perto do meu rosto e falo baixo com os gatinhos, mas em um tom que ele possa ouvir:

— Não liguem para o que o papai está falando. Ele ainda não se adaptou a vocês, mas, quando passarem os dias brincando no tapete com ele, ele vai se arrepender de tudo isso.

Pedro coloca a mão na cabeça e ri, olhando-me como se eu fosse louca. O homem idoso coloca os pacotes nos braços dele e seguimos para o caixa.

17

Status de hoje: Acho bom a baiana não ter labirintite, porque hoje ela vai rodar...

#piratôchegando #canseideenrolaropapeldetrouxa

Depois de passarmos quase nove horas na estrada, com direito a mais duas paradas para esticar as pernas e forrar o estômago, finalmente cruzamos os limites da cidade. É incrível como a minha cidade parece tão diferente do Rio. Acaricio a cabeça de Tigrinho, que está confortavelmente acomodado em minha perna, enquanto Tigrão não quis sair da caixa de transporte de jeito nenhum. *Será que ele é tímido*?

O carro está em silêncio. Pedro parece concentrado no caminho, seguindo as orientações do GPS. Seguimos mais alguns metros e passamos pelo enorme peixe na entrada da cidade.

— O que é isso? — ele pergunta com curiosidade, indicando o monumento.

— Há quanto tempo não vem aqui?

— Desde o ensino médio.

— Há alguns anos, um dos prefeitos mandou construir o peixe em homenagem ao nome da cidade, que em tupi-guarani quer dizer “lugar onde o peixe para”.

Ele ri.

— Estava com saudade dessas peculiaridades de Pira.

Ele tem razão. Enquanto no Rio tudo parece grandioso, com as calçadas largas da zona sul da cidade, o clima praiano, inúmeros edifícios e o jeito intimista e simpático dos moradores que o recebem como se fossem seus amigos de infância — ainda que nunca o tenham visto antes —, em Pira é bem diferente. As calçadas são estreitas, a cidade é repleta de casas e a vizinhança sabe de tudo a respeito de todos.

Atravessamos as ruas do centro em direção ao bairro onde meus pais moram. É engraçado pensar nisso... Estou tão acostumada com a minha nova vida no Rio que meu subconsciente já assumiu que lá é o meu lar.

Ao cruzarmos uma das ruas que nos levam até nosso destino, vejo Pedro apertar um botão e a capota do carro começar a arriar.

— Mas o que... — começo, porém me interrompo ao olhar para ele e vê-lo sorrir.

Entramos na rua em que cresci e fui criada. Como sempre acontece, principalmente nas noites de verão, os vizinhos estão na pracinha em frente à casa, jogando conversa fora, enquanto as crianças brincam.

Pedro estaciona na frente da casa dos meus pais e se inclina em minha direção, sem tirar os olhos dos meus. Ele ergue o braço e puxa a presilha que segura meu cabelo, deixando as mechas loiras caírem sobre meus ombros. Antes que eu tenha chance de falar qualquer coisa, ele se aproxima mais e seus lábios cobrem os meus.

O beijo roubado é um breve roçar, mas há tanta eletricidade entre nós que quase perco o ar. Além disso, estar no meio da rua, dentro de um carro com ele, faz eu me sentir como se tivesse quinze anos novamente. O beijo tem um sabor proibido. É intenso e faz meu coração acelerar. Antes que eu me dê conta, ele se afasta, volta a encostar no banco do carro, solta um longo suspiro e sorri.

— Vamos? — ele pergunta, e eu concordo.

Pedro desliga o carro, dá a volta e abre a porta do meu lado. Quando saio, ele me mantém presa contra a porta, pega Tigrinho com uma mão e segura a minha cintura com a outra. Sinto todos os olhos voltados para nós. Ficamos ali, parados, presos no olhar um do outro por um tempo que não sei precisar, quando uma voz muito conhecida soa atrás de nós.

— *Tati?* — André chama o meu nome e abro os olhos, sentindo-me confusa como se tivesse acordado à força no meio de um sonho feliz.

Pedro aperta a minha cintura e respira fundo, antes de se virar e cumprimentar André com um sorriso no rosto, sem demonstrar surpresa em vê-lo ali.

— André. Quanto tempo. — Ele estende a mão e meu ex a aperta, ele, sim, parecendo surpreso em ver o Pedro ali, comigo.

— Hum. Vocês vieram juntos? Não sabia que ia voltar à cidade, Tati.

Pedro me entrega Tigrinho de volta, inclina-se no carro para pegar a caixa de transporte e retira Tigrão lá de dentro, que estava protestando com uma sinfonia de miados por ter sido deixado para trás.

— Vim visitar os meus pais. — *E tirar você de uma vez por todas da minha cabeça.*

— Hum. Não sabia que estava namorando — ele fala e acena com a cabeça para Pedro.

— É... Hum. Bem...

— A Tati finalmente está com quem deveria ter ficado *desde o começo*, André.

Olho para Pedro com curiosidade, mas, antes que eu tenha a chance de falar algo, ouço a voz alegre de minha mãe.

— Ah, meu Deus! Você veio *mesmo*! — Ela corre até mim e quase me amassa em um abraço muito apertado, como se não me visse há muitos anos. André tira o gatinho da minha mão, antes que ele seja sufocado pelo abraço esmagador, e, de repente, solta um xingamento.

— O que houve? — pergunto, virando-me para ele. Pedro tira Tigrinho da mão dele com uma expressão de poucos amigos, enquanto André esfrega o braço.

— Ele me arranhou! — André protesta.

— Os animais são muito sensíveis. Eles conhecem bem a índole dos seres humanos — Pedro retruca e se volta para mim com um sorriso doce. — Parece que nosso *filho* não gostou do *tio André*. — Ele dá de ombros com uma expressão inocente, enquanto André fecha ainda mais a cara.

— Vamos entrar — minha mãe fala, puxando Pedro para dar um beijo nele.

— Reservei um quarto para mim em um hotel e...

— Ah, não. De jeito nenhum! Você *vai* ficar no quarto de hóspedes. Não vai me fazer uma desfeita dessas — minha mãe protesta, colocando a mão na cintura.

— Não quero incomodar — ele fala, e ela balança a mão, descartando o pensamento, enquanto André olha de um para o outro com expressão de desagrado. Obviamente, meus pais nunca o convidaram para dormir na minha casa.

— E quem são essas fofuras? — minha mãe pergunta, brincando com os gatinhos.

— Tigrão e Tigrinho — Pedro fala, erguendo cada um. — Nossos filhos, não é, Tati?

— É.

De braço dado com *o encantador* Pedro, minha mãe se vira subitamente, como se tivesse se lembrado de algo.

— André, meu filho, vá para sua casa que já está tarde — ela fala para o meu ex e dá uma batidinha no rosto dele. Ele a encara com incredulidade, enquanto ela sorri e se aconchega mais a Pedro, pegando Tigrão das mãos dele.

Os dois começam a caminhar em direção à casa, e eu resolvo me despedir de André.

— Bem, tenho que entrar.

— Não sabia que estava namorando *esse cara* — ele fala de cara feia, apontando Pedro com a cabeça.

— O nome dele é Pedro, você sabe disso. E qual é o problema?

— Ele não é o cara certo para você. É um exibido — André resmunga, olhando para o carro de Pedro com desgosto.

— Acho que você não é a pessoa mais adequada para avaliar isso.

Ele cruza os braços contra o peito.

— Está se achando toda importante porque foi para o *Rio de Janeiro*, não é, Tatiana? — ele fala naquele tom de voz baixo que sempre usou comigo. Mas, diferentemente das outras vezes, consigo perceber uma ponta de sarcasmo, uma ironia que eu jamais havia notado antes. — Coloque os pés no chão. Esse cara vai brincar com você e te deixar na sarjeta depois que te usar bastante. Você é muito boba, Tati. Inocente demais.

Ele se vira e vai embora, deixando-me sozinha em frente à praça, boquiaberta.

— Ei, linda. Está tudo bem? — ouço Pedro perguntar atrás de mim e concordo. — Vamos entrar, sua mãe está esperando — ele fala e sorri, passando o braço ao redor do meu ombro e me levando para dentro de casa. Um turbilhão de pensamentos me envolve, mas decido deixar para avaliar melhor tudo o que aconteceu mais tarde, quando estiver sozinha, no meu quarto.

###

Tati: Como estão as coisas com sua amiga?

PH: Acho que bem... sim. Está tudo bem.

Tati: Já conversou com ela?

PH: Não. Estou esperando o momento certo.

Tati: Não existe momento certo para dizer a alguém que está apaixonado.

PH: Existe quando o outro tem pavor de relacionamentos.

Tati: Duvido que ela vá fugir de você.

PH: Gostaria de estar tão certo quanto você está.

Tati: Coragem, homem! Só não te mando colocar um cropped e reagir porque tenho certeza de que você não usa. kkkkkk

PH: Engraçadinha. Sabia que te apresentar a esse meme seria um perigo para minha sanidade.

Após o estranho encontro com André na frente de casa, o restante da noite é divertido. Minha mãe preparou um verdadeiro banquete para nos receber, e Pedro é tratado como convidado de honra, assim como os dois gatinhos, que ganham leite morno e muito carinho. Enquanto ela, meu pai e Pedro conversam no sofá sobre os últimos acontecimentos da cidade, olho ao redor, pensando em quanto senti saudades da minha família. Já havia tido a experiência de viver fora da casa deles, quando fui morar com André, mas acho que nem contava, já que as casas eram próximas. Ter me mudado para o Rio foi uma grande transformação na minha vida e, apesar de estar amando a cidade e o trabalho, é muito bom estar em Pira de novo.

Pedro ri de algo que meu pai fala e olho para ele. De bermuda e camisa polo, o corpo bronzeado e os cabelos bagunçados pela viagem, ele definitivamente é um dos homens mais lindos que já vi. Parecendo sentir o peso do meu olhar, ele desvia os olhos na minha direção, pisca, franze um pouquinho o nariz e volta sua atenção para a conversa. Sei que está bancando o namorado perfeito para tentar me convencer de que um relacionamento entre nós pode dar certo. E, bem lá no fundo, adoraria jogar todos os meus medos e as minhas preocupações para o alto e mergulhar de cabeça em qualquer coisa que ele queira comigo. Mas sei que primeiro eu preciso, como ele mesmo disse, dar um encerramento ao meu passado, para depois investir em uma relação.

Volto a olhar pela janela. O céu limpo e repleto de estrelas me estimula a fazer um pedido ao ponto mais brilhante lá em cima, como fazia quando era menina. Fecho os olhos e faço o pedido do fundo do coração, em silêncio, sem coragem de verbalizar nem para mim mesma aquilo que quero tanto.

Uma mão macia segura meus ombros de leve. Abro os olhos e encosto a cabeça na barriga da minha mãe.

— Estou feliz por você ter vindo, filha.

Abro um sorriso diante de suas palavras.

— Ah, mãe, eu também. Estava com saudades.

— Mas, mais do que feliz por você ter vindo, sinto-me aliviada por você ter se dado uma chance de ser feliz. — Ergo a cabeça e a encaro, mas ela continua falando. — Você sempre foi uma menina muito fechada. Sofre calada, só você e esse seu coração. Por fora, é uma rocha, mas por dentro... só Deus sabe o que se passa aí. Achei que, depois do término com o André você se fecharia para a vida, por isso acabei aceitando essa mudança. Queria que tivesse a chance de superar a dor e curar seu coração. O Pedro é bom para você. Ele te olha de um jeito que o André jamais olhou. Com adoração. E você merece ter alguém que a adore de verdade, minha filha.

Ah, droga, até minha mãe está caindo no truque do namorado perfeito.

— Não, mãe... o Pedro... bem, hum... não é bem assim.

— É, sim. Coração de mãe não se engana. Talvez você ache que não é *para valer*, como vocês jovens costumam dizer, mas está escrito nos olhos dele que você é *a garota*. — Ela dá uma batidinha no meu rosto, pisca e sorri. Em seguida, vira-se para o meu pai, dizendo que vai servir café com bolo caseiro.

Enquanto minha mãe se afasta, meus olhos procuram Pedro e, quando o encontro, ele está me encarando. Sua expressão é suave, ele tem um sorriso no rosto e parece feliz. As palavras da minha mãe me vêm à mente: *Talvez você ache que não é pra valer, como vocês jovens costumam dizer, mas está escrito nos olhos dele que você é a garota*. Por mais que queira ser forte, não me permitir sonhar para não sofrer no futuro, Deus sabe quanto quero ser *a garota* dele. A responsável pelo brilho em seus olhos e o sorriso verdadeiro em seu rosto. A pessoa especial. Porque, por mais que eu queira negar para mim mesma, lá no fundo, sei que ele é mais especial para mim do que quero admitir.

###

Olho para o relógio na mesa de cabeceira. Meia-noite e meia. Viro-me para o outro lado, em direção à janela, e olho para fora, mas sem realmente ver. A essa altura do campeonato, deveria estar morrendo de sono e cansaço por causa da longa viagem. A casa está silenciosa, bem como a vizinhança. Meus pais foram dormir logo após acomodarem Pedro e Tigrão no quarto de hóspedes.

Olho para baixo, ao lado da cama, e vejo Tigrinho deitado na grande almofada que está lhe servindo de cama, lambendo a patinha. Levanto-me e o pego, acomodando o bichinho no meu antebraço, aninhando-o na minha barriga, como se fosse um bebê. Sento-me na poltrona ao lado da janela e sinto a brisa me envolver. Enquanto acaricio a cabeça de Tigrinho, lentamente as imagens da nossa chegada me vêm à mente.

O beijo de Pedro. A tensão entre ele e André. O comentário ácido que meu ex-namorado fez a respeito do meu *suposto* namoro com Pedro. Aquele comportamento me pareceu tão estranho. André foi tão... cruel em suas palavras, tentando me diminuir e enfraquecer qualquer coisa que estivesse acontecendo entre mim e Pedro...

Será que ele sempre se comportou assim e eu nunca percebi? Será que seu jeito "calmo" era, na verdade, apenas uma máscara para esconder um comportamento malicioso? Suas palavras ecoam novamente em minha mente e consigo sentir a frieza com que ele falou aquilo, a calma disfarçando a malícia de suas palavras.

Começo a refletir sobre o nosso passado juntos. André jamais ergueu a voz para mim, mas sempre dava um jeito de me desanimar em relação a qualquer ideia que eu tivesse. Quantos planos de estudar fora eu tinha feito? Todos desaconselhados por ele, afinal, como iríamos nos casar se eu fosse estudar em São Paulo ou em outra capital? Ele não podia deixar os negócios da família, que eram muito mais importantes do que meus *desejos de garota mimada.*

Quantas vezes permiti que ele me colocasse para baixo ao criticar, ainda que de forma sutil, qualquer esforço que eu fizesse para parecer mais bonita? Ou a saia era muito curta, ou a blusa muito decotada; às vezes, o salto estava muito alto, para que tanta maquiagem? Afinal, eu não ia querer que alguém fosse desrespeitoso comigo, não é? E, se algum rapaz me olhasse com interesse ou me elogiasse, é claro que a "culpa" era minha...

Ali, sentada diante da janela, fico repensando tantos momentos em que abri mão de coisas que desejei, de lugares aos quais gostaria de ter ido, de mudanças, principalmente em mim, que desejaria ter feito e jamais pude. Não que André me dissesse abertamente que eu não podia fazer isso ou aquilo... Refletindo sobre o passado, começo a perceber que ele manipulou meus sentimentos para que eu fizesse o que ele queria, mas sem se impor de forma franca... Ele fazia parecer que a decisão era minha.

E, pensando bem, eu mudei. Muito. Só não do jeito que deveria ter sido. Esses anos de relacionamento me tornaram mais fechada, mais reticente ao me aproximar das pessoas e até um pouco mais dura. É mais fácil bancar a durona do que sofrer quando as coisas não saem como nos meus sonhos.

Sinto a cabeça doer. Será que, durante todos esses anos, estive envolvida com um manipulador e não percebi? Vivi um relacionamento abusivo sem notar? E por que ninguém me alertou? Será que tudo o que vivi e senti foi mentira?

Um miado alto me chama a atenção e percebo que aumentei a intensidade da carícia no gatinho.

— Ah, amorzinho, me desculpe — murmuro, voltando a acariciar o pelo macio suavemente.

Sinto-me cansada. Uma exaustão física e emocional. Fecho os olhos para descansar o peso que sinto nas pálpebras, pensando que vou precisar refletir um pouco mais sobre tudo isso e descobrir o que de fato está acontecendo.

###

Sou acordada pelos primeiros raios de sol que cruzam o quarto através da cortina de renda bege. Abro os olhos e me deparo com Tigrinho dormindo confortavelmente sobre mim. Viro a cabeça e olho as horas: sete e meia. Com um suspiro, me levanto, alongando o pescoço que está dolorido por ter dormido na poltrona, e sigo para o banheiro. Um banho quente vai me ajudar a acordar.

Depois do banho tomado e de vestir a calça jeans skinny e uma camiseta preta, saio do quarto e atravesso o corredor, parando em frente ao quarto de hóspedes para procurar Pedro. Dou uma batidinha e espero. Não ouço nenhum barulho e decido entreabrir a porta. Lá dentro, Pedro dorme de bruços, sem camisa, coberto por um lençol fino. Vejo os contornos do seu braço forte e das costas definidas delineadas pela tatuagem. Deitado contra o alto da cabeça dele está Tigrão, tão esparramado quanto seu irmão está em minha cama. A cena é muito fofa e solto um suspiro enquanto vejo a força de Pedro misturada à doçura do filhotinho.

Fecho a porta devagar para não acordar nenhum dos dois e vou até a cozinha. Ao contrário do que imaginei, já que minha mãe sempre acorda muito cedo, o cômodo está vazio, e a casa, silenciosa. Começo a arrumar a mesa para o café da manhã e percebo que o pão acabou. Vou até a sala, pego dinheiro de uma caixinha em que costumamos deixar trocados para esse tipo de necessidade e vou para a padaria.

No caminho, encontro alguns antigos colegas da cidade, vizinhos e conhecidos, parando rapidamente para cumprimentar as pessoas. Ao entrar na padaria, o cheiro de pão recém-tirado do forno me atinge, fazendo-me suspirar. Aguardo a minha vez na fila, quando uma voz conhecida soa atrás de mim:

— Madrugou, Tati? — Viro-me e dou de cara com André. Ele está com os cabelos claros úmidos e o rosto parece recém-barbeado. Usa calça jeans e uma blusa xadrez azul.

— Ah... oi. Acordei cedo mesmo. Não dormi muito bem — respondo. Sei que estou tagarelando, mas é exatamente o que faço sempre que fico nervosa. E todos aqueles pensamentos da noite anterior a respeito dele me deixam tensa.

— Quando você dormia na minha cama, não tinha problema nenhum com sono — ele fala, a voz baixa, e me olha com os olhos semicerrados, tocando a minha cintura e apertando-a suavemente. Um arrepio estranho me atinge a coluna.

Ele está dando em cima de mim??

— Eu... bem... não... — As palavras me fogem e balanço a cabeça lentamente, tentando organizar os pensamentos, quando sou interrompida por uma voz feminina.

— Meu bem, já peguei os... frios — a moça fala e se surpreende ao me ver.

Ela é loira como eu, mas a semelhança para por aí. Bem mais alta que meu um metro e sessenta, os longos cabelos presos na frente com uma presilha no alto da cabeça, e o comprimento cai em ondas nas costas. Ela usa um vestido rosa-claro cinturado no corpo, sapatos de salto médio, que a deixa poucos centímetros mais baixa que André, e um casaquinho de tricô sobre os ombros. A moça está perfeitamente maquiada, apesar de não ser nem oito da manhã, fazendo-me lembrar uma das "mulheres perfeitas" do filme com a Nicole Kidman.

Logo ela se recompõe e sorri para mim, com simpatia fingida, enquanto André afasta a mão da minha cintura discretamente.

— Olá — ela me cumprimenta. Seus olhos têm uma expressão de curiosidade e uma pontinha de julgamento, como se avaliasse meu jeans e camiseta, o que me faz sentir um pouco desarrumada.

— Oi — murmuro, e André se volta para a moça.

— Bárbara, essa é a Tatiana. Minha ex-noiva.

A moça arregala os olhos suavemente e me encara de novo. Ela sorri e parece um pouco sem jeito.

— Uau. Bem, como vai? Sou Bárbara, a noiva *atual* — ela fala, erguendo a mão e mostrando a aliança na mão direita, que está adornada com um grande diamante solitário. Bem diferente da aliança simples de ouro que ele me deu no passado. Ela se volta para André e apoia a mão em seu peito. — Esqueci de pegar leite fresco. — Bárbara se vira para mim. — Só tomo leite fresco. Esses de caixa me deixam indisposta.

Concordo com um gesto de cabeça e ela se afasta, pedindo licença. André a observa se afastar e depois olha para mim. Ele me analisa dos pés à cabeça, os olhos se demorando um pouco demais em meu decote.

— Deveríamos nos ver mais tarde, Tati. Relembrar os velhos tempos... Quem sabe, no final, você consiga descansar na minha cama e perde um pouco dessa expressão abatida.

Abro e fecho a boca, sentindo-me ofendida e chocada com a ousadia dele. Ele *realmente* está dando em cima de mim? Pelas costas da noiva? E, o pior, ele acha que vai me "seduzir" com essa alfinetada no final?

— Você está louco, André? Não quero nada com você! E como tem coragem de dar em cima de mim estando noivo?

— Que besteira, Tati... não seja antiquada — ele retruca em voz baixa, deixando-me horrorizada. *Será que ele também agia assim quando estávamos juntos? Quem é esse estranho aqui na minha frente, tão diferente do homem a quem um dia pensei unir minha vida?*

O atendente chama e eu me viro para pedir os pães. Depois de pegá-los, volto-me para André e falo séria:

— Existe uma diferença entre ser antiquado e ter caráter, André. Mas parece que você não sabe qual é. Sinto pena da Bárbara. Ela nem imagina o machista com quem está vivendo.

— Você é tão imatura, Tati. É por isso que desisti de me casar com você. Esse seu jeito de garotinha idealista e sonhadora não a faz mulher suficiente para estar ao meu lado. Preciso de alguém mais madura e esperta do que você. Alguém que compreenda que o seu papel é estar ao meu lado, me apoiando. Já você, bem... você é o tipo de garota para diversão. — Ele se aproxima e enrola uma mecha do meu cabelo no dedo indicador. — Se quiser se divertir comigo, não vou recusar. Você sempre foi boa na cama. Animada. Ansiosa para agradar.

Solto um gemido e, antes que me dê conta, meus dedos atingem sua bochecha.

— *Ohh!* — ouço as pessoas ao redor murmurarem. Sinto meu sangue esquentar e, sem desviar o olhar, falo com o tom de voz mais sério que já usei com alguém:

— Você é um babaca, machista e ridículo, André. Não sei como não enxerguei isso antes. Lamento sinceramente ter perdido tantos anos da minha vida com alguém tão idiota quanto você. — Eu me aproximo e diminuo o tom, falando de forma que só ele possa me ouvir. — E você foi a pior transa da minha vida. Talvez tenha se esquecido, mas nem transar direito a gente transava, porque você estava sempre "cansado". Nem sei como pude pensar um dia em me casar com um otário como você. Você me dá nojo.

Afasto-me, pronta para sair dali, dando graças por já ter pago o pão.

— Você vai se arrepender disso, Tatiana! — ele ameaça. Sigo em frente e, sem olhar para trás, levanto o dedo médio para ele. Saio da padaria e vou em direção à casa dos meus pais, sem conseguir acreditar no que acabou de acontecer.

###

Entro em casa sentindo o sangue quente. Dificilmente perco a calma com alguém, mas André conseguiu algo quase impossível: desestabilizar-me. O fato de ele ter dado em cima de mim estando comprometido me deixou horrorizada. Mas a malícia em suas palavras, o desejo de me diminuir e seu comportamento dissimulado foram as coisas que mais me deixaram em choque. Aquele não é o André que eu conheço — ou *achava* que conhecia.

Deixo o pacote com os pães sobre a mesa e sigo para o quintal nos fundos da casa. Ali é o meu lugar preferido. Minha mãe ama flores e optou por fazer um jardim de rosas no lugar de uma piscina, de que raramente iríamos desfrutar. Ela fez meu pai construir um pergolado de madeira, decorou-o com um sofá de vime e couro branco, além de folhagens emoldurando a madeira, e transformou aquele lugar em um espaço perfeito para encontrarmos equilíbrio quando precisássemos de paz interior. Como agora.

Tiro os tênis e me sento com os pés cruzados sob meu corpo, observando o colorido das flores enquanto inspiro e expiro na tentativa de acalmar meu coração. Uma borboleta pousa em um botão de rosa vermelha. Observo o abrir e fechar de suas asas coloridas, sentindo a aproximação de Pedro, que se acomoda ao meu lado.

Ficamos em silêncio por alguns instantes, só o som dos pássaros ao longe quebrando a quietude que nos envolve.

— Ainda me lembro da primeira vez que te vi — ele fala de repente, capturando minha atenção. O tom suave da sua voz alivia a tensão que sinto. — Estava jogando futebol, e você começava os exercícios de

Educação Física. Você odiava aquilo, mas era muito boa em dar estrelas e fazer as piruetas que a professora inventava. Era corajosa e destemida, algo que chamou a minha atenção de imediato. — Ele solta uma risada baixa. — Perdi um gol e ainda levei uma bolada na cabeça porque fiquei parado, olhando você se exercitar.

Sua lembrança me faz rir, mas continuo quieta. Ele estica a mão e entrelaça seus dedos nos meus.

— Durante todo aquele ano, desejei ser tão corajoso quanto você. Sempre fui o tipo popular, falava com todos, ria, brincava... mas era bem tímido no que dizia respeito a garotas. Tudo o que queria era me aproximar e dizer que estava gostando de você.

— Oh... — Ergo os olhos, chocada. O olhar dele encontra o meu.

— Eu te achava linda e muito inteligente. A gente trocava olhares e conversava de vez em quando, mas nunca tive coragem de dizer a você o que eu sentia. — Ele dá de ombros. — Até que resolvi confiar na pessoa errada. Achava que tinha um grande amigo... alguém que eu considerava um irmão, mas que no fundo se revelou invejoso e sem caráter.

— André...? — murmurei, e ele continuou falando:

— Era a noite da festa das nações. Eu estava ansioso. Todo mundo havia me dito que essa era a festa mais importante da cidade e achei que aquele era o momento perfeito para criar coragem e me aproximar. Tínhamos conversado brevemente durante o dia e você me prometeu uma dança na festa. Cometi o erro de comentar com ele. Empolgado, disse que ia dançar com você naquela noite e a pediria em namoro.

Levo a mão livre à boca.

— Aquela noite... — começo, mas ele me corta.

— Foi a noite em que o André roubou você de mim, bem debaixo dos meus olhos. Mesmo sabendo que eu gostava de você, *realmente* gostava de você, ele monopolizou sua atenção durante a festa inteira e te pediu em namoro. No fim do ano, meu pai tinha a possibilidade de continuar aqui em Pira ou retornar ao Rio. Vocês estavam juntos desde então e você parecia tão apaixonada... achei melhor voltar para a minha cidade e te esquecer.

— Achei que não estava interessado... — murmurei, e ele virou o rosto para me encarar.

— Eu só tinha olhos para você, Tati.

Desviei o olhar para as rosas. A borboleta continuava tocando com delicadeza cada botão, enquanto batia as asas rapidamente, como se depositasse um beijinho em cada uma delas. Sorri com esse meu pensamento romântico e voltei a encará-lo.

— André não era a boa pessoa que eu imaginava que era, né?

Ele balança a cabeça.

Suspiro profundamente e volto a encarar as flores. Como consegui me enganar tanto?

— Eu não fazia ideia de que você estava interessado em mim naquela época. Achei que estava apenas sendo simpático... como era com todas as garotas. — Fico em silêncio por alguns instantes, a mão dele ainda entrelaçada na minha. — Eu gostava de você, mas achava que não tinha chances, sabe? — Seu polegar acaricia agora o dorso da minha mão. — E naquela noite, durante a festa, o André fez de tudo para me agradar. Foi simpático, brincalhão, realmente fofo... e, quando ele me pediu uma chance...

— Você achou que deveria tentar — ele completou.

— É. Só não consigo entender em que ponto do caminho eu me perdi. Perdi a garota corajosa que você admirava... deixei de ser a Tati independente e tão cheia de sonhos para me tornar a sombra dos sonhos do André. E, o pior, eu, que sempre fui ótima juíza de caráter, fiquei ao lado de um babaca durante anos, sonhando em unir minha vida à dele, sem perceber o tipo de homem que estava ao meu lado.

— Você estava apaixonada... e ainda não tinha malícia suficiente para ver o tipo de pessoa que o André era.

— Ele deu em cima de mim — deixo escapar. Ele continua acariciando a minha mão.

— Sim, eu sei. Por isso eu recuei.

— Não, não. Agora de manhã. Ele deu em cima de mim quando fui à padaria.

— O quê? — A carícia ritmada de Pedro para e sua voz soa tensa.

— A noiva dele estava lá. Ela parece uma das "mulheres perfeitas" do filme, sabe?

Ele concorda com um aceno rápido de cabeça.

— O que ele fez?

Viro-me para olhar melhor para Pedro. Seu rosto demonstra toda a tensão expressa em sua voz. Raramente o vejo aborrecido e detesto ver o sorriso deixar seu rosto.

Dou de ombros.

— Primeiro, sugeriu que deveríamos nos ver mais tarde. Disse que a minha expressão era de cansaço e fez uma sugestão nada sutil sobre a minha vida sexual. Ao questioná-lo sobre como tinha coragem de dar em cima de mim quando estava em um relacionamento, ele disse que eu era antiquada e que isso não tinha nada de mais, o que me fez imaginar que ele tenha me traído enquanto estávamos juntos...

— Que filho da mãe...

— Eu o chamei de machista, e ele disse que eu não era mulher suficiente para estar com ele. Que era o tipo de garota para diversão... Depois, tocou meu cabelo, e eu senti tanto nojo que dei um tapa na cara dele.

— Jura?

— Juro juradinho — falo em tom de brincadeira, e Pedro ri, fazendo-me rir também e aliviando um pouco a tensão ao redor.

— Eu ia me oferecer para dar um soco na cara dele, mas a minha garota corajosa se defendeu muito bem — ele fala, e meu sorriso se amplia.

— Ter ido embora de Pira foi a melhor coisa que fiz, sabe? Hoje, vejo que estava precisando respirar novos ares e de um recomeço, mais do que imaginava. Além disso, eu te reencontrei...

— E...

— E...? — murmurei, em tom de pergunta.

— E agora? Vamos seguir em frente? Dar uma chance para essa coisa entre nós?

Concordo e ele sorri, puxando-me contra si. Sinto seus lábios tocarem o alto da minha cabeça e meu corpo se encaixar no seu abraço.

— Que bom... Afinal, temos não apenas um, mas dois filhos para criar, e não quero que meus filhos cresçam longe dos pais — ele fala, referindo-se aos gatinhos, e solto uma gargalhada. — Você é louca de pedra, sabia?

— Sou? — pergunto, rindo de novo ao me lembrar da confusão com os gatinhos.

— Completamente. Ainda bem que eu gosto de viver perigosamente.

Ele ri e se afasta, colocando um dedo embaixo do meu queixo e erguendo meu rosto para que seus olhos possam encontrar os meus. Encaramo-nos por alguns instantes, até que ele inclina o rosto em minha direção e seus lábios capturam os meus em um beijo tão doce e suave quanto o beijinho da borboleta nas flores.

18

Status de hoje: E como se explica esse sorriso bobo no meu rosto toda vez que eu falo com você?
#estadocivilapaixonada

Apesar do péssimo começo de sábado, o restante do dia foi incrível. Minha mãe fez um almoço animado com a presença de toda a família, para comemorar a minha visita. Pedro, que roubou o coração de toda a população feminina da minha família, foi mimado até não poder mais. Minhas tias o adoraram, e eu as entendo: é impossível não se encantar com seu charme e sua doçura. Quando estamos próximos, ele está sempre me tocando com a ponta dos dedos, segurando minha mão, envolvendo a minha cintura ou enrolando uma mecha do meu cabelo em seu dedo. Quando estamos longe, seus olhos observam ao redor, procurando os meus. Mesmo quando estou de costas, sinto a intensidade do seu olhar, quase como se o tom chocolate dos seus olhos estivesse deslizando sobre a minha pele. E, quando cruzamos o caminho um do outro, ele me rouba beijos. Suaves. Doces. Macios. Molhados. Intensos... bem, esses só quando não temos uma audiência digna de programas dominicais de auditório.

Obviamente, todos esses toques, olhares e beijos roubados somados à química explosiva que temos juntos amplificaram o que sentimos, mas que não podemos explorar, já que estamos na casa dos meus pais. Desde a nossa reveladora conversa no jardim, baixei completamente a guarda e me deixei levar pelos sentimentos que Pedro me desperta e eu tentava conter a todo custo. Disposta a arriscar, resolvi deixar o medo de me envolver de lado e mergulhei no turbilhão de emoções. É um sentimento completamente novo. Passamos o dia gravitando ao redor um do outro, necessitando da proximidade, do toque, como se algum tipo de energia magnética nos empurrasse para perto. Conversamos, rimos, brincamos, dançamos juntos, beijamo-nos, tocamo-nos durante todo o fim de semana, acompanhados de perto pelo desejo mais intenso que já senti, e, pela expressão em seu olhar, ele também.

Na manhã de domingo, antes de pegarmos a estrada, minha mãe segue até o carrinho de Pedro de braço dado comigo, enquanto ele conversa com meu pai no portão. Ela me ajuda a colocar a bagagem no porta-malas minúsculo, enquanto eu acomodo a caixa de transporte dos gatinhos na frente. Em seguida, ela se aproxima, segura meu rosto com as mãos e, olhando profundamente em meus olhos, fala:

— Sei que você pensa um milhão de vezes antes de permitir que alguém entre no seu coração. Que você parece uma rocha tão dura que, quando a gente olha de fora, acha que é impenetrável... tão forte, tão resistente. — Abro a boca, mas ela coloca um dedo sobre meus lábios, calando-me. — Mas sei que aí dentro tem um coração afetuoso e que sente um desejo enorme de amar... de ser feliz. Às vezes, precisamos baixar as pontes do nosso castelo... ainda que o risco de nos magoar seja grande demais. Ele é um homem bom — ela fala e sorri, sem desviar os olhos dos meus. — Tem um coração gentil e tanto amor a oferecer... Não permita que mágoas do passado definam o seu futuro.

Concordo, sentindo um nó tão grande na garganta, que sequer consigo falar. Enquanto pisco algumas vezes para conter as lágrimas que se formam em meus olhos, ela me puxa para um abraço apertado. *Ah, mãe, como senti falta desse abraço...*

— Promete que não vai ficar muito tempo sem vir nos visitar? — ela pergunta ao se afastar.

— Prometo — respondo, assentindo.

Ela sorri e Pedro se aproxima de nós.

— Vamos, Tati?

Faço que sim e vou até o outro lado do carro, despedir-me do meu pai, enquanto Pedro abraça a minha mãe. Apesar de falar baixo, pela quietude da manhã, consigo ouvir as palavras dele no ouvido dela:

— Vou tomar conta dela, pode ficar tranquila.

Abraço minha mãe mais uma vez e entramos no carro. Ela se aproxima de Pedro e, antes que ele dê a partida, diz baixinho para ele:

— Não tenho dúvidas de que vai.

###

A viagem de volta para casa é divertida, apesar das nove horas que passamos no carro. Na primeira metade, conversamos sobre a cidade e rimos com nossas lembranças da adolescência. Mais uma vez, paramos n'*O melhor pastel do mundo*, desta vez acompanhados dos nossos companheirinhos de viagem, e, ao pegarmos a estrada de novo, fazemos um duelo de caraoquê. Não sei quem é o mais desafinado, mas cantamos de tudo um pouco — de Pablo, passando por Lulu Santos, terminando com JLo, e rimos muito com toda a nossa falta de habilidade sonora.

Já no Rio, quando finalmente chegamos próximo à orla, sinto o cheiro do mar me envolver. Abro o vidro e vejo o sol quase tocar o mar, ao se pôr, enquanto acaricio os gatinhos, acomodados em meu colo.

— Feliz? — ouço Pedro perguntar, e só então me dou conta de que estou sorrindo, enquanto olho para a praia que se estende ao nosso lado.

— Sim, com certeza estou. É bom voltar para casa — digo e vejo o sorriso dele se formar ao me ouvir me referir ao Rio como casa. Mas é isso que sinto, que aqui agora é o meu lar. — Além disso, a viagem foi ótima e a companhia ainda melhor.

O sorriso dele se amplia, refletindo o meu. O que falei é verdade. Apesar do momento desagradável com André, o restante da visita a Pira foi maravilhoso. E Pedro... bem, ele é mais que uma boa companhia...

é alguém por quem estou... *me apaixonando*. O impacto dessa percepção me atinge com força. Será que estou realmente me sentindo assim? Será que ainda sou capaz de me apaixonar por alguém?

Desvio o olhar para ele, que para em um semáforo. Seu olhar encontra o meu e vejo um turbilhão no calor dos seus olhos. Paixão. Desejo. Carinho. Esperança. Expectativa...

A luz verde se acende e ele coloca o carro em marcha, mas aquele olhar muda tudo. Antes, aquele pequeno espaço estava repleto de risadas e alegria, agora, está preenchido com eletricidade. Pura energia magnética que me faz desejar passar as mãos pelos seus braços, subindo pelos ombros e tocando o pescoço, até chegar ao rosto másculo. Sentir minha mão ser arranhada pela barba por fazer, até chegar aos cabelos macios e entrelaçar meus dedos neles. Sou tomada por aquele mesmo turbilhão, até que chegamos em frente ao prédio.

Pedro estaciona o carro, desliga o motor e se vira para mim. Vejo em seus olhos o reflexo exato dos meus sentimentos. Não precisamos de palavras. A emoção que nos envolve é suficiente para que os dois saibam o que está por vir.

Ele se inclina e seus lábios se aproximam dos meus bem devagar... Seus movimentos parecem demorar horas, mas talvez tenham sido apenas milésimos de segundo, não sei precisar. Só sei que, quando a sua boca enfim toca a minha, meu coração acelera e meu corpo esquenta, fazendo-me sentir que estou, enfim, em casa... ainda que não saiba exatamente o que isso significa.

Será que alguém pode ser o lar do outro?

Ao entrarmos no meu apartamento, estamos em silêncio, acompanhados apenas do suave ronronar dos gatinhos. Enquanto eu os tiro da caixa de transporte e sigo para a cozinha para servir leite aos bichinhos, ele segue para o meu quarto para colocar a bolsa de viagem lá dentro.

Em poucos instantes, vou até ele, que está parado em frente ao quadro de avisos de metal repleto de fotos na parede. Eu me aproximo, paro ao seu lado e percebo-o enquanto vê as imagens. Sigo o seu olhar e me vejo adolescente, usando uniforme escolar e rabo de cavalo.

Em outra, estou com a beca de formatura, ao lado de outras universitárias. Tem uma foto dos meus pais sorrindo para a lente e com Lane em frente a um bolo de aniversário. Uma foto do entardecer na praia de Ipanema, um postal do Cristo Redentor e o ingresso do show do Kiko Muniz misturado a outras fotos. Bem no centro do quadro tem uma foto nossa, abraçados, os dois rindo. Ela foi tirada em uma das nossas saídas com Lane e Miguxo, e me lembro exatamente do momento, de quanto foi incrível senti-lo me envolver em seus braços enquanto ríamos de alguma bobagem que falamos.

Ele me olha e abre aquele sorriso que deixa aparecer uma covinha na bochecha.

— Sabe qual é o meu maior arrependimento? — ele pergunta, e eu balanço a cabeça. — Não ter tido coragem de me declarar naquela época. — Mordisco o lábio inferior. Esse lado tímido de Pedro ainda me deixa com um frio no estômago. — Todas as vezes que eu revisitava o meu passado, minhas lembranças se voltavam para você e sempre me questionava: *E se... E se eu tivesse deixado a timidez de lado e me declarado? E se tivesse me imposto e deixado a escolha para você? E se não tivesse contado nada para o André?* — Ele faz uma pausa e sinto meu coração acelerar. Então, continua: — A dúvida por não ter corrido atrás da garota de quem eu gostava me corroía e me fazia sentir medo de ter perdido a grande chance de ser feliz. É claro que saí com outras garotas e aproveitei a vida, mas nunca quis me envolver seriamente com ninguém. Sempre que conhecia uma mulher, meu coração apertava o botão de alerta e eu evitava levar os relacionamentos a sério. Pensando nisso, é como se eu, de forma inconsciente, tentasse me proteger de possíveis decepções... talvez, não efetivamente com um potencial relacionamento amoroso, mas com as pessoas em geral, o que é bem triste.

Suspiro, sabendo exatamente como é se sentir assim.

— Não existe nada pior do que desconfiar das atitudes de qualquer ser humano com base em experiências ruins do passado. Eu sei disso, Pedro — falo, tentando tranquilizá-lo. — Mas quem pode te culpar? Afinal, ser traído pelo melhor amigo não é algo fácil de superar.

— Assim como ter o coração partido pela pessoa em quem você confia...

— Parece que nós dois passamos por momentos difíceis, que colocaram à prova nossa capacidade de acreditar nos outros... mas estamos aqui — digo baixinho.

Ele umedece os lábios e se vira para mim.

— Sim, estamos aqui.

Fitamos os olhos um do outro por instantes, até que ele murmura:

— Eu gosto de você, Tati. Gosto muito de você...

Nosso olhar continua preso um no outro. Eu o quero como nunca quis mais ninguém. De uma forma completa: física e emocionalmente. Pedro me faz desejar derrubar minhas defesas e mergulhar de cabeça nesse sentimento único e especial. Fecho os olhos e meus pensamentos se voltam ao jardim da casa dos meus pais, quando ele me contou sobre a sua paixão juvenil. A cada palavra, os tijolos que formavam o muro que cercava o meu coração foram derrubados, um a um. Um sorriso surge em meus lábios ao pensar no beijo suave que trocamos, nas promessas silenciosas de darmos uma chance àquilo que estamos sentindo, na sensação de pertencimento.

— Também gosto *muito* de você... — sussurro, incapaz de aumentar o tom de voz.

Ele sorri ainda mais ao me ouvir, mas, lentamente, o sorriso se desfaz. Nossos olhos continuam presos um no outro. Os dele refletem tudo aquilo que sei que ele encontra nos meus: intensidade, carinho, expectativa, desejo. Muito lentamente, ele quebra o contato visual e seus olhos deslizam até a minha boca, enquanto umedeço os lábios.

Ele se aproxima mais, assim como eu. Encontramo-nos no meio do caminho, parando a poucos centímetros um do outro. Sua respiração está pesada e sinto o meu próprio fôlego faltar. *Será que ele sabe o que faz comigo? As coisas que provoca em mim? O turbilhão de sentimentos que me desperta só com aquele olhar?*

O silêncio entre nós é tão profundo que consigo ouvir o som abafado de "I don't wanna miss a thing", do Aerosmith, tocar em algum apartamento ao longe, proporcionando a trilha sonora perfeita para o momento.

Meus olhos se voltam para os dele. Eu suspiro e, nesse momento, ele se inclina, avançando pelos poucos centímetros que nos separam, envolvendo minha cintura com seus braços. Passo os meus ao redor do seu pescoço e ficamos praticamente colados, tão próximos um do outro, tão seguros um no outro que seria impossível nos separar agora.

Lentamente, sua cabeça se inclina para a minha, e nossos lábios se unem em um beijo intenso e profundo. Suas mãos se entrelaçam nos meus cabelos e ele me aperta em seus braços, tentando me aproximar ainda mais.

Pedro tem gosto de noite de verão, chocolate derretido e desejo. A doçura dos seus lábios preenche cada espaço vazio dentro de mim, fazendo-me sentir completa pela primeira vez. Estar assim com ele é simplesmente... *certo*. É perfeito de tantas formas que não poderia deixá-lo ir nem se eu quisesse.

Seus dedos acariciam meu cabelo. Um toque tão suave e, ao mesmo tempo, tão provocante que me arrepia da cabeça aos pés. Esse não é o nosso primeiro beijo, mas, assim como todos os outros, é único, e sei que, mesmo quando estivermos longe um do outro, vou me lembrar de cada detalhe. De cada toque. De cada sensação que seus lábios colados aos meus desperta em mim.

A mão esquerda desliza pelas minhas costas, enquanto a direita continua segurando a minha cintura. Fico na ponta dos pés para alcançá-lo, colada ao seu corpo como se a proximidade não fosse suficiente. E, não, não é mesmo. Na verdade, quero mais. Quero tudo o que ele tem a me oferecer. Quero demonstrar com o corpo, o coração e a alma quanto ele é importante para mim; que o meu coração já é totalmente seu.

Gostaria de ser capaz de colocar em palavras todos esses sentimentos que parecem explodir em meu peito, mas é como se elas houvessem desaparecido, e sou capaz apenas de demonstrar com meu toque e meu corpo a intensidade do que sinto por ele.

— Você é tão linda... — ele murmura, mordiscando a minha orelha, enquanto deslizo as mãos pelo seu pescoço, tocando os ombros e continuando a descer, fazendo o caminho inverso das dele, que sobem pelo meu corpo até emoldurar meu rosto. O beijo é intenso e apaixonado, a eletricidade nos atingindo a cada vez que nossas línguas se cruzam. Minha mão alcança sua cintura e toco com a ponta dos dedos a pele entre o cós da bermuda e a bainha da camiseta, o que o faz se arrepiar. Ele segura minha nuca e aprofunda o beijo, enquanto eu solto um gemido abafado contra a sua boca e deslizo a mão pelo seu corpo, por baixo da camiseta.

Com os olhos fechados, concentro-me completamente nele e ele em mim. As únicas coisas que consigo sentir são o sabor dos seus lábios contra os meus e a firmeza da sua pele contra a minha mão. A necessidade aumenta, e ele se afasta brevemente para tirar a camiseta, para que eu possa tocá-lo mais, por inteiro. A peça vai para o chão e, em poucos instantes, a minha segue o mesmo caminho. Alcanço o botão da sua bermuda e a abro, enquanto ele faz o mesmo com o meu short jeans. Nossas roupas começam a formar uma pilha no chão, enquanto a iluminação do quarto diminui, indicando que a noite está caindo lá fora.

Aproximamo-nos novamente e meu corpo inteiro se arrepia quando a ponta dos seus dedos deslizam pelas minhas costas. Não consigo conter um gemido suave, e ele se inclina, passando uma mão por baixo das minhas pernas e me erguendo em seu colo, surpreendendo-me. Ele me leva em direção à cama com um sorriso satisfeito.

Pedro me acomoda e se deita sobre mim, não querendo ficar um instante longe. Eu me aconchego contra o seu corpo e sorrio, passando a mão sobre o seu peito e sentindo sua firmeza contra a minha suavidade, separados apenas pelas peças íntimas.

Sua boca rouba um beijo profundo, mordiscando meus lábios e deslizando a língua para suavizar o toque. Os beijos continuam cada vez mais intensos, até que abro os olhos e estamos imersos na escuridão. Pisco algumas vezes para focar o olhar e vejo o exato momento em que seus olhos se abrem lentamente e consigo ver o brilho do desejo intenso refletido neles. Ele rouba mais uma mordida, deixando o meu lábio inferior ainda mais sensível, e se afasta um pouco.

— Aonde você vai? — protesto, a voz saindo rouca. Ele parece ficar ainda mais excitado com meu timbre sensual e investe mais um pouco contra mim, deixando-me sentir o que provoco nele.

Abro um sorriso, sentindo que meu olhar deve ser um reflexo do seu.

— Acender a luminária — ele responde. — Quero olhar nos seus olhos enquanto fazemos amor.

Retribuo o sorriso. Estava prestes a dizer algo, quando ele se inclina para a mesa de cabeceira e, ao apertar o botão, uma luz suave preenche o cômodo, e ele se surpreende pelo efeito que isso causa: é como se estivéssemos no céu, com milhares de estrelas refletindo por todo o quarto.

— Mas o que...? — ele murmura, olhando ao redor e vendo as pequenas estrelas se moverem pelas paredes.

Sorrindo sem jeito, enquanto mordisco o lábio inferior, eu falo:

— Ia avisar que a luminária não é muito convencional...

Ele dá uma risada e volta a se deitar na cama.

— Pouco convencional é uma forma de descrever isso...

Pedro volta a olhar para a luminária e percebe que ela tem um mecanismo que faz a cúpula toda vazada com formas de estrela de diversos tamanhos girar devagar, provocando o efeito do céu em movimento.

Seu olhar se volta para o meu.

— É tão bom estar com você... — ele fala, inclinando-se de novo sobre mim, enquanto sinto meu corpo estremecer contra o dele.

Nossos peitos estão colados um ao outro, e posso sentir as batidas do seu coração contra o meu. Ele me beija novamente, afastando-se apenas o suficiente para alcançar minhas costas, desabotoar o sutiã e tirá-lo, jogando-o no chão com as outras peças de roupa.

— Toda vez que eu vejo você com os cabelos assim, soltos, sinto vontade de entrelaçar meus dedos neles, para sentir se são tão macios quanto parecem — ele diz, e é exatamente o que faz.

Suspiro, enquanto sua outra mão acaricia meu seio e sua boca mordisca meu pescoço.

— E são? — murmuro baixinho, provocando.

— São ainda mais do que imaginei... Na verdade, você é muito mais do que imaginei...

— Nunca achei que um dia ficaríamos juntos assim... — sussurro.

— Por quê? — ele pergunta, parecendo subitamente inseguro.

— Era algo que eu considerava meio que... inatingível... — respondo, abrindo-me, e sorrio. Seus lábios voltam a deslizar pelo meu corpo, atingindo a curva da clavícula.

— Tipo um sonho que você não sabia se poderia realizar? — ele indaga em um murmúrio, o tom de riso nítido em sua voz.

— Prepotente... — respondo rindo, enquanto ele mordisca a curva suave do seio direto, arrancando um gemido baixo dos meus lábios. — Algo assim... como se você fosse inatingível demais para uma garota como eu...

Ele para ao som das minhas palavras e ergue a cabeça para olhar em meus olhos. Sinto um nó no estômago de ansiedade. O que será que ele vai fazer?

— Uma garota como você? — Concordo, sentindo-me insegura. Ele diminui o tom de voz e abre o coração: — Esperei anos para que isso acontecesse. *Você* é o *meu* sonho se tornando realidade.

— Pedro... — murmuro, e ele volta a me beijar com paixão, transformando aquele momento intenso em uma onda de desejo.

Com a respiração ofegante, perdemo-nos na paixão que sentimos um pelo outro. É mais que sexo. É como se corpo, alma e coração estivessem alinhados, tendo encontrado seu equilíbrio quando estamos juntos. Uma mistura de desejo com afeto, de paixão com carinho, de luxúria com... *amor*?

Somos tomados pelo turbilhão de sentimentos e nos perdemos em nossa paixão. Em poucos instantes, a barreira que impedia que nossos corpos se unissem é eliminada e, após colocar o preservativo, seu corpo se une ao meu, que responde às suas investidas com um desejo tão intenso quanto o dele.

Perdemo-nos um no outro, sentindo intensamente o cheiro, o toque, o gosto, o calor do corpo um do outro. Estar com ele me faz sentir como se tivesse chegado em casa, e, apesar do quanto aquilo poderia parecer assustador e definitivo em qualquer outro momento, ali, nos braços dele, perdida naquele céu de estrelas e no calor e na firmeza do seu belo corpo, sinto-me verdadeiramente em paz.

E feliz.

19

Status de hoje: Eu nem queria me apaixonar de novo... mas não tenho culpa se meu coração é tão desobediente.
#crush #tumtumtum

Enquanto Arthur fala com animação sobre a campanha de uma rede de joalherias que acabou de assinar contrato com a Target, meu pensamento volta ao fim de semana que passei em Pira, com Pedro. Depois de nos entendermos e decidirmos dar uma chance a *essa coisa que existe entre nós* e eu, por fim, ter enterrado André de forma definitiva no meu passado, pude relaxar e aproveitar a visita. No fim da tarde de ontem, Pedro e eu fomos até o Parque do Mirante, onde caminhamos de mãos dadas pelas trilhas, e, ao chegar ao topo, ele me aconchegou ao seu peito, envolveu minha cintura com seus braços e assistimos juntos ao pôr do sol. Foi o passeio mais romântico que já fiz com alguém. Sua respiração contra meus cabelos e o ritmo contínuo das batidas do seu coração me fizeram sentir protegida e, ao mesmo tempo, apavorada.

Durante todo o fim de semana, ele foi encantador. Quando ainda estávamos na minha cidade e os vizinhos batiam à porta da casa dos meus pais para revê-lo, não paravam de sorrir para mim de forma conspiratória, como se dissessem que eu tinha feito uma ótima escolha em deixar André para ficar com Pedro, como se esse fosse o caso. Ele sorria para as senhoras idosas, conversava com as mães das minhas amigas de infância e mostrava aos homens o carrinho conversível com orgulho, levando alguns deles para dar uma volta na cidade e conferir a *potência* do motor.

Na volta para casa, enquanto Tigrinho estava acomodado no meu colo, recebendo cafunés com a minha mão direita, e Tigrão no seu habitual modo antissocial, dentro da caixa de transporte, Pedro seguiu pela estrada alternando carinhos na minha mão, nos meus cabelos e beijos roubados a cada parada.

Por falar em beijo... ele é um verdadeiro beijador... Pedro aproveita cada instante ao meu lado para me beijar. Em alguns momentos, o beijo é suave... às vezes, um breve roçar de lábios, como se precisasse sentir — ainda que rapidamente — o toque da sua boca na minha. E, quando estamos a sós e ele emoldura meu rosto com as mãos, seus olhos castanhos cor de chocolate parecem derreter e ele me beija tão intensamente, como se o mundo pudesse acabar se não nos tocássemos assim. É um beijo completo, com lábios, mãos, línguas se acariciando e corpos colados... parece um daqueles beijos que a gente só vê no cinema e que muitas de nós sequer têm a chance de experimentar, pois é totalmente sem barreiras, sem jogo, sem malícia — apenas um homem e uma mulher compartilhando aquilo que têm de melhor em seus corações. Um beijo que me tira o ar e...

— Certo, Tati?

Pisco duas vezes, saindo da névoa de lembranças em que havia mergulhado, tentando fazer minha mente retornar daquele lugar feliz em que estava. Minhas vistas ganham foco e vejo a quantidade de flores que desenhei nas margens do meu caderno, enquanto pensava em Pedro e seus beijos de tirar o fôlego, quando deveria estar atenta à reunião de trabalho. Pelo menos não estou escrevendo nossos nomes no meio de corações, como uma adolescente apaixonada pelo primeiro namorado. *Jesus.*

— Hum... — murmuro, olhando para Arthur, tentando assentir, ao mesmo tempo que tento não me comprometer com seja lá o que for que ele esteja dizendo.

Ele se volta para o quadro branco na parede da sala, onde está anotando projeções e desenhando gráficos. Miguxo se inclina e murmura.

— Terra para Tati! Onde essa sua cabeça está, doidinha?

Dou uma risadinha e tento me concentrar na reunião, quando o meu celular vibra.

Você tem 01 nova mensagem.

De: Pedro
Para: Tati

Quantos minutos faltam para a gente se beijar de novo?

Com um sorrisinho, desvio o olhar para Pedro, que continua olhando para Arthur, como se nada estivesse acontecendo.

De: Tati
Para: Pedro

Acho que uns 300 minutos até o fim do expediente.

De: Pedro
Para: Tati

Meu coração não aguenta até lá. Estou ficando sem bateria.

De: Tati
Para: Pedro

Podemos fazer uma recarga rápida na hora do almoço, o que acha?

De: Pedro
Para: Tati

Perfeito. Vou precisar de uma recarga intensa por ter que esperar até lá. 😝

###

Quando a reunião termina, eu me levanto, assim como todo mundo, e começo a juntar minhas coisas. Não preciso nem dizer que não faço a menor ideia do que foi dito. Meus pensamentos se perderam no *fantástico mundo de Pedro e seus beijos viciantes* e se recusavam a sair de lá.

Estou prestes a sair da sala, quando Arthur me chama.

— Tati, tem um minuto? — ele pergunta, e eu olho ao redor. Pedro observa, pisca para mim e sai da sala, seguindo os demais, e nos deixa a sós.

Ah, meu Deus. Será que ele notou que eu estava viajando a reunião inteira?

— Hum... claro — respondo, subitamente tensa.

Ele estende a mão, sugerindo que eu me sente. Depois que me acomodo, ele começa a falar:

— Você sabe que estamos chegando ao final do seu contrato de experiência, certo?

— Sim... — murmuro.

Ele assente.

— Não sei se alguém da equipe já comentou isso, mas tivemos outros colaboradores nessa vaga antes de você que não deram certo. — Balanço a cabeça, negando. — A Target é uma agência importante no mercado e somos muito exigentes com nossa equipe. — Mantenho o foco, observando sua expressão séria, tentando descobrir aonde essa conversa vai chegar. Será que ele vai me demitir? — Conversei com alguns dos clientes que você vem atendendo, incluindo a @amor.com, e você foi muito elogiada por todos. — Ele sorri, e sinto o nó em meu estômago começar a se desfazer. — Parabéns, Tatiana. Ficamos felizes em ter uma profissional dedicada como você em nosso time. Já avisei ao RH que vamos renovar seu contrato de trabalho, certo?

Abro o maior sorriso do mundo e o agradeço.

— Nem sei dizer quanto isso significa para mim, Arthur. Eu adoro trabalhar aqui e estou muito feliz.

Ele concorda, ainda sorrindo.

— É muito bom saber disso. No começo, fiquei um pouco receoso que você quisesse retornar para sua cidade, mas você se adaptou bem ao Rio, não é?

— Sim... Estava precisando dessa mudança... de novas oportunidades... um recomeço mesmo.

Ele aperta minha mão com gentileza.

— Fico satisfeito em saber que você se integrou à equipe e que está gostando. Enfim, só queria te tranquilizar, porque sei que os novatos sempre ficam com medo quando chega a etapa final do contrato de experiência, e não quero que sua atenção seja desviada para isso, quando vai estar desenvolvendo soluções para os nossos clientes.

— Muito obrigada, Arthur.

Com isso, nossa breve reunião se encerra. Saio da sala me sentindo prestes a voar de tanta alegria, quando o ouço perguntar atrás de mim:

— E os encontros do @amor.com?

— Vou marcar o último, mas já estou desenvolvendo o briefing da campanha.

— Ótimo.

Ao voltar para a minha sala, já está na hora do almoço. Guardo minhas coisas, pego a bolsa, o celular e saio, indo até a sala de Pedro. Bato de leve e abro a porta, mas está vazia, assim como as outras do nosso departamento.

Ele deve ter saído com algum dos meninos para almoçar, penso comigo mesma. Sigo para o elevador e verifico se tem alguma mensagem de texto no celular enquanto desço, mas não encontro nada. Ao chegar ao térreo, jogo o celular na bolsa, aceno para o segurança que está cobrindo a hora do almoço da recepcionista e cruzo a porta de vidro, tentando não ficar chateada por ter sido deixada para trás por ele.

Deixa de besteira, Tati. É só um almoço, repreendo-me enquanto viro a esquina, encaminhando-me ao meu restaurante favorito. *Vocês se veem o tempo todo e ainda podem ficar juntos à noit...*

Meus pensamentos são interrompidos quando sinto alguém puxar minha mão com firmeza. Sou conduzida contra o peito firme de alguém, que envolve a minha cintura com um dos braços, enquanto apoia a minha outra mão em seu ombro. Dou um gritinho, mas, apesar do susto, sorrio ao me deparar com o sorriso de Pedro, que me olha com aqueles olhos cor de chocolate como se não me visse há séculos, e não há cinco minutos.

— Achei que tivesse saído para almoçar com os garotos — murmuro, e ele inclina o rosto contra o meu.

— E perder a chance de te beijar durante uma hora inteira? — ele pergunta, com os lábios quase colados aos meus. — Nem pensar.

Rio suavemente e ele me beija, acariciando meu rosto e segurando minha cintura com firmeza. Lembro-me de nossa troca de mensagens mais cedo, durante a reunião, e tenho de concordar com ele. Enquanto nos beijamos, é como se meu corpo, minha alma e meu coração estivessem sendo recarregados. O toque dos seus lábios nos meus e dos seus braços em meu corpo é tudo de que preciso para que a paixão tome conta de mim.

Com um suspiro profundo, ele interrompe o beijo e encosta a testa na minha, a respiração ofegante. Nossos olhos estão fechados e as respirações se misturam, enquanto sentimos os corações baterem um contra o outro.

— *Wǒ ài nǐ* — ele fala, repetindo as mesmas palavras que disse em mandarim na noite em que jantamos na minha casa.

Com um sorriso suave, inclino o rosto contra o dele, tocando seus lábios com os meus, e murmuro em resposta:

— Vai me dizer o que isso significa? — pergunto, e ele ri.

— Um dia — ele fala e acaricia minha bochecha com a ponta do dedo.

— Você podia dizer isso em um idioma mais fácil. Assim eu poderia tentar escrever no Google e buscar o significado.

— Aí não teria graça — ele responde, e dou uma risada.

Pedro sorri, beija a minha testa, pega a bolsa da minha mão e seguimos abraçados para o restaurante.

20

Status de hoje: Principal mandamento da internet: conscientize-se de que, na rede, nada nem ninguém é o que parece ser.
#crush #tumtumtum

Meru-meru.

PH: Como estão as coisas entre você e o crush?
Tati: Cada vez melhor . E você e a BFF?
PH: Acho que nunca estive tão feliz.
Tati: Ainnnn , que lindo!! É tão bom saber que as coisas estão se encaminhando bem. Acha que ela está apaixonada por você?
PH: Acho que sim... mas estou escondendo uma coisa dela...
Tati: Vish! O que é? Meu deus, não me diga que você traiu a moça!
PH: Claro que não, doidinha. É uma besteira, mas não sei como ela vai se sentir quando eu contar para ela. Na verdade, já deveria ter falado, mas fiquei com medo...
Tati:: A não ser que você seja um bandido, matador de aluguel, pervertido, traidor, bata em mulher ou faça trends ridículas nas redes sociais, não vejo por que sentir medo de falar algo para a garota que você ama!

PH: Aff. Não é nada disso. É que fiz uma coisa e deveria ter contado. É superbesteira, mas o tempo passou e não comentei. Agora estou com medo da reação dela.

Tati: Hum. É algo que pode ofendê-la ou magoá-la?

PH: Não... acho que não. Não foi nada de mais. Eu só... sinto que deveria ter contado.

Tati: Certo... então, conte agora. Se não é nada de mais, ela pode ficar um pouco chateada por você não ter dito nada, mas, se ela gosta de você, se realmente gosta de você, isso vai passar.

PH: Tem certeza?

Tati: Claro que sim. Lembra a frase? "O amor tudo suporta..." e blá-blá-blá!

PH: Há-há-há. Vou fazer isso.

— Com quem você está falando? — Lane me pergunta. Desvio os olhos do celular para ela.

— Com o PH, aquele rapaz com quem fiz amizade...

Ela assente e de repente arqueia as sobrancelhas.

— Por falar nisso, já encerrou os encontros?

— Não, ainda falta um.

— Já conseguiu um candidato? — ela pergunta com uma risadinha.

— Não...

— Ué, por que não se encontra com esse aí? Vocês parecem ter atingido um dos objetivos do aplicativo, que é gostar da pessoa, não da aparência, mesmo que não seja para um relacionamento amoroso.

Paro alguns instante e olho para Lane. *Por que não pensei nisso antes e estou aqui quebrando a cabeça para encontrar alguém que não seja maluco, bandido ou que queira nudes?*

— Você é demais, amiga! — digo, e ela ri.

Pego o celular de volta e digito para ele:

Tati: Ei, o que acha de nos encontrarmos esta semana? Precisamos comemorar nossas mudanças de status de relacionamento.

PH: ...

Os três pontinhos que indicam que ele está digitando ficam saltando na tela durante um bom tempo. Enquanto espero, decido adiantar algumas coisas do trabalho.

Meru-meru.

Aperto o botão que ilumina a tela, esperando uma mensagem enorme pelo tempo que ele demorou a responder, mas só enviou:

PH: Tem certeza de que quer me ver?

Tati: Você é tão feio que vai me fazer fugir de medo ou susto?

PH: kkkkkk. Espero que não.

Tati: Então está marcado. Amanhã, às 18 horas. Vou te mandar o endereço de um restaurante bem legal.

PH diz conhecer o local e que vai me encontrar lá.

Tati: Como vou saber quem é você?

PH: Vai por mim, você vai saber.

###

Passei o dia estranhamente ansiosa. Talvez por ter um "relacionamento" com PH diferente do que tive com os demais rapazes que conheci pelo aplicativo, sinto um frio na barriga durante todo o dia.

Pela quarta vez consecutiva, clico no nome de Pedro no celular e estranho quando o telefone continua sendo encaminhado para a caixa postal. O que será que aconteceu? Ele nunca, nunca mesmo, deixa o celular desligado. Por ser muito requisitado pelos clientes da Target, Pedro está sempre acessível e, quando está em alguma reunião e não pode atender, encaminha uma mensagem automática informando que retorna a ligação em breve.

Passo o dia olhando para a sala dele, buscando algum movimento, algo que indique sua presença, mas não tenho sucesso. O mais estranho é que ninguém sabe onde ele está, o que não é nada comum. *Será que aconteceu alguma coisa?*, pergunto a mim mesma, sentindo o frio na barriga aumentar.

Uma batida na porta me tira dos pensamentos. Antes que eu tenha a chance de falar qualquer coisa, vejo a cabeça de Miguxo aparecer pela porta entreaberta.

— Ei, tudo bem aí? — ele pergunta com um sorrisinho e entra sem esperar que eu o convide.

— Tá... hum... tem notícias do Pedro? — pergunto mais uma vez. Imagino que ele está me achando uma perseguidora, de tanto que já o questionei hoje sobre o paradeiro do meu namorado, mas não consigo evitar. Um sorrisinho me vem aos lábios ao pensar em Pedro como meu namorado. *Mandou bem, Tati! Uhu!*, meu subconsciente comemora.

Inclino a cabeça para a esquerda, estranhando a expressão de Miguxo, que me parece de culpa, o que se intensifica quando ele gagueja:

— Hum... ehrrr... acho que ele tinha um compromisso ou algo assim — ele murmura.

— Mas que comp...

Ele me interrompe.

— Está pronta para o último compromisso do @amor.com? — Ele abre um grande sorriso animado e eu retribuo, decidindo deixar minha curiosidade sobre o paradeiro de Pedro de lado por enquanto.

— Sim! — respondo com animação. — O legal é que vai ser com o PH, aquele rapaz com quem fiz amizade. Espero que ele não seja estranho...

Miguxo se senta na cadeira em frente à minha mesa e cruza as pernas.

— Estranho por quê?

— Ah... não sei... Ainda que eu ache a ideia do aplicativo interessante, quando se dá a sorte de encontrar pessoas legais, é muito fácil se iludir, sabe? Todo mundo parece muito legal no mundo virtual, mas não sei até que ponto isso pode se manter na vida real.

Miguxo assente em concordância, ficando em silêncio por alguns instantes, parecendo refletir sobre as minhas palavras.

— Entendo... Mas, se você parar para pensar, Tati, não é muito diferente da *vida real*. Enquanto estamos conhecendo o outro, todo mundo tende a mostrar o seu melhor, escondendo os defeitos. Cabe a cada um avaliar bem personalidade, características, defeitos, qualidades... enfim, todos os aspectos da pessoa com quem você está começando a se relacionar, para decidir se é alguém em quem vale investir ou não.

É a minha vez de pensar sobre isso.

— Na verdade — ele continua —, acho que o mais importante, tanto em relacionamentos reais quanto virtuais, é buscar a felicidade ao lado de quem você gosta, respeitando os defeitos e valorizando as qualidades do outro. Na vida, nada é perfeito, não importa se estamos no meio digital ou analógico.

Rio e concordo.

— É... talvez você tenha razão.

Ele dá de ombros com um sorriso arrogante como quem diz *eu sei!* Em seguida, pisca e se levanta, pronto para sair da sala.

Antes, porém, vira-se para mim.

— Espero que você aproveite sua noite, Tati. Tenho certeza de que, no mínimo, será surpreendente. — Com essa declaração enigmática, ele pisca e vai embora, deixando-me intrigada com o comentário.

###

Às dezoito horas em ponto, paro na porta do Combinado, um restaurante superaconchegante nos arredores do prédio onde moro. Já estive ali várias vezes com Pedro, Lane e Miguxo, e o fato de ser um lugar que me é familiar ajuda a me manter mais calma, apesar de sentir a ansiedade mostrar suas garras, provocando nós no meu estômago e deixando minhas mãos geladas.

Respiro fundo, tentando manter o controle, enquanto falo a mim mesma que aquele é só um encontro entre amigos e que tudo vai dar certo. Bom... é o que espero.

— Tati, que bom te ver por aqui! Está bonita — Júlio, o dono do restaurante que conhece a mim e meus amigos pelo nome, e que sempre nos atende muito bem, cumprimenta-me com um sorriso caloroso, fazendo a sensação de nervosismo ceder um pouquinho.

— Obrigada. — Retribuo o sorriso e aperto sua mão. — Estou... hum... esperando um amigo e...

Ele balança a mão direita na frente do rosto, impedindo-me de continuar.

— Sua mesa está pronta e seu... *amigo* espera por você.

Ele pisca e faz sinal para que eu o acompanhe, e o sigo até os fundos do restaurante, em direção à mesa afastada em que Pedro adora se sentar quando vamos lá, para ficar longe do barulho. Achando a coincidência curiosa, agradeço a Júlio e dou um passo à frente, erguendo os olhos para encontrar PH... que está de pé atrás do que parece ser o maior buquê de flores do mundo.

— PH, oi, eu sou a Tati e... — começo a falar, mas minhas palavras falham ao vê-lo baixar o buquê enorme. Sinto como se meu cérebro tivesse "bugado". Abro e fecho a boca algumas vezes e olho ao redor, procurando a pessoa que eu deveria realmente encontrar, sem sucesso. Enfio uma mecha de cabelo atrás da orelha e volto a olhar para a frente, respirando fundo enquanto tento colocar meus pensamentos em ordem.

— Surpresa! — Pedro fala com um enorme sorriso, que retribuo, ainda que tenha certeza de que o meu deva parecer um tanto incerto.

— Hum... Pedro... uau. Tentei falar com você hoje o dia inteiro... eu marquei com...

— Comigo — ele me interrompe, mas levo alguns segundos para compreender o que ele disse.

— Um amigo do... — arqueio uma sobrancelha e franzo o cenho, cada vez mais confusa — ... aplicativo.

— Comigo — ele repete, com um sorriso ainda mais confiante.

— Não, não. — Solto uma risada nervosa. — Marquei com o PH...

Ele dá uma risadinha.

— Prazer, Pedro Henrique.

O tempo parece parar. Não ouço um barulho sequer, exceto meus pensamentos, que parecem estar ainda mais acelerados que o normal. É como se eu tivesse sido transportada para uma realidade alternativa onde fui enganada pelo cara por quem me apaixonei.

Balanço a cabeça. Não, isso não pode estar acontecendo. Respiro fundo, soltando o ar com força, e dou uma risada baixinha.

— Você não vai acreditar. Por um momento entendi que você disse ser o...

Ele me interrompe de novo.

— O PH. Sou eu, Tati. O seu encontro desta noite é comigo, linda.

Sou atingida pela força de uma série de sentimentos, e posso garantir que nenhum deles é bom. Sinto-me enganada, traída pelo cara em quem confiei de olhos fechados desde o primeiro instante em que o vi. Como... como ele foi capaz de conversar todo esse tempo comigo por um aplicativo, tendo acesso aos meus sentimentos mais profundos sobre o meu relacionamento com ele mesmo, sem me dizer quem era? Mas por quê? Será que durante todo esse tempo ele riu da minha cara? Achou graça da minha inocência e entrega?

A lembrança da estranha conversa de hoje com Miguxo me vem à cabeça. *Será que eles riram de mim durante todo esse tempo?*

Sinto meus olhos se encherem de lágrimas e pisco várias vezes para não permitir que elas caiam. Já basta ter agido como uma boba. De jeito nenhum demonstraria outras fraquezas a ele. Sentindo meu pequeno exército interno começar a erguer rapidamente muros de contenção ao redor do meu coração, busco forças dentro de mim para não deixar Pedro perceber que conseguiu me fragilizar.

— Não posso acreditar que você fez isso — digo, e ele franze o cenho, demonstrando confusão. *Fingido!* Ainda quer fazer de conta que não sabe do que estou falando. Continuo, sem alterar o tom de voz: — Você me enganou, Pedro. Conquistou minha confiança on-line, teve acesso aos meus sentimentos, sem me dizer que era você.

— Tati, não! Tudo começou como uma brincadeira e...

Olho para ele com frieza e o interrompo.

— Eu deveria ter imaginado que um cara como você só podia estar de brincadeira com uma garota como eu.

— Linda, me ouça... — Ele ergue uma das mãos para tocar meu braço, mas levanto as minhas duas, para afastá-lo.

— Para com esse negócio de "linda". E não me toque. — Sentindo o gelo ocupar cada parte dentro de mim, uso a mesma frieza que congela meus sentimentos em meu tom de voz. — Parabéns. Conseguiu o que queria: me fazer de idiota. Agora me esquece.

Começo a me virar para ir embora, quando o ouço falar:

— Mas, Tati, eu trouxe isso para você.

A menção ao buquê ridiculamente grande desperta uma ira dentro de mim que não chega nem perto da irritação provocada mensalmente pela TPM. Viro-me, pego o buquê da sua mão e bato com as flores na cabeça dele.

— Me esquece, seu idiota.

Sem nem notar que todos os olhos estão voltados para mim, atravesso o restaurante e passo pela porta, correndo para pegar o táxi que está desembarcando um casal. Só quando estou sentada no banco de trás e peço ao motorista que dê uma volta pela praia é que permito que as lágrimas deslizem pelo meu rosto.

21

Status de hoje: Sofri um acidente de amor. Não morri. Só quebrei a cara.
#valeu #foibom #adeus

Não sei dizer que horas são quando cruzo a porta de casa para ouvir os miados de Tigrão e Tigrinho à minha espera. Os miados me fazem lembrar de Pedro, o que automaticamente leva lágrimas aos meus olhos.

— Chega — falo para mim mesma, respirando fundo e engolindo o choro. Nunca fui o tipo de garota que fica chorando pelos cantos, e não vai ser agora que vou começar. Ainda que eu esteja em choque com a descoberta de que o cara por quem me apaixonei, por quem baixei os muros que protegem meu coração já magoado, teve a coragem de trair minha confiança e fingir ser quem não era.

Durante o tempo que fiquei fora, caminhando pela praia e pensando em tudo o que aconteceu desde que cheguei ao Rio, criei inúmeras teorias para justificar o que ele fez. *Como posso ter me enganado tanto quanto ao caráter de alguém?*, essa era a pergunta que eu não parava de me fazer. Mas, olhando em retrocesso, se levasse em consideração que passei anos da minha vida em uma grande cilada emocional, tudo o que posso concluir é que tenho um péssimo gosto para homens.

André me magoou. Ele me fez perder anos da minha vida em um relacionamento falido. Mas Pedro traiu minha confiança duas vezes: criando todo um teatro para se envolver comigo e fingindo ser meu amigo, alguém com quem desabafei sentimentos profundos a respeito dele mesmo, pela internet.

Que furada.

Deveria ter seguido a minha cabeça e me mantido firme na resolução de me manter longe dos homens e de relacionamentos, sem me deixar envolver por um par de olhos da cor de chocolate derretido e um sorriso com covinhas. Isso sem pensar no beijo e em outras coisas mais que o *inimigo número um da confiança feminina* é capaz de fazer para tirar meus pés do chão e deixar meu coração batendo muito forte.

Inclino-me e pego os dois filhotinhos no colo. Eles se aninham contra meu peito, ronronando, fazendo-me suspirar. Tigrão, que costuma ser mais arredio e avesso a carinho, surpreende-me ao se encaixar na curva do meu braço, observando-me com aqueles grandes olhos verdes, enquanto seu irmão já está quase dormindo. Levo os dois para o quarto, tiro meus sapatos e minha roupa, e os acomodo na cama. Exausta física e emocionalmente, fecho os olhos. Devagar, a escuridão vai me envolvendo, até que eu não esteja mais consciente do que me cerca.

Pouco depois, vejo-me no pergolado do jardim de rosas da minha mãe. Sentada no sofá de vime, ouço a voz de Pedro soar baixinho no meu ouvido:

— *Vamos seguir em frente? Dar uma chance para essa coisa entre nós?*

A última coisa de que me lembro é responder um sonoro *não*. Não mais.

###

De: Tatiana Pires [tatianapires@agenciatarget.com.br]
Para: Arthur Pigossi [arthurpigossi@agenciatarget.com.br]
Assunto: Home office

Bom dia, Arthur.
Estive ontem no último encontro do app @amor.com e vou fazer home office hoje para finalizar o relatório para o cliente. Quero manter o foco total nisso hoje, pois pretendo marcar uma reunião com Beatriz o mais rápido possível para darmos andamento à campanha.
Caso precise de algo, estou on-line ou no celular.
Abraços,
Tatiana

De: Arthur Pigossi [arthurpigossi@agenciatarget.com.br]
Para: Tatiana Pires [tatianapires@agenciatarget.com.br]
Assunto: Re: Home office

Oi, Tatiana! Bom dia!
Sem problemas. Pode tocar daí.
Manda brasa!
Abraços,
Arthur

O celular vibra com uma notificação de mensagem.

De: Miss Baldinho
Para: Tati Pires

Amiga, onde você está? Passei aí ontem à noite, mas você não estava em casa. Encontrei com o Arthur agora, que me avisou que você não vem. O que houve? Está se sentindo mal?

De: Tati Pires
Para: Miss Baldinho

Vou fazer home office hoje. Cheguei muito tarde.

De: Miss Baldinho
Para: Tati Pires

Como foi o encontro com o PH? Deu tudo certo?

De: Tati Pires
Para: Miss Baldinho

Foi o pior encontro da história. Quem poderia imaginar que o PH era ninguém menos que o idiota do Pedro?

De: Miss Baldinho
Para: Tati Pires

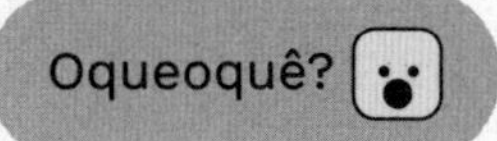

De: Tati Pires
Para: Miss Baldinho

Nunca mais quero ver a cara desse idiota.

De: Miss Baldinho
Para: Tati Pires

Ai, amiga... o pior é que vocês trabalham juntos...

De: Tati Pires
Para: Miss Baldinho

Por enquanto.

De: Miss Baldinho
Para: Tati Pires

Para tudo! Nem vem me dizer que você vai voltar para Pira. Tati! Plmdds!!

De: Tati Pires
Para: Miss Baldinho

O que são todas essas letras? 

De: Miss Baldinho
Para: Tati Pires

"Pelo amor de Deus" abreviado. Olha, vou entrar em reunião. Não se mexa até eu chegar em casa. Vamos conversar direitinho sobre isso.

Desconsiderando a ordem de Lane para não me mexer, pego o computador, uma grande caneca de café e, acompanhada dos meus fiéis companheiros, sento-me na sala para trabalhar. Apesar de ter dado a entender que vou voltar para Pira, ainda não tomei uma decisão. Preciso pensar a respeito de tudo o que aconteceu e o que vou fazer daqui em diante. Afinal, não posso deixar que um coração partido arruíne minha oportunidade de carreira. Mas, por enquanto, tudo o que quero é mergulhar no trabalho e me esquecer de todo o resto.

Meru-meru.

Isso se essa droga de *meru-meru* deixar. Pego o celular e, sem me preocupar em ver de quem é a mensagem que chegou, desbloqueio o aparelho e pressiono o indicador na tela.

Deseja desinstalar o @amor.com?

Sim, com certeza!

###

Passo o dia debruçada no computador, digitando freneticamente o planejamento da campanha do @amor.com, ao mesmo tempo que discuto via chat as ideias com Ansel, da Criação, que ficou responsável por executar as ideias dessa conta. Mantenho o celular desligado e fico afastada das redes sociais para não perder o foco do que é importante.

Depois de finalmente enviar o e-mail para a análise de Arthur, coloco o computador no assento ao meu lado no sofá, tendo o cuidado de não incomodar Tigrinho, que dorme confortavelmente ali. Estico os braços, alongando os músculos, e inclino o pescoço para a direita e para a esquerda, cansada das muitas horas na mesma posição. Um movimento suave chama a minha atenção e vejo o outro gatinho, que passou o dia escondido embaixo da cama, caminhar até a porta do apartamento, lamber a patinha e soltar alguns miados, enquanto olha para a porta e depois para mim.

Apesar de serem irmãos, os dois gatinhos têm personalidades muito diferentes. Enquanto Tigrinho é todo dócil e dengoso, adora um carinho e aproveita toda e qualquer oportunidade de ser mimado, Tigrão é sério e antissocial, evitando as pessoas e só permitindo que eu o toque quando sente vontade. Ou seja, quase nunca. Ele só costuma aparecer quando está com fome ou deseja alguma coisa. Mas, desde ontem à noite, ele está diferente, o que me deixa surpresa com esse comportamento nada característico do seu jeito de ser.

Levanto-me e vou até ele, que se remexe contra mim e permite que eu o pegue no colo.

— Ei, garoto, o que houve, hein? — pergunto baixinho, acariciando sua cabeça, enquanto ele continua a me olhar e miar. Até que ouço o som de passos no corredor. Ainda que eu não queira falar com ninguém, a curiosidade me vence e olho pelo olho mágico da porta. Quando meus olhos focalizam Pedro, afasto-me rapidamente do visor, encostando-me contra a parede em total silêncio e sentindo o coração bater forte contra o peito.

Ding-dong.

A campainha soa, assustando a mim e ao gatinho, que mia ainda mais alto. Faço um barulho baixinho para que ele se cale, mas isso só parece deixá-lo ainda mais agitado.

— Tati, abre a porta — a voz de Pedro soa do outro lado, parecendo cansada. — Vamos conversar... eu não quis te magoar...

Mais uma vez, a curiosidade vence a minha determinação e, na ponta dos pés, para não fazer barulho, olho novamente no olho mágico. Ele está sem o paletó, com a manga da camisa social dobrada até quase os cotovelos, e seu cabelo está completamente bagunçado. Ele está parado ao lado da porta, a cabeça inclinada contra a parede e com a aparência bem diferente do cara seguro e arrogante que costumo ver todos os dias. Tigrão solta um longo miado, como se conversasse com o seu *papai. Droga, isso é hora de ser sociável?*

Afasto-me do olho mágico mais uma vez, ainda segurando o gatinho, que se contorce nos meus braços até que eu o deixe ir para o chão. Ele para de frente para a porta, miando mais um pouco, até que o som da voz de Pedro soa do outro lado, desta vez um pouco mais abafada, parecendo vir de baixo.

— Ei, garoto. Está tudo bem por aí? Está cuidando da sua mamãe e do seu irmãozinho? — Tigrão mia como se respondesse, e sinto um nó se formar na minha garganta.

Estou muito magoada com o que ele fez e me sinto uma trouxa por me tocar pelo carinho em seu tom de voz ao falar com o gatinho, que sei que ele só trouxe para casa para me agradar.

Na ponta dos pés, volto a olhar no olho mágico e o vejo sentado no chão, colado à porta.

— Eu sei, carinha. Essa situação toda é um saco. Também sinto saudade de vocês. Mas fiz uma grande besteira, agora a mamãe está aborrecida comigo. — Seu tom é tão carinhoso que abala um pouco mais a minha determinação. Tigrão mia um pouco mais e se deita em frente à porta. — Cuide dela por mim, tá? E avise a ela que não vou desistir da gente. — Ao falar isso, ele levanta o rosto e olha para cima, como se soubesse que estou do outro lado. Pedro fica assim por alguns instantes, depois se levanta, pega o paletó que está ao seu lado no chão e desce as escadas, provavelmente indo para o seu apartamento.

O gatinho solta um último miado, olha para mim e, ignorando a minha tentativa de pegá-lo no colo, segue para o quarto, voltando a se esconder embaixo da cama, deixando-me sozinha com meus pensamentos confusos.

###

Estou prestes a levar uma nova colherada de sorvete de *fudge* de chocolate à boca quando uma batida na porta me interrompe. Fecho a boca e coloco a colher de volta no pote de sorvete, e a batida soa novamente. *Será que é Pedro de novo?*, penso, já sentindo um frio na barriga. Não estou pronta para enfrentá-lo. Sigo até a porta na ponta dos pés, para não fazer barulho, e vejo pelo olho mágico. Do outro lado está Lane, balançando um pacote de papel do que parece ser algo para comer. Mal abro a porta e ela entra feito um furacão, seguindo direto para a cozinha com o pacote que cheira muito bem.

— Achei que não ia abrir — ela reclama, tirando duas embalagens do restaurante italiano da esquina de dentro do pacote.

— E não ia mesmo. Só abri porque você estava fazendo um baita escândalo do lado de fora e ia acabar chamando a atenção de quem não deve.

Ela revira os olhos, pega dois pratos no armário da cozinha e serve o fettuccine ao molho branco com filé para nós duas, enquanto arrumo a mesa com um conjunto de jogo americano.

— E se fosse ele? Acha que ele não veria que você estava olhando pelo olho mágico? — Ela pega duas latas de Coca-Cola na geladeira, enquanto eu pego os copos e nos sentamos para jantar.

— Dá para ver? Jura? — pergunto, enrolando a massa no garfo.

— Hummm — murmuramos ao mesmo tempo ao comer a primeira garfada da massa, que é nossa favorita.

— Claro que dá.

— Droga.

— Que foi?

— Ele veio aqui mais cedo...

— Jura? — é a vez de ela perguntar, com a boca cheia. — Que tal você começar me contando o que aconteceu na noite passada? Juro que não entendi nada, exceto que você se magoou e que ele passou o dia olhando para a sua sala como um cão de guarda.

Conto tudo o que aconteceu a ela, que me encara com os olhos arregalados, como se estivesse assistindo às reviravoltas na história do seu seriado favorito.

— Quer dizer que *ele* é o PH? — Concordo com a cabeça. — Somos duas burras que não associamos isso... — ela murmura, enquanto toma um gole do refrigerante. — Estamos tão acostumadas a chamá-lo de Pedro que nem imaginamos que...

— Ele ia bancar o idiota e fingir ser quem não é em um aplicativo de relacionamento — eu a interrompo, e ela assente algumas vezes, claramente pensando sobre tudo isso.

— É, amiga. Ele agiu mesmo como um idiota... e levou flores?

— Um buquê gigante e colorido.

— Do tamanho da merda que ele fez — ela completa com o rosto muito sério, como se juntasse as peças de um grande mistério. A associação do tamanho do buquê com as atitudes dele, além da sua expressão compenetrada, faz-me rir, e, antes que eu me dê conta, estou gargalhando descontroladamente, até que os risos se tornam lágrimas e, por fim, começo a chorar. — Ah, amiga... não fica assim. Detesto te ver chorar. Nem quando terminou com aquele *outro* idiota você ficou desse jeito.

Suspirando, enxugo os olhos com o dorso das mãos e tomo um gole de refrigerante para tentar me acalmar.

— Sabe o que isso me faz concluir? — Ela balança a cabeça negando. — Que sou péssima para escolher os homens com quem me relaciono. Só me sinto atraída pelo cara errado.

— Não acho que isso seja verdade. Acho que cada relacionamento que vivemos é certo por determinado tempo. Não tem que durar a vida inteira... Não é porque acabou que era errado para você. Acredito que, a cada término, encerramos um ciclo que tínhamos de vivenciar até encontrarmos aquele que vai durar para sempre.

Ficamos em silêncio por alguns instantes, perdidas em pensamentos, até que, enquanto enrola a massa no garfo para levá-la de novo à boca, Lane me pergunta:

— O que ele falou?

— Ele? — pergunto, arqueando uma sobrancelha.

— É, Tati. O que ele disse? Qual justificativa ele deu para ter feito isso?

— Justificativa? — repito, e ela bufa ao me ouvir.

— *Alôôô*.

— Não falei com ele.

— Oi?

— É. Não conversamos. Exceto pelo papo dele com o Tigrão através da porta, não falei mais com ele.

Ela solta o garfo com força sobre o prato.

— Tatiana! — ela protesta. — Como você não conversou com ele? Você precisa ouvir o outro lado!

— Mas eu não quero falar com ele.

— Você está sendo infantil — ela diz, apontando o garfo para mim.

— Mas...

— Não tem nada de *mas*. Está sendo injusta e imatura ao não permitir que ele dê as próprias justificativas para o que aconteceu. Nem vou falar nada daquele seu papo de hoje de manhã sobre voltar para Pira. — Lane parece tão brava e perigosa com aquele garfo apontado para mim que ergo as mãos, com medo de ser espetada.

— Não vou voltar para casa — falo em voz baixa. — Estou cansada de fugir quando as coisas dão errado.

— Isso mesmo!

— E vou ouvi-lo. *Mas*... — reforço a palavra, provocando um novo revirar de olhos por parte dela — preciso de um tempo para pensar nos acontecimentos, repensar o que eu sinto e me preparar, para só então falar com ele.

Ela abre um sorrisinho malicioso.

— Vai fazê-lo sofrer, né? — O sorriso dela se amplia. — Danadinha! Gostei. Plano aprovado!

Dou uma risada.

— Que plano, sua louca?

— O plano de segurar as rédeas do próprio destino como uma garota crescida. — Ela pisca, retira nossos pratos e coloca-os dentro da pia. Em seguida, pega uma colher. — Agora, vá pegar aquele pote de sorvete de *fudge* de chocolate que está derretendo lá na sala. Vou precisar de muito chocolate para traçarmos as estratégias desse plano.

Ela ri e eu saio correndo para buscar o pote que estava esquecido na sala.

22

Status de hoje: Nem tudo é culpa de Mercúrio retrógrado. Às vezes, é só a nossa teimosia mesmo.
#nãosouteimosa #ouvirounãoouvir #teimosoéquemteimacomigo

Pronta para o trabalho, mas morrendo de sono, vou até a cozinha, seguida de perto pelos dois gatinhos, em busca de uma caneca de café antes de sair. Passo em frente à porta, quando um movimento no chão me chama a atenção e vejo Tigrinho empurrar com desprezo um papel que apareceu em seu caminho. Estranhando, abaixo-me para pegar e percebo que o papel branco, na verdade, é um pequeno envelope lacrado. Olho do outro lado, em busca de alguma informação sobre quem deixou aquilo ali, e vejo meu nome escrito à mão: *Tati*. Aquelas quatro letras me fazem pensar que é alguém que me conhece, pois escreveu o apelido em vez do nome.

Com um bocejo, balanço a cabeça enquanto sigo para a cozinha com o envelope na mão, repreendendo-me mentalmente. *Claro que é alguém que te conhece. Por que um desconhecido deixaria um envelopezinho por baixo da porta da sua casa? Digo mais: como um desconhecido teria acesso ao prédio a ponto de conseguir chegar ao corredor sem ter recebido autorização para entrar?* Reviro os olhos, sentindo-me sonolenta demais para discutir mentalmente comigo. Jogo o envelope sobre a bancada da cozinha e me sirvo de café quente, preto e açucarado, que desce pela minha garganta parecendo abraçar cada parte do meu corpo, dando-me o incentivo caloroso de que preciso para iniciar o dia.

Quando me sinto um pouco mais acordada, abro os olhos, que recaem mais uma vez sobre o envelope branco com meu nome escrito. Duas pessoas me vêm à mente: Lane e *aquele que não deve ser nomeado*. Como Lane saiu daqui muito tarde, enjoada demais depois de ter tomado todo o sorvete que eu tinha na geladeira, imagino que ela não voltaria aqui no decorrer da madrugada para me deixar um bilhetinho, quando poderia ter enviado uma mensagem de texto. O que só nos deixa com *o idiota* como opção.

Olho de novo para o envelope, como se a porcaria do papel fosse criar garras de repente e me atacar. Tomo mais um gole do café, pensando se quero ter algum tipo de contato com ele.

Você precisa ouvir o outro lado! A voz de Lane soa no meu subconsciente, fazendo-me estremecer.

— Você é uma mulher ou uma pulga, Tatiana? — questiono-me em voz alta e vejo Tigrinho levantar a cabeça de repente, como se ouvir a palavra *pulga* fosse um xingamento na linguagem dos gatos. Curvo os lábios e olho mais uma vez para o envelope. Sinto o coração acelerar e as palmas suarem, então tomo mais um longo gole de café, enquanto me viro de costas para o papel, como se ignorar o envelopezinho fosse fazê-lo se desintegrar.

Levo a caneca para a pia, passo água e atravesso a cozinha com a cabeça erguida.

Não vou olhar, não vou olhar, não vou olh...

Claro que sou uma pulga que não consegue resistir ao bilhetinho, como se eu fosse uma garota do quinto ano do ensino fundamental. Revirando os olhos mais uma vez, irritada comigo mesma, pego o envelope, descolo a aba e tiro um papel ali de dentro. Sem desdobrar, sinto sua textura, enquanto sou envolvida pelo cheiro do perfume dele que ficou impregnado. Impedindo-me de levar o bilhete até o nariz, como se fosse um daqueles papéis de carta perfumados que colecionei durante a adolescência, acabo por desdobrar o bilhete, deparando-me com sua caligrafia bonita.

Tudo o que eu queria era ter o poder nas mãos de rebobinar o tempo e voltar ao ponto em que te reencontrei, só para que eu pudesse fazer tudo diferente. Ao mesmo tempo, daria qualquer coisa para reviver todos os momentos mágicos ao seu lado e não mudar nada do que aconteceu desde o instante em que o seu olhar cruzou com o meu. Só para não correr o risco de não sentir o sabor dos seus lábios.

Sei que te decepcionei. Por mais que eu quisesse fazer tudo certo, ansioso para acertar, acabei deixando que o meu coração assumisse as rédeas e errei feio. Entendo que traí sua confiança e feri seus sentimentos, quando tudo o que eu queria era te conquistar.

Daria qualquer coisa por mais um beijo.

Um toque.

Um olhar.

Uma vida inteira.

Mas, se tem algo que sempre me fez alcançar tudo o que sempre desejei, foi a determinação. Não seria diferente com a garota que roubou meu coração, não é? Sei que está doendo, mas não vou desistir de você... de nós, tá?

Wǒ ài nǐ,

Pedro

Releio aquelas palavras, confusa com os sentimentos que elas me despertam. Ao abrir o envelope e descobrir que a mensagem era dele, esperei sentir raiva. A mesma raiva insana que me fez sair daquele restaurante como se estivesse sendo perseguida por mil demônios. Mas, agora, tudo o que sinto é dúvida, tristeza e uma pequena dose de melancolia. *Será que fui impulsiva demais? Será que ele cometeu mesmo um erro tão grave ou foi só o meu orgulho ferido falando mais alto?*

Respirando fundo, sigo para o banheiro. Preciso colocar a cabeça no lugar, pois tenho muito trabalho a fazer. E, por mais que eu queira ficar escondida em casa, sei que preciso ir para o escritório dar andamento ao projeto do @amor.com e dos meus outros clientes. Manter-me ocupada vai me impedir de ficar chorando pelos cantos e sentindo pena de mim mesma. E, ainda que em alguns momentos eu perca a coragem e até a fé em mim, lá no fundo sei que tem uma garota muito forte que vai fazer a escolha certa para a sua vida.

###

Abro a porta de casa com um suspiro cansado. Foi um dia de muito trabalho. Passei toda a jornada de hoje fazendo o projeto da campanha do @amor.com com Ansel e alguns outros colegas da agência. Mal consegui comer um sanduíche na minha mesa de almoço. Meu corpo está cansado, minha cabeça, esgotada, e meu estômago, faminto.

Depois de deixar minhas coisas no sofá, sigo para a cozinha, acompanhada de perto dos dois gatinhos, que se esfregam em minhas pernas enquanto fico parada diante da geladeira com a porta aberta, decidindo-me entre um iogurte quase vencido e uma lasanha congelada. Estou tão cansada que fico ali só olhando, sem vontade de me mexer, até que a campainha toca, tirando-me do torpor.

— Ah, droga... quem será? — resmungo para mim mesma.

Volto para a sala, com os dois gatinhos atrás de mim, e olho pelo olho mágico. Lane está do outro lado com um papel em uma mão e uma caixa de pizza na outra, enquanto abre um enorme sorriso para mim.

Rindo, abro a porta para que ela entre.

— Oi... — falo, e ela passa por mim depressa, jogando o papel contra meu peito ao seguir para a cozinha.

— A vida de melhor amiga não é fácil! — ela resmunga, enquanto olho para o papel dobrado que ela me deu. — Tenho que colocar juízo na sua cabeça, te fazer comer e ainda agir como defensora de menores.

Franzo o cenho, atordoada com suas palavras.

— Oi? — Desta vez, a palavra sai em tom de pergunta.

Obviamente, ela não perde a piada.

— *Oi, tudo bem?* — Lane faz uma careta e começa a abrir e fechar os armários, tirando pratos, talheres e copos. — Trouxe pizza de muçarela. O Tony's estava muito cheio e ia demorar para aprontar algum outro sabor.

— Ah, tudo bem. Todas as pizzas de lá são ótimas. — Sento-me na banqueta da cozinha e abro o papel, passando os olhos no que está escrito, sem entender. — Lane... o que é isso?

— Exatamente o que está escrito aí.

Releio as palavras, ainda confusa.

Pedido de guarda compartilhada

Solicito à mãe de Tigrão e Tigrinho, gatinhos que foram adotados em conjunto comigo, autorização para visitar essas bolinhas de pelo, pois estou estranhamente com saudades.

Caso a referida mamãe ainda não esteja pronta para receber minha visita, peço autorização para que Lane os leve à minha casa, para passarem algum tempo comigo.

Estou com saudades de você também. Mas sei que precisa processar as coisas antes de falar a respeito. Quando estiver pronta, não precisa solicitar ajuda de intermediários, pode só enviar uma mensagem que vou até você, onde quer que esteja.

Com carinho,

Pedro

— Meu Deus, Lane...

— Ele tem o direito de ver os bichinhos também, ué...

— Mas...

— E você precisa conversar com ele. Você prometeu.

— Eu disse que ia pensar.

— Não. Você disse que *ia* conversar com ele. Ouvir o outro lado. Ser justa e não agir como uma mula empacada. — Ela para de servir a pizza e ergue as mãos, exasperada. — Deus. Você é a pessoa mais teimosa que eu conheço.

— Não sou, não.

— É, sim.

— Não sou nada.

— Viu? Está teimando comigo. — Ela aponta para mim, como se dissesse *ahááá, te peguei!*, e volta a servir a pizza.

Solto um suspiro alto e coloco o papel escrito por Pedro sobre a bancada.

— Tudo bem... vou conversar com ele. Mas primeiro preciso me concentrar na campanha do @amor.com. A apresentação está chegando e quero estar calma e equilibrada. Não tenho certeza de que vou me sentir assim depois da nossa conversa.

Lane empurra o prato de pizza na minha direção e abre a geladeira, inclina-se para abrir uma das gavetas e retira duas latas de Pepsi light que eu nem sabia que estavam ali.

Ela sorri para mim ao entregar uma das latas e, em seguida, senta-se. Enquanto está cortando um pedaço da pizza, ela fala:

— Você vai arrasar nessa apresentação. — Faço menção de comentar, mas ela não me deixa interrompê-la. — Não. Nada de me contestar. Você vai arrasar, porque este é o tipo de profissional que você é: dedicada e que não faz nada pela metade. É a pessoa mais comprometida que conheço. E sei que, o que quer que apresente ao cliente, vai ser incrível. — Ela sorri, coloca um pedaço da pizza na boca e fica em silêncio por alguns instantes. — Depois disso, vai conversar com o pobrezinho do Pedro.

Faço uma careta e ela revira os olhos.

— *Pobrezinho?* Você é puxa-saco demais dele. Onde está o *girl power*?

Ela ri.

— Não sou puxa-saco. Mas *eu* conversei com ele, algo que *você* não fez! — Ela aponta para mim com o garfo, balançando-o algumas vezes, antes de pegar outro pedaço de pizza. — Se eu achasse que o Pedro fosse um cara sacana, que quer te usar, seria a primeira a dizer a você para mandá-lo catar coquinho.

— Que expressão antiga... é da época da minha avó — implico com ela, que ri.

— Vai ver se eu estou na esquina — ela rebate, com outra risada. — Como eu estava falando... eu seria a primeira a colocá-lo para correr. Mas vi sinceridade nos olhos dele. Ele está sofrendo, assim como você. — Sinto meu coração se apertar ao ouvir isso. — A gente precisa ser dura quando necessário, amiga, mas também precisa baixar um pouco a guarda e dar a oportunidade ao outro de pedir desculpas e se explicar. Isso é ter maturidade.

— Nossa, onde você aprendeu a ser tão madura e equilibrada assim? — pergunto, arqueando uma sobrancelha.

— No programa da Ana Maria Braga. A mulher dá os melhores conselhos — ela responde séria, e eu começo a rir. Lane me olha por alguns instantes, até que ri também.

— Tenho sorte, sabe? — falo, quando consigo controlar as risadas. — Tenho uma amiga que me apoia, que compra pizza para mim e me dá conselhos que aprende em um programa de TV. Te amo, amiga.

— Também te amo. — Ela enfia outro pedaço de pizza na boca. — Mas você me dá um trabalho danado.

Dou risada e jogo um guardanapo de papel nela, que ri também e continua a comer.

Será que quando eu terminar de apresentar o projeto do @amor.com vou estar pronta para ouvir? Para, quem sabe, perdoar? E, se eu perdoar, as coisas voltarão a ser como antes?

23

Status de hoje: Depois de infinitos dias de luta, chegou o dia de glória, também conhecido como o dia em que os humilhados serão exaltados.
#sextou #chorão #elasóquerpaz

Sentindo um grande nó no estômago, olho ao redor da sala de reuniões mais uma vez para me certificar de que está tudo pronto.

Material impresso — checado.

Água e café — checados.

Projetor e ar-condicionado funcionando — checados.

Tremedeira e desespero — checados duplamente!

Olho mais uma vez para o relógio. Falta pouco para a chegada de Beatriz e o começo da apresentação da campanha do @amor.com. Não me sinto tão nervosa assim desde que estava no primeiro ano do ensino médio e tive de apresentar um trabalho diante da escola inteira, sozinha.

Ajeito uma mecha de cabelo loiro que escapou do rabo de cavalo para trás da orelha e respiro fundo, quando um movimento na porta da sala me chama a atenção. Levanto os olhos e me deparo com Pedro, cuja expressão é cautelosa. Nossos olhares ficam presos um no outro por alguns instantes, até que ele abre um sorriso suave e fala:

— Oi... eu... só queria te desejar boa sorte.

Sua voz é baixa e comedida, muito diferente do homem sempre seguro de si com quem me acostumei a conviver. Quase como se estivesse com receio de falar comigo.

Eu o encaro por mais alguns instantes e, lentamente, sinto a tensão se desfazer. Não havia me dado conta de quanto senti sua falta e de quanto sua presença me tranquiliza.

Mesmo que ainda esteja chateada pelo que ele fez. Muito.

Teimosa, eu? Imagina.

— Obrigada — respondo, com a voz mais firme e as mãos menos trêmulas.

Ele assente e continuamos olhando um para o outro durante alguns instantes, até que um movimento no corredor interrompe o momento.

Pedro olha para trás e, ao ver o grupo se aproximar, vira-se novamente para mim e pergunta em voz baixa:

— Queria te agradecer por ter deixado os gatinhos comigo esses dias. Estava sentindo falta deles — ele diz com um sorriso cauteloso. *Será que estava sentindo falta de mim também?* As palavras ecoam na minha cabeça, e me dou um tapa mental. — Podemos conversar em algum momento... quando se sentir pronta?

Sua pergunta me pega desprevenida, já que estava me repreendendo por baixar minhas defesas, ainda que em pensamento. Sem saber o que falar, assinto e ele sorri. Mas é um sorriso triste, que não chega aos olhos da cor de chocolate derretido, e me deixa com o coração apertado. Detesto que todo aquele sentimento lindo que existia entre nós tenha se transformado em receio, em pesar. Esse pensamento me faz perceber que precisamos realmente conversar e esclarecer as coisas entre nós.

— Obrigado — ele diz e, antes de se virar e sair, continua: — Vai dar tudo certo na apresentação. Você fez um trabalho incrível.

Ele pisca e vai embora, enquanto continuo parada, observando-o cruzar o corredor pelo vidro da sala. Lane tem razão. Está na hora de conversar e ouvir o que ele tem a dizer. Perdoar e seguir em frente ou dar um encerramento ao que existiu entre nós.

Estou pronta para lidar com Pedro e todo o drama emocional que se instalou entre nós. Mas isso só vai acontecer mais tarde. Agora, tenho uma campanha a apresentar e um cliente a conquistar.

###

Beatriz está sentada na sala ao lado de um homem ruivo, com cabelos cacheados e barba cerrada, de terno, que ela me apresentou como Luiz Felipe, o diretor financeiro do @amor.com, e de uma linda mulher negra, com corpo violão e cabelos cacheados como os da Taís Araujo, usando um vestido mídi vermelho. Ela é Ana Letícia, gerente de marketing da empresa.

Arthur e Ansel também estão presentes, como é comum em toda reunião para apresentação de campanha. O dono da Target é muito participativo no fechamento dos negócios da agência, e a presença do redator responsável é importante, para o caso de o cliente desejar alguma mudança que vá impactar nas diretrizes da campanha.

— Estou muito ansiosa para saber o que você propôs para nós, Tatiana — Beatriz fala com um sorriso. A criadora do aplicativo, diferentemente de sua equipe, usa jeans e camiseta, que deixam suas tatuagens à mostra.

— Bom, a princípio, gostaria de repassar como foi minha experiência com o aplicativo...

Com a apresentação aberta e em exibição, começo relatando como foi minha experiência, desde o cadastro — o que me faz lembrar de Pedro e Lane discutindo cada ponto, até a *senha gostosa* — até chegar aos encontros.

O grupo ri daquilo que relato, enquanto Ana Letícia aproveita para anotar algumas das minhas sugestões de aprimoramento e dificuldades que tive durante o uso. Eu tinha ficado na dúvida se deveria falar sobre Pedro e sua utilização do aplicativo como PH. Mas isso estaria registrado em meu cadastro e seria estranho se alguém visse e percebesse que deixei essa informação de lado.

— Bem, tive uma aproximação maior com um usuário. Desenvolvemos uma relação de amizade bastante próxima, o que me fez pensar nos pontos desta campanha, já que o relacionamento que desenvolvemos durante meu uso do @amor.com chegou bem perto do que a Beatriz me disse que era seu grande objetivo: conhecer a pessoa, o seu interior, sem foco na aparência física. Desenvolver uma afeição verdadeira, mesmo que não se tornasse um relacionamento amoroso, mas, sim, uma bela amizade.

Beatriz me olha com um sorriso e os olhos brilhando.

— E vocês chegaram a se encontrar? — ela pergunta.

— Sim. — Meu peito se aperta um pouco e eu suspiro. — Mas ele não era nada do que eu esperava.

— Por que não? — Ana Letícia questiona, surpresa.

Faço uma breve pausa, pensando em como deveria explicar aquilo.

— Bem, a verdade era que eu já o conhecia, mas não sabia disso. Ele... ele sabia que eu estava no aplicativo e o usou como uma forma de se aproximar de mim.

— Meu Deus, um perseguidor? — Arthur pergunta, horrorizado.

Dou uma risada nervosa.

— Não... nada do tipo. Confesso que na hora fiquei muito brava, mas... bem, agora eu acho que ele utilizou o recurso como uma forma indireta de demonstrar seus sentimentos. — Sinto minhas bochechas esquentarem. — Uma forma meio torta, é verdade...

Interrompo-me ao ver as duas mulheres suspirarem.

— Adoro essas histórias — Beatriz fala com um sorriso sonhador. — E vocês ficaram juntos? — Sua pergunta é repleta de expectativa.

Balanço a cabeça, negando.

— Não... bem, ainda não. Quando descobri, eu me afastei dele. Cortei relações. Eu me senti... traída. Enfim, não conversamos ainda. Estamos dando um tempo para que eu possa absorver... tudo — explico, balançando as mãos, ansiosa para mudar o foco da reunião da minha pessoa para a campanha. — Bem, tendo em mente todos esses acontecimentos, os bons e os ru...

— Não tão bons — Ana Letícia me interrompe antes que eu tenha a chance de completar, e concordo com um gesto de cabeça.

— Sim, não tão bons. Tendo isso em mente — repito, trazendo a conversa mais uma vez para o que interessa —, desenvolvi a campanha *Várias formas de amor*. — Aperto o controle remoto que estava sobre a mesa e a tela com o nome da campanha aparece.

Olho ao redor da sala e, quando vejo que tenho a atenção de todos, continuo:

— Apesar de ter um nome sugestivo, como @amor.com, o aplicativo não foi criado especificamente para que os usuários encontrassem o amor romântico. — Olho para Beatriz, em busca de confirmação, e ela concorda com a cabeça. — E existem várias formas de amor: o amor familiar, o amor pelos animais, o amor entre amigos, o amor romântico...

A sala inteira está focada em mim e no PowerPoint que estou apresentando.

— E é incrível o universo que o @amor.com pode abrir diante do usuário, dando-lhe oportunidades não só de encontrar um grande amor, alguém que vai amar e valorizar a pessoa que você é, mas também de conhecer pessoas com quem se podem formar laços fortes, que serão levados por toda a vida.

Olho para as pessoas na sala e, com um sorriso, prossigo:

— E é nisso que temos de focar: mostrar tudo de maravilhoso que o @amor.com pode proporcionar aos usuários. Mostrar que é possível encontrar, com a ajuda do @amor.com, várias formas de amor.

Faço uma breve pausa e mudo a tela.

— Neste primeiro momento, sugiro que a campanha tenha foco on-line, que é onde está o nosso público-alvo. Precisamos encontrar histórias positivas de usuários que fizeram amigos, encontraram um amor ou outras pessoas com quem tenham interesses em comum e que estejam dispostos a compartilhar suas experiências. Nada de modelos ou atores contratados. Vamos gravar vídeos com pessoas reais contando suas histórias, de amor romântico ou não, com as quais a audiência vai se identificar, conectando-se com esses relatos.

Olho para Ana Letícia, que está fazendo anotações de forma vigorosa, enquanto Beatriz e Luiz Felipe me observam, atentos.

— O segundo ponto é contratar influenciadores digitais que utilizem o aplicativo e falem sobre ele para sua audiência. Nada de vídeos com dancinhas, como está na moda atualmente — digo, fazendo uma careta com a lembrança da quantidade de vídeos que vi nos últimos tempos e que não transmitem nada de realmente útil. — Precisamos que utilizem seu poder de influenciar para mostrar de verdade às pessoas que o aplicativo é legal e que vale a pena utilizá-lo.

Olho para Arthur, que assente continuamente para mim, parecendo satisfeito com minhas sugestões, e sigo com elas, que vão de anúncios patrocinados em redes sociais com vídeos e arte da campanha, passando por ações promocionais com cupons para utilização gratuita do aplicativo por tempo limitado, até a utilização de hashtags específicas.

— Que tipo de influenciador? — Ana Letícia pergunta, parecendo animada com a ideia.

— Na minha opinião, influenciadores de médio porte — digo. — Imagina a loucura que seria Hugo Gloss ou Camilla de Lucas saindo em um encontro promovido pelo aplicativo. — Todos riram, assentindo. — Além disso, precisamos focar em explicar sobre a segurança do aplicativo. Nos dias de hoje, isso é extremamente importante.

— Achei incrível todo o processo até a aprovação da conta da Tatiana — Arthur fala, e eu concordo.

— Sim, isso é algo de que esses influenciadores podem falar também. Além disso, vamos promover vídeos para redes sociais falando do aplicativo, e esse pode ser um dos temas abordados.

Continuo a apresentar uma série de ideias que tive para a campanha do @amor.com e, quando termino, a sala fica em silêncio por alguns instantes, até que Beatriz se pronuncie:

— Preciso dar o braço a torcer. Eu não esperava tanta riqueza de detalhes e ideias quando decidimos procurar uma agência para trabalhar na campanha do @amor.com. — Ela olha para os dois colegas de trabalho, que concordam. — Estou encantada. Adorei todas as sugestões. Não faço ideia de por onde vamos começar, mas vocês estão contratados!

Arthur bate palmas e ri, enquanto sinto como se um peso enorme tivesse sido tirado dos meus ombros. Estava tão ansiosa para a apresentação, tão preocupada em conseguir a conta que ouvir um feedback positivo assim da cliente me faz ganhar o dia. Não, a semana!

Enquanto Ansel troca algumas ideias com Ana Letícia e Luiz Felipe e eu falamos dos aspectos financeiros, Arthur sai rapidamente da sala e retorna com o contrato em mãos. Ele explica os pontos principais para Beatriz e, quando termina, o grupo se despede e vai embora, com a promessa de enviar o contrato assinado o mais breve possível, após a análise do departamento Jurídico da empresa, para que possamos começar os trabalhos.

Estou na sala recolhendo meu material, quando Arthur dá uma batidinha na porta. Levanto os olhos e sorrio ao vê-lo.

— Pode entrar, Arthur — digo.

— Eu só gostaria de parabenizá-la. Você fez um trabalho maravilhoso.

Meu sorriso se amplia e sinto meu rosto esquentar com o elogio.

— Foi um trabalho em conjunto. O Ansel me ajudou muito, bem como todos da equipe.

Arthur assente e fala:

— Eu sei que a equipe ajudou. Mas também sei que o projeto em si é seu. — Ele sorri, e a expressão em seu rosto é quase paternal. — Estou muito orgulhoso de você. Quando decidi te dar a campanha, sabia que tinha um grande potencial, mas você superou as minhas expectativas. Estou muito satisfeito em tê-la em nossa equipe.

— Obrigada, Arthur. Suas palavras significam muito para mim.

Ele pisca e sai da sala, fechando a porta suavemente. Volto a guardar minhas coisas, sentindo o coração acelerado de alegria, quando a porta se abre de novo, mas não com tanta suavidade desta vez.

— E aí??? — Lane pergunta em voz alta, entrando na sala feito um furacão.

— A campanha é nossa! — digo, e ela atravessa o espaço que nos separa e me dá um abraço apertado.

— Ai, amiga! Estou tão feliz por você!

— Eu também!

— Precisamos sair para comemorar. Vamos ao Barzin? — ela pergunta, referindo-se a um bar que abriu recentemente nas proximidades do escritório.

— Vamos — respondo, mas, antes que ela tenha a chance de comemorar, acrescento: — Não hoje.

— Ah, por que não?

— Hoje eu tenho mais uma coisa para resolver. Preciso ter uma conversa com o Pedro para discutir as coisas entre nós. — O sorriso de Lane se ilumina. — Não olhe assim para mim. Não disse que vou fazer as pazes com ele ou que vamos voltar de onde paramos.

— O fato de você decidir conversar com ele já é uma grande coisa, Tati. Nada mal resolvido faz bem ao coração.

Assinto, pego minhas coisas e sigo com ela em direção à porta da sala de reuniões.

— Você tem toda a razão. Está na hora de reassumir o controle da minha vida.

24

Status de hoje: Há fardos que só se desfazem depois que perdoamos e somos perdoados.
#recomeços #nemtudosaicomoesperamos #seguindoemfrente

Entro no meu apartamento e olho ao redor. A casa parece vazia sem a presença dos gatinhos, que estão com Pedro. Na verdade, ela se parece um pouco com o meu coração, que também está vazio e solitário.

Sem querer me deixar levar pela melancolia em um dia que deveria ser de comemoração, sigo para o meu quarto, coloco a bolsa na poltrona do canto e pego o celular para enviar uma mensagem de texto.

De: Tati
Para: Pedro

Oi... você está ocupado agora à noite? Acabei de chegar do trabalho... Seria um bom momento pra gente conversar?

A resposta vem quase imediatamente, como se ele estivesse esperando uma mensagem minha.

De: Pedro
Para: Tati

Oi, claro que sim. Acabei de chegar também. Vou só tomar um banho e subo. Posso levar algo para comermos?

Fico olhando a mensagem por alguns segundos, até que assinto. Certas conversas são melhores de barriga cheia, não é mesmo?

De: Tati
Para: Pedro

Tudo bem. Te espero em uma hora, mais ou menos?

De: Pedro
Para: Tati

Perfeito. Nos vemos em breve.

Aproveito para tomar um banho rápido e coloco um vestido azul simples. Depois de passar o dia inteiro com o cabelo preso, decido deixá-lo solto e passo a escova algumas vezes para soltar as mechas. Olho-me no espelho, debatendo comigo mesma se devo aplicar ou não maquiagem, mas acabo optando por algo simples. Um blush para dar cor às bochechas e um batom rosinha. Ainda que eu queira estar com boa aparência, não quero que Pedro ache que fiz grandes esforços por causa da sua presença. *Orgulhosa? É... eu sei.*

A campainha toca antes que eu possa repensar meu visual e vou até a porta descalça. Ao abrir, encontro Pedro, que está usando jeans e camisa xadrez verde de botão com as mangas dobradas, segurando uma sacola de comida chinesa em uma das mãos e os dois gatinhos encaixados no outro braço.

— Oi — cumprimento, estendendo as mãos para pegar Tigrinho e Tigrão. O primeiro faz uma sinfonia de miados e se aninha contra mim como se dissesse: *Mamãe, estava com saudade*. O outro simplesmente me ignora e salta dos braços de Pedro com sua expressão altiva de sempre, seguindo pela sala como se fosse o rei da casa, e se acomoda no seu canto favorito do sofá.

Homens.

Pedro ri e entra em seguida.

— Ele fez o mesmo quando chegou lá em casa.

Fecho a porta e coloco o gatinho no chão, que vai explorar cada canto do apartamento, enquanto ficamos olhando um para o outro, como dois estranhos em um encontro às escuras.

Até que Pedro pergunta:

— Hum... onde posso colocar isso?

Meu coração se aperta um pouquinho. Nunca houve constrangimentos entre nós. Pedro sempre teve liberdade de entrar em minha casa e agir como se estivesse na sua própria. Não posso deixar de ficar triste por estarmos tão receosos um com o outro.

— Lá na cozinha — respondo. — Acho melhor comermos na bancada de lá, assim não corremos o risco de nossa comida ser roubada diante dos nossos olhos — falo, referindo-me aos gatinhos, e Pedro ri, encaminhando-se para a cozinha.

Enquanto ele tira as embalagens da sacola, pego uma garrafa de vinho na geladeira. Vou até um dos armários e fico na ponta dos pés para tentar alcançar as taças que guardei lá em cima.

— Deixa que eu pego.

A voz de Pedro soa perto. Tão perto quanto seu corpo, que está colado ao meu. Um dos seus braços está apoiado na pia da cozinha, prendendo-me, enquanto ele estica o outro sem muito esforço e retira uma taça de cada vez. Após colocar a última sobre a pia, ele me mantém presa entre seu corpo e a bancada. Sinto seu calor me envolver e seus olhos capturam os meus com uma intensidade que jamais vi. Ficamos parados, olhando um para o outro por alguns instantes, até que ele fecha os olhos e inspira em meus cabelos, fazendo eu me derreter completamente.

Ai, Tatiana. Você nem o fez sofrer e já está igual a manteiga derretida, meu subconsciente, o lado que tem um diabinho mal-humorado, fala na minha cabeça.

Shhhh! Cale a boca!, o outro lado, aquele que tem um anjinho, repreende irritado. Mas, antes que essa discussão tome proporções inimagináveis, eu silencio os dois e foco no homem diante de mim, que murmura em meu ouvido:

— Que saudade eu estava de você.

Respiro fundo, sabendo que preciso me afastar um pouco para que possamos conversar antes que eu me jogue em seus braços e me perca em seus beijos.

— Pedro... a gente precisa conversar... — falo, empurrando de leve seu peito para que ele me solte.

— Eu sei... — ele diz em tom triste. — Eu sei.

Antes que ele continue a falar, liberto-me de seus braços e me aproximo da bancada com a garrafa de vinho.

— Vamos nos sentar antes que a comida esfrie. Podemos conversar aqui.

Pedro assente e pega as taças.

— O que você trouxe? — pergunto, esticando a mão para abrir a embalagem mais perto de mim.

— Frango agridoce para mim e yakisoba para você — ele responde, fazendo-me lembrar de outro jantar com o mesmo cardápio e um clima muito mais leve.

Depois de nos acomodarmos e começarmos a comer, ele para de repente e quebra o silêncio desconfortável entre nós.

— Me desculpa, Tati. — Sua voz soa tão dolorida, que sinto meu peito se apertar. — Me perdoa, por favor. Não quero... não *posso* te perder.

Os olhos cor de chocolate escurecem, e eu solto um longo suspiro.

— Não entendo, Pedro... Por que você fez isso? Por que se passar por outra pessoa?

Ele engole em seco, solta a caixa de comida chinesa sobre a bancada e começa a falar, enquanto olha para as mãos que ele aperta, uma contra a outra.

— Eu... não sei. Sinceramente, não sei. No começo, eu queria só brincar com você. Ainda não estávamos juntos, então pensei em usar o aplicativo para te paquerar... sei lá. Mas daí as coisas mudaram... *tudo* mudou. Nossas conversas ficaram mais profundas e começamos a nos abrir um com o outro. Eu me senti seguro em abrir meu coração para você. Em falar o que eu sentia. — Ele fez uma pausa e suspirou. — Daí nos aproximamos mais no *mundo real*. Ficamos realmente juntos depois da viagem a Pira. Todo dia eu dizia a mim mesmo que precisava falar, mas ficava procurando uma oportunidade, que nunca aparecia... até que você marcou o encontro e eu achei que aí estava a minha chance.

— E você não achou que eu ficaria chateada? Que isso me magoaria? Que me faria perder a confiança em você?

Pedro passou a mão pelos cabelos, bagunçando as mechas castanhas. Fechou os olhos por alguns instantes e, quando os abriu, focou em mim, deixando-me ver a intensidade e a paixão refletidas nele.

— Sei que fui arrogante e autoconfiante demais. Mas sempre fui assim... sempre achei que era capaz de conquistar o mundo. Não era por maldade... mas talvez por ter tido sucesso em tudo o que me comprometia a fazer. Estávamos juntos. Felizes. Curtindo um ao outro. Acho que pensei que você ficaria brava na hora, mas que depois passaria. Não havia me colocado em seu lugar e pensado que você poderia encarar como uma traição à sua confiança.

E, pela primeira vez, vejo o que jamais imaginei que veria. O homem mais autoconfiante que conheço me encara com os olhos marejados, com uma expressão tão triste que parte meu coração.

— Eu sinto muito, Tati. Muito mesmo. Queria poder voltar no tempo e mudar minha conduta... fazer outras escolhas. Me arrependo de poucas coisas na vida, mas essa é uma que jamais vou deixar de me arrepender. Porque me levou para longe de você.

Ver sua expressão de tristeza e ouvir sua voz embargada me deixam arrasada. Sinto verdade em suas palavras. Vejo a sinceridade em seu olhar. E, honestamente, sinto tanto a falta dele que, se eu o perder... se nós nos perdermos, acho que nunca mais vou me recuperar.

— Você me magoou — falo, olhando séria para ele.

— Eu sei... sinto muito. De verdade. — Ele volta a olhar para baixo, remexendo novamente as mãos.

— Nunca mais faça isso.

Seus movimentos param de repente, e ele levanta a cabeça.

— Vai me perdoar? — ele pergunta, e uma pequena lágrima escorre do canto dos seus olhos.

— Ah, pelo amor de Deus! — Jogo os braços para o alto e tenho que fungar algumas vezes para que não comece a chorar junto com ele. — Se fizer algo do tipo novamente, eu nunca, *nunca mais*, falo com você.

— Eu nunca, *nunca mais*, vou fazer qualquer coisa que te magoe. Palavra de honra. — Ele ergue a mão, como se fizesse um juramento.

Enquanto meu lado anjinho faz uma dança feliz e sacode uns pompons em comemoração, meu lado diabinho sai de perto, batendo o pé, irritado. Mas não me importo. Tudo em que posso pensar é me jogar no colo desse homem e me perder em seus beijos.

Eu me inclino em sua direção, limpo a lágrima de seu rosto com a ponta do dedo e pergunto:

— O que a Lane diz sobre um relacionamento entre uma mulher de Capricórnio e um homem de Peixes?

— Não faço ideia. Mas não me importo com signos, ascendentes ou Mercúrio retrógrado. Nunca mais vou deixar você ficar longe de mim.

— Nunca mais, é?

— Nunca mais — ele repete, inclinando-se e capturando meus lábios em um beijo repleto de carinho e saudade.

Depois de alguns beijos e carinhos, voltamos a comer enquanto conto tudo sobre a apresentação do @amor.com.

— Eu não tinha dúvidas de que você ia arrasar na campanha. Suas ideias foram ótimas, Tati. Essa campanha vai ser incrível.

Não pude me impedir de sentir orgulho de mim mesma ao ouvir as palavras de Pedro. Ele é o publicitário mais experiente e bem-sucedido da agência, e sei que não diria isso se não fosse verdade.

Mas, *cá entre nós, a campanha ficou realmente incrível!*

— O Arthur me parabenizou — digo com um sorriso. — Disse que estava orgulhoso de mim.

— É para estar mesmo! Eu também estou superorgulhoso de você. — Pedro ri e se inclina para ajeitar uma mecha de cabelo atrás da minha orelha. — Acho que vou ter uma concorrência forte no próximo prêmio de Melhores do Ano da Publicidade. — Ele beija minha bochecha. — Sabe que sou o grande campeão da agência, não sabe?

— Acho que isso está prestes a mudar — digo, e ele faz cócegas em minha cintura. — Ei!!

Nós dois rimos, até que Pedro encosta a testa na minha e solta um suspiro.

— Senti tanto a sua falta... — Sua voz é tão baixa que, se não estivesse tão pertinho, não teria ouvido.

— Também senti.

— Jura?

— Juro.

— Jura mesmo? — ele pergunta com um sorrisinho feliz.

— Juro juradinho!

Ele se levanta, então, e me pega no colo.

— Ei! O que está fazendo?

— Te levando para matar nossa saudade.

Pedro atravessa o apartamento, indo em direção ao meu quarto. Ele fecha a porta antes que os gatinhos entrem e me deposita na cama com todo o cuidado, deitando-se sobre mim.

Ficamos alguns instantes assim, um olhando para o outro, um mundo de sentimentos passando entre nós, mas sem palavras. Tudo o que precisamos que o outro saiba está ali, naquele olhar.

Até que ele me beija.

E eu me perco.

Sua boca cobre a minha em um beijo doce, intenso e apaixonado. É um beijo que envolve o corpo inteiro: seu peito está colado ao meu, seus quadris encaixados nos meus, suas pernas entrelaçadas às minhas e suas mãos... bem, suas mãos estão por todos os lugares.

Sem afastar a boca da minha, nossas roupas vão sendo tiradas peça por peça, espalhando-se pelo quarto.

— Onde estão as camisetas engraçadinhas? Senti falta delas... — pergunto, enquanto desabotoo sua camisa. O sorriso dele se amplia e se transforma em pura malícia, como se soubesse de algum segredo que eu não sei. Até que ele tira a camisa e eu vejo. Está lá. A camiseta engraçadinha que ele escolheu para este momento. O momento do nosso reencontro.

O homem da sua vida sou eu.

— Arrogante, não? — pergunto com ar de riso e uma sobrancelha arqueada.

— Não. Eu diria que... honesto. — Ele beija o canto dos meus lábios. — Desejoso... — Ele beija o outro canto. — Esperançoso.

Sua boca paira sobre a minha e, antes de me beijar novamente, diz:

— Eu vou fazer você feliz para sempre, Tati. Nunca mais vou fazer nada que envolva o risco de te perder.

— Mas nós vamos brigar.

— Claro, todo casal briga. — Antes que eu tenha chance de falar alguma coisa, ele continua: — Mas nunca mais vamos deixar qualquer mal-entendido entre nós.

— Nada de segredos.

— Nossa vida vai ser um livro aberto um para o outro.

— E você vai mesmo ser meu?

— Vou, porque você é minha. *Wŏ ài nĭ.*

Ele se inclina para mim, mas eu o detenho, colocando a mão em sua boca.

— Vai me dizer o que é isso? — pergunto, curiosa. — Nada de segredos, lembra?

Pedro ri e esfrega o nariz contra meu pescoço.

— *Wǒ ài nǐ* — ele repete em meu ouvido, fazendo meu corpo se arrepiar. — É uma das formas mais sérias e importantes de se dizer que ama alguém em mandarim. *Wǒ ài nǐ*, estou apaixonado por você.

Ofego, em choque com sua explicação. Não esperava que fosse algo com um significado tão profundo. Pedro se afasta um pouco de mim, para que seus olhos encontrem os meus, e continua, sem desviar o olhar:

— Eu te amo, Tati. Muito. Há muito tempo. Meu amor por você ficou anos abafado, até que você me derrubou em nosso primeiro encontro depois de tanto tempo e eu nunca mais consegui mantê-lo só para mim.

— Eu também te amo, Pedro. Acho que por isso me senti tão magoada com tudo o que aconteceu. Porque você é importante demais para mim.

Com um sorriso feliz, Pedro se inclina em minha direção e me beija de novo, e eu me perco em seus braços. Em suas carícias. Em suas palavras de amor e sedução. Nem mesmo em todos os romances que li houve uma história de amor tão linda como a nossa, que está apenas no início. Porque ela está sendo construída igualmente pelos dois. Com honestidade. Com entrega. Com os sentimentos mais puros do coração um do outro. Com amor verdadeiro.

Nós nos perdemos no amor um do outro por toda a noite. Como deve ser.

EPÍLOGO

Status de hoje: As pessoas dizem que não podemos adiantar um filme até o final feliz. Eu digo que não tenho tempo para problemas.

#eusóqueroéserfeliz #ofinalfelizéanossajornada #semtempoparaproblemas

— Taaati! Você está pronta, amor? — ouço a voz de Pedro e dou uma última olhada em nosso quarto. O arquiteto fez um trabalho incrível no novo apartamento.

Sim, é isso mesmo que você está pensando. Após quase um ano namorando, ficamos noivos e decidimos morar juntos. Mas o casamento acontecerá em breve. Ele me avisou que não esperaria *anos e anos* para se casar comigo. Pedi a ele que fosse paciente, mas sua paciência durou só até a campanha do @amor.com ser lançada.

E tudo, enfim, está dando certo agora.

— Estooou indooo! — respondo e saio do quarto, quase tropeçando em Tigrinho, que já não é mais um bebê, e sim um gato alegre e brincalhão. Seu irmão, Tigrão, transformou-se em um gato grande e bem gordinho, o que o fez ganhar o apelido de Gatoxinha, sim, mistura de gato com coxinha. Ele continua nos ignorando e nos tratando como se fosse o rei da casa. O que ele e o irmão realmente são.

Depois que fizemos as pazes, ao contrário do que imaginávamos, nunca mais brigamos. Exceto pelo controle da TV ou disputando quem vai se levantar primeiro para tomar banho de manhã cedo, ou seja, essas bobagens do dia a dia. Mas, no geral, estamos mais unidos e felizes do que nunca.

Chego à sala e Pedro está parado na varanda, olhando a vista. Saímos do edifício em que morávamos e viemos para este que fica bem próximo. Lane se casou com Miguxo há cerca de dois meses, em uma cerimônia linda na Ilha Fiscal, o local onde ocorreu o último baile do Império, antes da Proclamação da República. Pedro e eu fomos padrinhos e repetiremos esse papel daqui a cinco meses, quando Larissa nascer.

Ao me ouvir chegar, Pedro se vira e me olha de cima a baixo com uma expressão de apreciação. Acho incrível que, mesmo depois de tanto tempo juntos, vendo-nos todos os dias, ele nunca deixe de demonstrar quanto me admira.

— Você está linda — ele fala, e dou uma voltinha para mostrar o vestido cor de violeta, que comprei especialmente para esta noite.

— Você também não está nada mal. — Ele usa um terno escuro que o deixa ainda mais lindo.

— Ansiosa? — ele pergunta, sempre atento ao meu estado de espírito.

— Muito.

— Tenho certeza de que a festa vai ser um sucesso. Revisamos todos os detalhes várias vezes. A equipe que está organizando é muito competente. Quero te ver relaxada. Esta noite é para comemorar o sucesso do seu trabalho.

Respiro fundo e solto o ar de forma audível.

— Farei o possível.

Ele entrelaça a mão na minha e seguimos para a porta. No caminho, eu pergunto:

— Você vai dançar comigo?

— Só se tocar o "É o Tchan!". — Suas palavras me fazem lembrar da festa à qual fomos juntos e em que bebemos os drinques coloridos.

— Que tipo de festa seria essa se não tocasse "É o Tchan!"? — Reviro os olhos e solto uma risada. Descemos os dois lances de escada até a garagem e entramos no carrinho ridículo de dois lugares do qual ele não abre mão. Bem, por enquanto. Acho que amanhã, depois de eu contar que, em um futuro próximo, algo entre sete ou oito meses, teremos companhia, tenho certeza de que ele vai trocar isso por um SUV ou algo do tipo. Um carro seguro. Carro de um *papai*.

Pedro dá a partida e, quando estamos a caminho do hotel onde vai se realizar a festa em comemoração ao sucesso da campanha do @amor.com, comento:

— Sabe, você nunca me contou o que aconteceu naquela noite...

— Que noite?

— Da festa em que dançamos o "É o Tchan!" e bebemos todas. O que aconteceu quando voltamos para casa?

Neste momento, ele para em um semáforo, inclina-se e, antes de seus lábios cobrirem os meus, fala:

— Trocamos nosso primeiro beijo, você dormiu em meus braços e eu descobri que a minha vida não faria sentido se você não estivesse nela.

Ele me beija de leve e volta a atenção para a direção. Ainda com uma das mãos segurando a minha, aproxima meus dedos de seus lábios e os beija com carinho.

— Eu te amo, Tati — ele diz daquele jeito que sempre me faz suspirar.

— Eu também te amo — respondo.

Nunca imaginei que uma relação amorosa pudesse ser como a nossa: divertida, engraçada, repleta de carinho, amor, paciência e sedução. Sempre achei que alcançar o final feliz era o caminho de todo relacionamento, mas, com Pedro, a felicidade se tornou a jornada.

A nossa jornada.

E eu não a trocaria por nada neste mundo.

FIM

Agradecimentos

#Crush é um projeto que tem todo o meu coração. Tem muito de mim e de pessoas que amo nessa história, o que faz a linha tênue que separa a ficção da realidade se cruzar algumas vezes. (Já avisei que tudo o que vocês dizem/fazem pode virar uma cena de livro. Não adianta reclamar!)

Talvez você, como leitor, não saiba disso, mas, assim como certas histórias simplesmente saem em um turbilhão e ficam prontas em vinte e oito dias (como *Louca por você*), outras precisam de tempo para serem finalizadas. É o caso de *#Crush*. Levei alguns (*muitos*) anos para conseguir deixar essa história pronta para ganhar o mundo. Sempre que eu abria minha pasta de manuscritos começados e via o *#Crush* lá, sentia meu coração apertadinho, porque adoro essa história. Amei conhecer a Tati, o Pedro, a Lane e o Miguxo. Adorei acompanhar a jornada amalucada deles. Hoje, chego à conclusão de que *eu* precisava desse tempo, não só para encontrar o rumo certo da história, como também para resgatar minha relação com a escrita, que se perdeu no caminho. Podemos dizer que eu salvei a Tati e o Pedro de terem como destino viverem eternamente (separados) na pasta de projetos começados no meu computador, e que eles me salvaram de um período em que questionei minha habilidade, perdi um pouco da esperança e me afastei da escrita. E sou muito grata por isso.

Além da minha gratidão por esses personagens, preciso também agradecer a algumas pessoas importantes e especiais:

Um obrigada do tamanho do mundo à minha melhor amiga, sócia, amiga de trabalho, desatadora de nós das minhas histórias e melhor companheira de maluquices via Hangouts, Luizyana. Você escutou (leu) meus lamentos por cento e cinquenta anos de que queria colocar o *#Crush* no mundo, e, depois que um milhão e meio de pessoas me prometeram ajuda, mas não cumpriram a promessa, você bateu no peito, disse que ia me ajudar a desembaraçar os nós da minha cabeça, e bastou isso para as coisas acontecerem. Viu? Consegui! Obrigada por me aturar diariamente e por ser minha BFF, minha George.

Mari e Wélida, obrigada por fazerem parte do nosso grupo Bookmakers e contribuírem, ainda que indiretamente, com comentários hilários que me serviram de inspiração. Wélida, continuo esperando que você se torne a milionária dos Bitcoins e nos leve a Paris!

Mãe, obrigada por ser essa pessoa incrível que você é. Minha parça, minha amiga, companheira de compras, de conversas e de vida. Tenho sorte de ter nascido sua filha. Amo você.

Ao Felipe, por ser o #crush da minha vida e me ouvir falar (e se lembrar com detalhes) dos personagens e das histórias que você nem leu. A roleta do romance é muito mais divertida com a sua ajuda! Que a gente continue rindo muito, vendo gatinhos fofos na internet e se divertindo. Sempre. Te amo.

Ao Raul, da Leitura Dom Pedro, em Campinas, São Paulo. Você nem sabe, mas suas palavras no bate-papo que tivemos pós-pandemia via áudios me deu o estímulo que faltava para que eu continuasse a escrever. É muito bom se sentir querida por pessoas tão bacanas quanto você e sua equipe.

Minha editora, Marcia Batista. Obrigada por me receber de volta com tanto carinho. Estou muito feliz por publicar o *#Crush* na casa que me descobriu e me apresentou aos meus leitores. Que essa seja uma jornada tão linda quanto foi com a série After Dark.

Muito obrigada a Ana Paula Moreira, Amanda Bittencourt, Bruh Romero, Camila Moreira, Sandra Guimarães, Gabriel Torres, Gislaine Januário, Debora Helen, Silvio Antônio, Anna Bia Cardoso, Cissa Mello, Lisandra Dilara, Paola Gomes, Bruna Barbosa, Valéria Fernandes, Tatiana Rodrigues, Dani Binda e Jessica Andrade pelas histórias reais que vocês me contaram naquele post de 2018 que fiz sobre encontros on-line. Vocês foram incríveis. Ri muito — *com respeito* — das histórias de vocês!

Aos blogueiros (incluo aqui os *tiktokers*, *youtubers*, *instagrammers* e *bookstan*): vocês sempre fazem um trabalho lindo ao divulgarem meus livros aos leitores. Muito obrigada pelo apoio e carinho.

E, por fim, mas não menos importante, aos leitores. Espero que tenham se divertido com o *#Crush*. Obrigada por me lerem e me apoiarem sempre. Amo vocês.

Sobre a autora

A.C. Meyer mora no Rio de Janeiro e é viciada em livros. Mesclando diversão e romance, atinge o tom das comédias românticas que encantam do começo ao fim. É autora da aclamada série After Dark e tem mais de dez livros publicados.

Apontada pelo iTunes como autora em ascensão, teve dois romances eleitos como livro do ano na plataforma da Apple, e seus romances já foram traduzidos para diversos idiomas, como inglês, francês, espanhol, italiano, chinês, coreano, hebraico, russo e romeno.

Saiba mais sobre a autora e seus livros em: <www.acmeyer.com.br>.